民國文化與文學^{研究文叢}

民國文化與文學 研究文叢

十 二 編

李 怡 主編

第 3 冊

「大變局」──新文學的世界體系（上）

張 歎 鳳 著

國家圖書館出版品預行編目資料

「大變局」——新文學的世界體系（上）／張歎鳳 著 -- 初版
-- 新北市：花木蘭文化事業有限公司，2020〔民 109〕
目 2+200 面；19×26 公分
（民國文化與文學研究文叢 十二編；第 3 冊）
ISBN 978-986-518-238-0（精裝）
1. 中國當代文學 2. 文學評論
820.9   109010986

ISBN-978-986-518-238-0

9 789865 182380

民國文化與文學研究文叢
十二編　第三冊　　　　　　　　　　ISBN：978-986-518-238-0

「大變局」——新文學的世界體系（上）

作　　者　張歎鳳
主　　編　李 怡
企　　劃　四川大學中國詩歌研究院
總 編 輯　杜潔祥
副總編輯　楊嘉樂
編　　輯　許郁翎、張雅淋　美術編輯　陳逸婷
出　　版　花木蘭文化事業有限公司
發 行 人　高小娟
聯絡地址　235 新北市中和區中安街七二號十三樓
　　　　　電話：02-2923-1455／傳真：02-2923-1452
網　　址　http://www.huamulan.tw 信箱 hml810518@gmail.com
印　　刷　普羅文化出版廣告事業
初　　版　2020 年 9 月
全書字數　316160 字
定　　價　十二編 14 冊（精裝）台幣 36,000 元　　　　版權所有・請勿翻印

「大變局」——新文學的世界體系（上）

張歎鳳　著

作者簡介

張歡鳳，男，原名張放，生於 1957 年 8 月 1 日，文藝學博士學位，四川大學文學與新聞學院中文系現當代文學專業與世界華文文學方向教授、博士生導師。學術專著有《文苑星辰文苑風》《中國新散文源流》《中國鄉愁文學研究》《海洋文學簡史》《既現代又古典——新舊文學關係》《巴蜀文學新論》等。學術論文《流沙河與他的詩》（《文學評論叢刊》第 20 輯）《何其芳詩歌中的杜詩影響》（《文學評論》2011 年第 4 期）《早期創造社郭沫若郁達夫等人的「淚浪」》（《文學評論》2013 年第 1 期）「一個還鄉的種類的美」——論余光中詩歌中的四川情結與李杜蘇信息》（《當代文壇》2014 年第 6 期）《海的制高點上——論臺灣中生代詩人汪啟疆的海洋詩》（《臺灣詩學學刊》2016 年第 11 期）等百餘篇。

提　　要

　　這是作者探討新舊文學體例以及現代作家作品研究的專題論文集。作者在長年研究系列文章中，認為中國新文學也即中國現代文學是走向世界（具體說是外部西方世界）的文學，與中國古典文學大相徑庭，係「三千年未有之變局」。新舊體式的文學可以並存兩立，但不可混合、雜糅，以求成為一種不新不舊的東西。「和而不同」、各取所需，新舊文學走的不是一條路。所謂「道不同，不相為謀」。新文學說到底是一場革命，是緊扣現代性的、全球化的審美視域體系，對傳統「和樂」文化的背離與突圍，充分展現了現代人果決創新的世界意識與反抗動能。

　　早在 19 世紀中後葉，英國學者哈·麥金德宣讀《歷史的地理樞紐》論文，就曾論證並預言：「世界是一個整體，它已經成為一個聯繫緊密的體系。」丹納《藝術哲學》論述文藝復興以來的近現代文藝也指出：「只因為有了這一片和聲，藝術家才成其為偉大。」新文學正是大航海時代以後現代世界「和聲」的中國聲部，其「偉大」被百年來的創作成就日益雄辯證明。

　　作者還從歷史哲學以及地理人文等維度分析作家作品，指出其世界關係。

本書係四川省社會科學（建七 666）重點項目：
「中國現當代文學創作的民族意識與國家觀」
階段性成果

民國時期新文學史料的保存與整理
——《民國文化與文學》第十二編引言

  與過去的中國現代文學研究相比，作為新框架的民國文學研究尤其強調豐富的文獻史料。因此，如何延續中國文學在民國時期的文獻工作就顯得十分必要了。

  中國現代文學自民國時期一路走來，浩浩蕩蕩，波瀾壯闊，這百年歷程中的一切文學現象——作家作品、文學運動、思潮、論爭之種種信息，乃至影響文學發展的各種社會法規、制度、文化流俗等等都可以被稱作是不可或缺的「史料」，對百年中國文學發展歷程的所有總結回顧，首先就得立足於對「史料」的勘定和梳理。史料與闡釋，可以說是文學研究的兩翼，前者是基礎，後者則是我們的目標；而文學研究的興起則大體上經歷了這樣的過程：先是對文學新作於文學現象的急切的解讀闡釋，然後轉入對史料文獻的仔細梳理和考辨，再後可能是又一輪的再闡釋與再解讀。

  民國創立，這是中國現代文學發生發展的最重要的時代，伴隨著現代文學影響的逐步擴大，除了宣示性推介或者批評性的闡釋之外，作品的結集、特定文獻的輯錄也日顯重要，這其實就是史料工作的開始。

  史料意識的興起，反映著一個時代的知識分子對其所遭遇歷史的重視程度和估價敏感度。在這個意義上看，中國現代文學的史料意識大約是在它出現之後的數年就已經顯露，在十多年之後逐漸強化起來，反映速度也還是頗為可觀的。

  如果暫不考慮個人文集的出版，那麼對特定主題或特定年代的文學作品

的彙編則肯定已經體現了一種保存文獻、收藏歷史的「史料意識」。

1920 年，在現代文學創立的第四個年頭，中國出版界就出現了對不同文學文體的總結性結集。

《新詩集》（第一編），由新詩社編輯部編輯，新詩社出版部 1920 年 1 月出版，收入胡適、劉半農、沈玄廬、康白情、周作人、俞平伯等人的初期白話新詩 103 首，分「寫實」、「寫景」、「寫意」、「寫情」四類編排。在序文《吾們為什麼要印新詩集》中，編者闡述了編輯工作的四大目的：一、彙集幾年試驗的成績，打消懷疑派的懷疑；二、提供一個寫新詩的範本；三、編輯起來便於閱讀新詩；四、便於對新詩進行批評。〔註 1〕這樣的目的已經體現出了清晰的史料意識。正如劉福春所指出的那樣：「這是我國出版的第一部新詩集。如果將發表在 1918 年 1 月 15 日《新青年》上胡適、沈尹默、劉半農的 9 首白話詩看作是第一次發表的新詩的話，至此詩集出版才兩年的時間，不能不說編者確是很有眼光。」「從詩集所注明的作品出處看，103 首詩共錄自 20 餘種報刊，這些報刊除《新青年》、《新潮》等影響較大的之外，有不少現今已很難見到，像《新空氣》、《黑潮》、《女界鐘》等。很多詩作因這本詩集不是『選』而得到了保存，使得我們今天重新回顧這段歷史的時候，可以較真實、完整地看到新詩最初的足跡。」〔註 2〕也在這一年，許德鄰編《分類白話詩選》由上海崇文書局於 1920 年 8 月出版，收入初期白話新詩 230 餘首，同樣按「寫景」、「寫實」、「寫情」與「寫意」四類編排。

在散文方面則有《白話文苑》（第一冊）與《白話文苑》（第二冊），洪北平編，上海商務印書館 1920 年 5 月出版，分別收入胡適、錢玄同、梁啟超、蔡元培等人白話散文作品 33 篇和 16 篇；同年，《白話文趣》由苕溪孤雛編，群英 1921 年出版，收入蔡元培、陳獨秀、錢玄同、梁啟超、魯迅等人白話的雜文、記敘文共 17 篇。

小說方面，止水編《小說》第一集由北京晨報社出版部 1920 年 11 月出版，編入止水、冰心、大悲、魯迅、晨曦等人的白話短篇小說共 25 篇，1922年 5 月，「文學研究會叢書」推出《小說彙刊》，由上海商務印書館出版。匯輯葉紹鈞、朱自清、盧隱、許地山等人的短篇小說共 16 篇。

〔註 1〕 《吾們為什麼要印新詩集？》，《新詩集》第 1 頁，上海新詩社出版部 1920 年
　　　　 1 月初版。
〔註 2〕 劉福春《尋詩散錄》第 5 頁，廣西師範大學出版社 2008 年。

　　戲劇方面，1924 年 2 月，淩夢痕編《綠湖第一集》由民智書局出版，收入淩夢痕、侯曜、尤福謂等人的獨幕劇本 6 部；1925 年 3 月，上海戲劇協社編《劇本彙刊第一集》在上海商務印書館出版，收入歐陽予倩、汪仲賢、洪深等人的獨幕劇共 3 部。

　　由以上的簡述我們大體可以知道，隨著現代文學的傳播，史料保存意識也迅速發展起來，無論是為了自我的宣傳、討論還是提供新文體的寫作範本，各種文學樣式的匯輯整理工作都很快展開了，從現代文學誕生直到新中國的建立，這種依循時代發展而出現的各種文學年選、文體彙編持續不斷，成為民國時期中國現代文學史料保存的主要方式。與新中國建立以後日益發展起來的強烈的「著史」追求不同，民國時期的文學史料的保存常常在以鑒賞、批評為主要功能的文學選本之中：

　　以文體和時間歸集的選本，例如 1923 年《中國創作小說選》（第一集），1924 年《中國創作小說選》（第二集），1925 年《彌灑社創作集》，1926 年《戀歌（中國近代戀歌集）》，1928 年《中國近代短篇小說傑作集》，1929 年《中國近十年散文集》，1930 年《現代中國散文選》，1931 年《當代文粹》、《新劇本》，1932 年《當代小說讀本》、《現代中國小說選》，1933 年《現代中國詩歌選》、《初期白話詩稿》、《現代小品文選》、、《現代散文選》、《模範散文選注》，1935 年《中華現代文學選》、《現代青年傑作文庫》、《注釋現代詩歌選》、《注釋現代戲劇選》，1936 年《現代新詩選》、《現代創作新詩選》、《幽默小品文選》，1938 年《時代劇選》，1939 年《現代最佳劇選》，1944 年《戰前中國新詩選》，1947 年《歷史短劇》、1949 年《獨幕劇選》等等。

　　以作家性別結集的選本，例如 1932 年《現代中國女作家創作選》，1933 年《女作家小品選》、《女作家隨筆選》，1934 年《女作家詩歌選》、《女作家戲劇選》，1935 年《當代女作家小說》，1936 年《現代女作家詩歌選》、《現代女作家戲劇選》等。

　　抗戰是民國時期最為重大的國家民族事件，我們也可以見到大量關於這一主題的文學選集，例如 1932 年《上海事變與報告文學》，1933 年《抗日救國詩歌》、《滬戰文藝評選》、1937 年《抗戰頌》、《戰時詩歌選》、1938 年《抗戰詩選》、《抗戰詩歌集》、《抗戰獨幕劇集》、《抗戰劇本選集》、《國防話劇初選》、《戰時兒童獨幕劇選》、《街頭劇創作集》、1939 年《抗戰文藝選》、、1941 年《抗戰劇選》等等。從中透露出了文學界與出版界強烈的時代意識和民族

意識，或者也可以說，是特殊時代的民族情感強化人們對現代文學的文獻價值的認定。

就作家個人史料的整理出版方面，最值得一提的是魯迅逝世引發的悼念潮與全集出版。早在魯迅生前，就有回憶文字見諸報端（如 1924 年曾秋士《關於魯迅先生》，〔註 3〕1934 年王森然撰寫第一個魯迅評傳〔註 4〕），魯迅逝後，報刊雜誌上發表了大量歷史回憶，親朋舊友開始撰寫出版紀念著作（如許廣平、許壽裳、蔡元培、周作人、許欽文、孫伏園、郁達夫等），包括魯迅先生紀念委員會編《魯迅先生紀念集》等著述〔註 5〕匯成了現代文學有史以來最大規模的個人史料，《魯迅全集》在 1938 年的編輯出版（上海復社版），是魯迅先生逝世之後，中國文學界一次前所未有的對當代作家文獻的搜集彙編工程，編輯委員會由蔡元培、馬裕藻、許壽裳、沈兼士、茅盾、周作人、許廣平等組成，參與編輯的有近百人。胡愈之、張宗麟總攬全域並籌措經費，許廣平與王任叔（巴人）為編校，參與校對的還包括金性堯、唐弢、柯靈、王任叔等一大批人，黃幼雄、胡仲持負責出版，徐鶴、吳阿盛、陳熬生分別聯繫排版、印刷與裝訂事宜，陳明負責發行。搜集、整理、編輯、出版乃至序跋、題簽等由一代文化界精英承擔，盡顯現代文學作為時代文化主流的強大力量。

到作家選集的編輯出版已經成為「常態」的今天，人們格外注意搜集選編的「史料」又包括了那些影響文學史整體發展的思潮、流派、論爭的文字，其實，這方面的整理、呈現工作也始於民國時期，那些文學運動、文學論爭的當事人和富有歷史眼光的學人都十分在意這方面材料的保存。據我掌握的材料看，早在 1921 年 1 月，新文學運動的開展、白話新詩的倡導才剛剛 3、4 年，胡懷琛就編輯出版了《嘗試集的批評與討論》，〔註 6〕到 1920 年代後期的「革命文學」論爭之時，又有錢杏邨編輯的《現代中國文學作家》（上海泰東圖書局，1928 年），霽樓編輯的《革命文學論爭集》（生路社，1928），它們都收錄多位論爭參與人的言論。之後，我們還可以讀到各種的文學論爭資料，包括李何麟編的《中國文藝論戰》（中國書店 1929 年）、蘇汶編《文藝自由論

〔註 3〕 曾秋士《關於魯迅先生》，《晨報副刊》1924 年 1 月 12 日，曾秋士即孫伏園。
〔註 4〕 王森然：《周樹人先生評傳》，收入《近代二十家評傳》，北平杏岩書屋 1934 年 6 月版。
〔註 5〕 北新書局 1936 年 12 月初版。
〔註 6〕 胡懷琛：《嘗試集的批評與討論》，上海泰東書局 1921 年 3 月。

辨集》（現代書局 1933 年）、吳原編《民族文藝論文集》（正中書局 1934 年）、胡懷琛編《詩學討論集》、胡風編《民族形式討論集》（華中圖書公司 1941）等。

　　1930 年代，在現代文學發展進入第二個十年之後，文學的歷史意識也有所加強，「新文壇」、「新文學史」這樣的歷史概括也出現在學者的筆下，值得注意的是，這些對「新文壇」、「新文學」的記錄都努力保存各種文獻史料。1933 年，王哲甫編撰出版了《中國新文學運動史》（北平傑成印書局），除了對現代文學運動的描述、評論外，著作還列有「新文學作家傳略」、「作家圖片」、「著作目錄」等，皆有史論與史料彙編的雙重功能。同年阮無名《中國新文壇秘錄》（上海南強書局）出版，雖然「秘錄」一語帶有明顯的商業意味，但全書卻體現了頗為嚴謹的文獻意識，正如今人所評，該書「一方面為了保存歷史的真實和完整，對資料不輕易摘引、節錄；一方面更注意搜集容易被人忽略的零碎資料，前後加以串聯，詳加說明，使之條理分明，獨成系統。雖然，他聲明在組織這些材料時，儘量不加評論，當然在編輯過程中也無法掩飾自己的觀點，只要暗示幾筆也就夠了。」〔註 7〕阮無名即阿英（錢杏邨），他是中國現代文學史上最早具有自覺的史料文獻意識的學人。1934 年，阿英再編輯出版了《中國新文學運動史資料》（上海光明書局，署名張若英），這部著作雖然以新文學運動的發展為線索安排專題性的章節，但卻不是編者的評論，而是在每一專題下收羅了相關的歷史文獻，可謂是現代文學發展演變的史料大彙編。對讀今日出版的現代文學著作，我們不難見出，阿英這些最早的文獻工作足以構建起了歷史景觀的主要骨架。

　　在民國時期，現代文學史料整理工作最具規模也最具有影響力的成果是《中國新文學大系》的出版。

　　1935 年，良友圖書公司隆重推出趙家璧主編《中國新文學大系》10 大卷，其中「創作」的 7 卷，共收小說 81 家的 153 篇作品，散文 33 家的 202 篇作品，新詩 59 家的 441 首詩作，話劇 18 家的 18 個劇本，「理論」與「論爭」兩卷，「史料·索引」一卷，加以「創作」各卷的「導言」，收錄的理論文章也有近 200 篇，可以說是全方位彙集、展示了現代文學創立以來的全貌。從文學發展的角度來說，這是推動新文學作品「經典化」的重要努力，從現代文學歷史的梳理來說，則可以說是第一次文學文獻的大匯輯。《史料·索引》

〔註 7〕　姜德明：《書邊草山》第 176 頁，杭州：浙江人民出版社，1982 年。

由阿英主持，在編輯中，他注意到了現代文學的版本流變問題，又將「史料」分作作家作品史料、理論論爭史料、文學會社史料、官方關於文藝的公文、翻譯作品史料、雜誌目錄等十一類，我們可以認為，這是中國現代文學史料學的第一次自覺的建構。

不過，即便良友圖書公司和史家阿英有著這樣自覺的史料學的追求與建構，在當時歸根結底也屬於民間的和學者個人的愛好與選擇，而不是國家事業的組成部分，甚至也沒有成為學科發展、學科建設的工作願景。由此觀之，我們可以發現，民國時期中國現代文學史料的保存、整理與出版工作的顯著特點。

就如同中國現代文學本身在整體上屬於作家個人、同人群體的創造活動一樣，在整個民國時期，這些文獻史料的搜集、保存和整理出版工作的主要動力還在民間的趣味和熱情，在國家政府一方面，幾乎就沒有獲得過太多的直接支持，當然，也就因為尚未被納入國家大計而最終淪為國家政府意志的附庸。這樣的現實有兩個值得注意的結果：

其一，由於缺乏來自國家層面的頂層學科規劃，現代文學的文獻史料工作的民間發展受到了種種物質和制度上的限制，長遠的學科發展方略遲遲未能成型，文學史料工作在學術規範、學理探究、思想交流等方面建樹不多。

其二，同樣道理，由於國家政府放棄了對文史工作的強力介入，更由於現代文學陣營本身對民國專制政府的從未停止的抵抗和鬥爭，各種類型的文學著作不斷撕開書報檢查的縫隙，持續為我們揭示歷史的真相，因而，在總體上我們又可以認為，民國時期的文獻史料是豐富和多樣的，如果我們將所有的文學出版物都視作必不可少的「史料」，那麼，這些風格各異、思想多元的民國文學——包括作家個人的文集、選集、全集以及各種思潮、流派、運動、論爭的文字留存，共同構築了現代文學文獻史料的巍峨大廈，足以為後世的研究提供源源不絕的資源和靈感。

2020 年 2 月改於成都

目次

上 冊

卷一：新文學的世界體系

導 言 ……………………………………………… 3

第一章 論新文學的概念與特性 ………………… 9

第二章 世界一員的意識 ………………………… 27

第三章 論新舊文學不同的審美體系 …………… 39

第四章 論新文學的創新領域與卓越建樹 ……… 59

卷二：創造與激情

第五章 早期創造社郭沫若郁達夫等人的「淚浪」……………………………………………… 83

第六章 通過荒誕完成審美喜悅——郭沫若自傳體長卷散文藝術探奧 …………………… 97

第七章 論郭沫若早期詩歌海洋特色書寫中的文化地景關係 …………………………… 109

第八章 「洪水」時代的感情與「薄冰」時代的幽情 …………………………………… 127

第九章 郁達夫曾資助劉大杰去日本留學嗎？ … 133

卷三：鄉愁・民族・國家

第十章 魯迅文學創作中鄉愁主題的承接與變異 ………………………………………… 141

第十一章 對魯迅「無視」朝鮮民族「問題」的「關心」和探究——對韓國學者李泳禧先生觀點的答辯 ………………… 149

第十二章 論梁啟超文學觀念中的杜甫情結 …… 161

第十三章 梁啟超筆下的岳飛風骨 ……………… 173

第十四章 古今並重的李杜友情——著重現代研究成果 ………………………………… 177

第十五章 論何其芳文學創作與欣賞中的杜詩影響及定位 ………………………………… 189

下　冊

卷四：川籍作家探研

第十六章　論艾蕪《南行記》交織反射的鴉片煙
　　　　　與青春氣息 …………………………… 203

第十七章　艾蕪筆下的辮子情結 ………………… 217

第十八章　青春稍縱即逝──對艾蕪先生的重讀
　　　　　與回憶 …………………………………… 223

第十九章　艾蕪《漂泊雜記》等作品的政治地理
　　　　　學 ………………………………………… 227

第二十章　飄零的身世，奇崛的才情──吳芳吉
　　　　　先生的價值 …………………………… 243

第二一章　「一經品題，便作佳士」──英語世
　　　　　界的李劼人研究、成果與現象 ……… 249

卷五：冰心的世界

第二二章　論冰心文學書寫中的西南地理文化呈
　　　　　現 ………………………………………… 273

第二三章　論冰心新文學的古典氣質與「鄉愁」
　　　　　書寫 ……………………………………… 287

第二四章　歐美漢學家的冰心研究述略 ………… 299

卷六：海峽對岸

第二五章　「一個還鄉的種類的美」──論余光
　　　　　中詩歌中的四川情結與李杜蘇信息 … 325

第二六章　「古典情懷的現代重構」──余光中、
　　　　　洛夫成都杜甫草堂詩對讀 …………… 339

第二七章　「海的制高點上」──論汪啟疆海洋
　　　　　詩作的象徵性 ………………………… 349

第二八章　語詞還鄉與詩意棲居──論渡也存在
　　　　　主義傾向的文化鄉愁 ………………… 363

後　記 ……………………………………………… 389

卷一：新文學的世界體系

導　言

　　早在 19 世紀中後葉，地理學科在西方高等學府與研究機關創建與擘畫，英國學者哈・麥金德宣讀《歷史的地理樞紐》等論文，就曾論證並預言：「世界是一個整體，它已經成為一個聯繫緊密的體系。」〔註 1〕進一步說：「沒有一個完整的地理區域小於或大於整個地球表面。」〔註 2〕我的理解，他意思是說從大航海時代、工業革命、啟蒙運動開始，地球上即便任何一個小小的區域，都不可能脫離全世界的板塊運動，不可能擺脫世界思想大潮的影響，也不可能孤立自閉，像卡夫卡的小說《城堡》描寫那樣難以進入了。這道理在今天看來興許是些常識，甚至是「老生常談」，但在世界大融合、大交匯、大變動之初，還是振聾發聵的。

　　「體系」（system 或 structure）這個詞語顯然是一個外來詞彙，查查「百度」百科，就有如下的解釋：「泛指一定範圍內或同類的事物按照一定的秩序和內部聯繫組合而成的整體，是不同系統組成的系統。自然界的體系遵循自然的法則，而人類社會的體系則要複雜得多。影響這個體系的因素除人性的自然發展之外，還有人類社會對自身認識的發展。」〔註 3〕不是講得很簡單明白，大致說明這是一個科學發展的整體。古代如《周易》中有：「天行健，君子以自強不息；地勢坤，君子以厚德載物」。「健」應通「乾」，「乾坤」，也有體系的指意。《論語》中論述「小子何莫學乎詩」，從而提出「興觀群怨」觀點，也有體系方面的概括，只不過那個體系建立在「事君事父」人倫前提下。

〔註 1〕（美）哈・麥金德，《歷史的地理樞紐》，北京：商務印書館，2017 年版，第 19 頁。

〔註 2〕同前。

〔註 3〕https://baike.baidu.com/item/體系。

現代漢語中的「體系」是一個近代詞彙，應和民主、科學、哲學、生物、歷史、經濟、政治等詞彙一樣，多係東、西洋的「泊來品」，屬於漢語新詞。日本明治維新時代以降許多語詞，有些是對中國固有的漢語詞沿用、改造，例如「文學」（中國古代專指文獻經典，包括文史哲等）、「數學」（「數」為「六藝」之一）、「自由」（莊子有其意）等，有些就是「生造」。新舊漢語詞彙的交融、變通、應用也代表和張顯了人類「聯繫緊密的體系」「命運共同體」時代特徵與趨勢，無疑是世界知識交匯的產物與共振，也是世界思想知識資源共享的結果。正如丹納名著《藝術哲學》論述文藝復興以來的現代文藝時指出：「只因為有了這一片和聲，藝術家才成其為偉大。」〔註4〕文學也由此成為世界文學，其「共性」的特徵益發鮮明突出。

本人執教現當代文學課程，同時也是古典文學的愛好者與研究者，也在學校參與開設《中華文化》（文學編）的公選課，自己不免有時沉浸在古典的詩意與文情中，如《文心雕龍》所形容：「形在江海之上，心存魏闕之下。……登山則情滿於山，觀海則意溢於海。」（《神思》）但我們不得不慎思明辨並加以斷定，新舊文學體系大不一樣了，或者索性說古代文學與現代文學就是兩個不同的板塊體系。雖然都是寫作中文方塊字，但從審美範疇、實際功用與接受美學等諸多方面來講，路線不同，方法不同，風貌迥異，成就各有千秋，另當別論。沿用一句俗話來說，新舊文學就是兩股道岔上跑的車，走的不是一條道。好比中藥與西藥，中國畫與西洋畫，唐裝與西裝一樣，不能混為一談，「眉毛鬍子一把抓」更不行。二者路徑風格都大異其趣，甚至門庭對立。

你可以嘗試結合、變通，「古為今用」、「洋為中用」，但畢竟體系建制不同，各有側重，各有追求建樹。設如我們要從魯迅、巴金抑或莫言、殘雪等人的行文中去尋找「駢四儷六」、「雅正馴辭」「中庸和樂」等古腔古風，必然會大失所望，不啻「緣木求魚」。而從中梳理西方近現代文學思潮的影響，做橫向比較，則如順水行舟，自然得多。

古代優秀文學是寶庫中的收藏，可以把玩摩挲，加以欣賞，甚至「推陳出新」，回味無窮。現代新文學則是有著實際進步效用，是世界新潮的推動，不進則退，甚至被淘汰出伍。所以必得「放下包袱，輕裝前進。」一句話，新文學是現代中國的世界文學，簡稱現代文學。魯迅1927年就曾宣告：

〔註4〕丹納，《藝術哲學》，安徽文藝出版社，1991年，第45頁。

「老調子已經唱完」！〔註5〕他指出：「沒有衝破一切傳統思想和手法的闖將，中國是不會有真的新文藝的。」〔註6〕百年新文學實踐證明魯迅的研判是正確的。

古典舊體式文學寫作也仍有空間甚至是市場，但已不能引領潮流，更不能佔據主流文化領域。一百年來的新文學創作，成就有目共睹。現代文學更加體現時代進步的內在需求與外在動力影響，她與世界各國人民「同呼吸，共命運」，是大文化的交響曲。新文學初創時期刊名如《新生》《新潮》《洪水》《奔流》《新月》《萌芽》《現代》等都可顧名思義，除舊布新、走向世界的用意旗幟鮮明。魯迅倡導「拿來主義」，凡是別國先進的合理的，我們都可以學習，拿來加以利用開發創新。如果想不中不西、不新不舊，所謂「調和」其實是很難實現的，對此魯迅觀點非常尖銳，他諷刺說：「正如我輩約了燧人氏以前的古人，拼開飯店一般，即使竭力調和，也只能煮個半熟；夥計們既不會同心，生意也自然不能興旺──店鋪總要倒閉。」〔註7〕「既說是應該革新，卻又主張復古；四面八方幾乎都是二三重以至多重的事物，每重又各各自相矛盾。一切人便都在這矛盾中間，互相抱怨著過活，誰也沒有好處。／要想進步，要想太平，總得連根的拔去了『二重思想』。因為世界雖然不小，但徬徨的人種，是終竟尋不出位置的。」〔註8〕魯迅大量的新文藝論述，可稱鞭闢入裏，至今讀來仍有新意。魯迅對新文學建設始終堅定信心並充滿深情：「願中國青年都擺脫冷氣，只是向上走，不必聽自暴自棄者流的話。能做事的做事，能發聲的發聲。有一分熱，發一分光。就令螢火一般，也可以在黑暗裏發一點光，不必等候炬火。／此後如竟沒有炬火，我便是唯一的光。倘若有了炬火，出了太陽，我們自然心悅誠服的消失，不但毫無不平，而且還要隨喜讚美這炬火或太陽，因為他照了人類，連我都在內。」（《熱風》四十一）〔註9〕

對於新舊文學的不同取向、取法與體式，陳之展教授早在20世紀三十年

〔註5〕魯迅，《老調子已經唱完》，載《魯迅全集》第7集，人民文學出版社，1981年，第307頁。

〔註6〕魯迅，《論睜了眼看》，載《魯迅全集》第1集，人民文學出版社，1981年，第241頁。

〔註7〕《魯迅全集》第1集，人民文學出版社，1982年，第344頁。

〔註8〕同前，第345頁。

〔註9〕同前，第325頁。

代的新文學講義中即做有如下總結：

> 以前的中國文學是自成風氣的文學，到了這個時期，就開始接受西洋的影響了。以前的中國文學，重在摹仿古人，摹仿古代，到了這個時期，就要求創建現代的現代人的文學了。……以前的文學，只算得是士大夫的干祿之具，或消遣之物的，換言之，只是特殊階級極少數人利用和享樂的東西，到了這個時期，文字要怎樣才得給大眾容易使用，文學要怎樣才得成平民的，就都成了問題。從今以後，文學成為替民眾喊叫，民眾替自己喊叫的一種東西，這樣的時期，快要到來了。這種種的演變，雖極繽紛奇詭之至，卻有一種共同的特色，便是反抗傳統。」〔註10〕

「反抗傳統」一句很是生猛，其實也是世界現代文學、現代派乃至後現代派文學的基本風貌指徵。這個「傳統」當然是著重指封建權威時代的正統。

雖然新文學革命初期對傳統古典文學以及創作方式有頗多偏頗的激烈的針砭之辭，今天來看，傳統文學特別是優秀文學也不盡都是「干祿之具」，不盡是「利用和享樂的東西」，像屈原憂憤沉江的絕唱，陶淵明不合時宜的歸田賦，李白放浪形骸的佯狂浪漫，杜甫沉鬱的寫實，杜牧、李商隱等人的哀時及至曹雪芹的悲劇情懷等，也多少反映了時代進步與反抗的特徵，其中也有相當多的人民性。但這是不多的個案，總體而言古典文學的體系是承上的、守舊的，是「致君」「幫閒」的，多帶有明顯的功利訴求。這種自我內部循環的文學，代代相傳，自成一統，兩千多年來，一成不變，與外部世界的關聯互動甚少。其間也有周邊少數民族地區與近鄰國家文化的交融影響，但主要在同化他者，始終居於「中國」，「教以傚化」。正如《文心雕龍》開篇「原道」、「宗經」、「徵聖」、「正緯」等目錄一樣，「道統至上」的思想堅如磐石。新文學發展到今天不過一百來年，相比古典文學還很年輕，但在世界文壇已產生廣泛影響，有的作家作品還先後摘取世界大獎，被翻譯成許多他國文字印行。這足可充分證明魯迅名言：「希望是本無所謂有，無所謂無的。這正如地上的路；其實地上本沒有路，走的人多了，也便成了路。」〔註11〕

〔註10〕陳炳堃（陳子展），《最近三十年中國文學史》，太平洋書店，1937年，第1～2頁。

〔註11〕《魯迅全集》第1集，人民文學出版社，1982年，第485頁。

　　中國現代新文學已經走向世界，成為世界現代文學領域的分支與不可或缺的組成部分。「體系」，顧名思義即體式相繫、體運相關，新文學的世界體系特徵，已經昭然若揭。這給我們新文學的學術研究，無疑提出了更多的要求，需要開掘更多更加深入的文本意義話語空間，從而促進新文學的鞏固與發展。本文集即從這個角度，進行學術試探，希望在課題進行中，良有所獲。

　　在一百年新文學光輝歷程紀念的關口，我們要「隨喜讚美這炬火或太陽」！

第一章　論新文學的概念與特性

第一節　「新」與「舊」

　　我們尋常稱謂的「新舊」文學，分別是指稱中國現、當代文學體式與中國傳統的古典文學體式。前者標「新」，後者示「舊」，不僅在於時間關係（一先一後）的區別，更在於藝術取法和思想體系的不相等同。新文學著重強調現代性、世界性與開創（實驗）意義，而舊文學則強調繼承性甚至是以復古、載道（正音）、守正為號召。前者重在橫的移植與融合，後者重在縱的繼承與貫通。

　　眾所周知，20 世紀初葉前後，我國文化經歷了大的變動，改革乃至動盪的時代浪潮一浪高過一浪，學界比較通常的文體稱呼、劃分與歸類，即以新舊文學來加以區分，從而形成理論認定，約定俗成。其實，新舊也並沒有太嚴格的科學區分與完全的合法認同，甚至有著較大的意見分歧。只是當時大多數的文化人、學者比較認可這種指稱和理念，久而久之，採用新舊區分形容、標籤來分別古今文學體例，其習慣用法也就成了自然。往往一說到新文學，大家自然而然想到比較「西化」的白話文——新詩、散文、小說、戲劇，現代派、新感覺派、心理分析意識流等文學流派。而一說到舊文學，往往想到傳統的有宗派章法的古代舊樣式文學，如駢賦、律詩、文言文等。實際上在高校中文系也是這樣分派教研室的：從事中國古典文學研究與從事中國現當代文學教研的學者分別擁有各自的團體領域辦公室，國家社會科學研究領域的課題指南，也是將古代文學與現當代文學分成兩大塊，分別進行研究招標與開題的。簡稱「新舊」，並不等於孰輕孰重、孰貴孰賤，只是要加以學理區分，簡明扼要便於指稱。

　　「五四」運動前後，以胡適之、陳獨秀、李大釗、錢玄同、劉半農、魯迅、郭沫若、郁達夫、冰心等許多文學家為代表的新文化、新文學運動倡導者實踐，極力脫離千年窠臼，提倡世界新知與結合，從而推陳出新，大膽嘗試，新舊文學認知與理念，不脛而走，及至家喻戶曉。到今天新樣式的文學實踐已經經過一百年了，當初比較激烈的反對派，早已偃旗息鼓甚至成為遠去的歷史，現當代文學的成就有目共睹，業已深入人心。新文學體式成為大眾寫作特別是學生實習的普遍樣式與基礎範例。舊的即傳統的文學體例，愛好者、欣賞者依舊廣泛，古典文學的研究成果依舊不斷地發展，引人注目，甚至推陳出新。但嘗試用舊的體例樣式來進行寫作並用於廣大社會生活交流的，不可否認已限於極少數人，已經屬於圈內比較小眾化的文藝愛好者而已。如各地的多由中老年人構成的古代詩詞學會等。作家協會基本上由嘗試新樣式進行寫作的人員構成。

　　新舊文學的提法沿用至今，成為通例與習慣。如歷年出版的對於現代文學研究類著述、教材、普及讀物，書名信手拈來，即有《中國新文學史稿》（王瑤主編）《漢語新文學通史》（朱壽桐主編）《中國新文學史》（丁帆主編）《插圖本中國新文學史》（許道明主編）等等，多以「新」字冠之，類似論文專著則不計其數。從學理上講，「新」已取得合法地位與共識。實際早從 20 世紀三十年代趙家璧先生主編出版有魯迅、胡適、茅盾、周作人、鄭振鐸、朱自清、阿英、郁達夫、鄭伯奇等名家參與的《新文學大系》十卷本彙編，包括理論性的總結序跋開始，就勘成定論。以「現當代文學」名稱作為別稱的新文學研究著作，更是數不勝數、司空見慣。在我國高校、文學研究所，新文學即現當代文學作為中國文學大類一級學科下分野獨立的二級學科，招收研究生，設立博士點，博士後基地，國家教育部授予學歷學位證書，由來已久。在我國臺、港、澳地區的高等院校，大致亦如此。迄今歷經一百年的新文學與曾有二千五百年悠久歷史的傳統舊文學，從學理上講是平等的，旗鼓相當，彼此倚重，未可偏廢。海外尤其是歐美漢學研究高校機構，對我國新舊文學同樣器重，可稱一視同仁，同樣分別授予研究者學位與榮譽。正如專家教授所論：「其中新文學的研究經過近百年的建構、開拓與發展，亦以其不斷擴大的規模與日益充實的內蘊，成為當今世界文學研究的學術格局中頗為活躍的部分以及頗具潛力的學科。」〔註1〕隨著中國文學走向世界的步伐加快，尤其是摘取「諾

〔註 1〕朱壽桐，《漢語新文學》上卷，廣東人民出版社，2010 年，第 1 頁。

貝爾文學獎」等多項世界級大獎桂冠，有關中國新文學即現當代文學創作的研究、整理、譯介、出版等，於今也快要成為一門「顯學」了。在世界漢學界中，名家輩出，碩果累累，可以說已經成為一道比較亮麗獨特的風景線。

我們無意來梳理和重抄當年新舊文學爭論的老調公案（不排除有所徵引與列舉），這也不是著述一冊文學論集所能容納的內容。這裡只是要從文學、文藝學、文藝美學的範疇視域，選擇有代表意義的專題，加以認識與討論，從而進一步探討新文學獨具的現代性魅力與前沿價值，強化我們對學科、學理的自覺認知與建設，促進學習與研究能力的提高。

單就新舊標誌而言，如前邊所示，提法不一定都嚴謹，從事舊體傳統文學研究的人也不一定都認同。當初新文學運動者的提法有意偏頗甚至帶些武斷，以期激發與引出更多的討論，從而除舊布新，開創一個新的時代。革命之初往往如此，通常稱為拓荒時期，勇氣是必須的。當時例如「打倒孔家店」、「死文學」、「桐城謬種，選學妖孽」、「把線裝書統扔到茅廁裏去」、「漢字不滅，中國必亡」、「吃人的歷史」等號召提法，今天來看顯然不無偏頗，甚至預判有錯，例如對漢字的看法。但時代革命的勇氣，尤其是破除舊勢力的壓制困擾，不過激些，真不能動搖兩千多年的文學根基。希望能夠「別開生面」、「別求新聲於異邦」（魯迅《摩羅詩力說》），不是那麼一蹴而就。從後人追述青年毛澤東受近代「文學革命」特別是「五四」新文化運動激勵，即可見當時革命風氣的影響：

> 值得注意的是，這種全盤的反傳統主義思潮對新一代中國人的思想文化與政治選擇，均具有持續的影響力。在接受馬克思主義以前，1917 年 9 月，青年毛澤東在對友人的談話中就鮮明主張，「現在國民性惰，虛偽相從，奴隸性成，普成習性。安得有俄之托爾斯泰其人者，沖決一切現象之網羅，定展其理想之世界。行之以身，著之以書，以真理為歸，真理所在，毫不旁顧。前之譚嗣同，今之陳獨秀，其人者，魄力頗雄大，誠非今日俗學所可比擬。」他還主張，應「將唐宋以後之文集詩集，焚諸一爐。又主張家族革命，師生革命。革命非兵戎相見之謂，乃除舊布新之謂。」〔註2〕

〔註2〕 見網頁騰訊文化蕭功秦，2016.02.19，11：16《以一個保守主義者的視角看激進反傳統主義》，原刊於《探索與爭鳴》2015 年第 12 期。原注《毛澤東早期文稿·張昆弟記毛澤東的兩次談話》，長沙：湖南人民出版社，2008 年，第575 頁。

　　「除舊布新」,即新文學革命動機所在。新文學革命至今已經過一百年,新文學創作成為定勢。舊體文學仍然彰顯著故國文明與表達著經典文學的魅力,但顯然求知與布新、追求真理、傳遞信息等社會功能方面,多讓位於新文學、新文體樣式了。舊的不死,新的更新,新舊文學如今可以並行不悖、各司其職,達到互文通融、共生共榮的繁榮局面,興許正是先賢、智者、勇者所希望看到的大好局面。但這正是通過初期新文學革命理論與實踐所開闢出來的廣闊天地,篳路藍縷之功,不可不加以重視。

　　新舊樣式的優秀文學其實都是中華文學的瑰寶,各有側重與用場。如古典文學在幼兒發蒙教育與青少年對傳統文化認知方面,有其優勢。古典文學尤其是詩歌詩詞類往往因意象單純而豐富、言約意豐,深獲群眾喜愛,有永恆的魅力。中央電視臺近年舉辦的古典詩詞大賽,參與者眾多,影響廣泛,對於青少年認知繼承傳統優秀文化尤有啟迪功用。「國學」、「國粹」、「國劇」「國寶」等在今天仍然有市場,「孔子學院」作為對外漢語教育名稱代表風靡全球,都是歷史文化持久繁榮的見證。語言文字是民族的心靈智慧結晶、成長史,不是一朝一夕可以偏廢的,自有其強大的生命力,屬於非物質文化遺產,也是「心靈雞湯」。當年激烈的言論、「文化偏至」,正是矯枉必須過正。於今不必拘泥,也不必苛求。如胡適當年提議的「八不主義」第一條「不用典」,實際上中國人說話,無論雅俗各階層,都喜歡「出口成章」,大量成語、諺語、歇後語、警句、辭章故事引用等,都會是「用典」,已經是悠久歷史的中國人的語言生態方式之一,也是中國文化的特點之一。胡適反對的是一味使用「僻典」、「冷典」、艱澀崛怪、苛求形式的僵化的蹈襲。這是沒有問題的。封建時代以正統道學自封,動輒「三墳五典」、「三綱五常」等用以壓制靈性、創造性,從而鞏固封建專制統治的權威。從八股文取士的廢除、推行新政新學,實行共和等歷史進程,至今已有定評見證,成為不爭的事實。

　　新舊文學是否可以通融結合,寫出一種既新亦舊的體例樣式,清季與晚清開明人士已有探索嘗試,二者無疑很難稼接成功。當時那些半文半白的「新文體」、「詩界革命」、「新小說」,除了恰如其分的歷史功績外,現實效用幾乎已被忽略。用傳統舊體形式表達現當代人的經歷情懷,有極個別十分成功乃至家喻戶曉的事例,但不帶普遍性,也很難複製。作為普通大眾,如果今天要用文言駢賦律體等創作,表現現實生活情懷,一定是個人的自由愛好,有寫得比較精緻的,但極難產生普遍效應與反響,要以此走向世界,問鼎世界

文壇文學大獎，顯然也是不現實的。如同印度人用古梵文寫作不能代替泰戈爾，日本人用能樂、徘句進行創作不能代替川端康成、大江健三郎、村上春樹等作家一樣。一是傳統體系，一是世界體系，很難同日而語。

我們身邊也有學者、師長倡議應將現代人創作的傑出的舊體詩詞，寫入通行的新文學史論教材，但很難操作實現，原因就在這裡，在新舊文學兩個體系中，很難「中行而不悖」。兩者可以並存，可以各行其是，但很難兩者兼顧、合為一家。就像西裝革履不便配穿漢服唐裝、長袍馬褂一樣，分別穿試才更諧調、合體。

舊的可以常新，百讀不厭，「溫故而知新」，但新的則只能放下包袱，勇於創作。走向世界並融入世界的新文學包括所謂「西化」的話語方式，都有其自身的趨勢、必然性，已形成合理體系。具有中國特色與中國氣派的中國現當代文學，已是世界現代文學的組成部分與分支。「存在即合理」〔註3〕，新文學已經存在了一百年，經歷了時間驗證，也是經歷了世界先進理念驗證。世界文學已經成為一個大的人文科學系統，息息相通，便於譯介，內容題材方面更著重反映人類共同的心聲與普遍願望。「人類命運共同體」、「地球村」事實與理念，都已深入人心。

新文學百年來創作的優質作品以及深入人心的藝術形象，印證了文學革命時期的願景，即使當時尚不夠成熟的理論，至今也得到正確理解。作品會說話，正如「語詞破碎處，無物可存在」〔註4〕一說，強調作品的唯一性和說服力，「語言是存在之家」〔註5〕。新文學的「語言」，雖然仍舊多用華（漢）語寫作，但實質上已經成為一種充滿生命活力的「世界語」。

第二節　新文學不單是白話文學

自晚清「洋務運動」、維新、變法以降，當時的政治人物與文化界人士多有相當的驚異和不習慣，感覺到時局的變動，認為這變化是「三千年未有之

〔註3〕原文：「凡是合理的都是存在的，凡是存在的都是合理的。」參見黑格爾著《Grundlinien der Philosophie des Rechts 1820》《法哲學原理》）。轉見于爾根·哈貝馬斯（1929～），《現代性的哲學話語》，曹衛東等譯，譯林出版社，2004年，第21頁。

〔註4〕詳見海德格爾著，《在通向語言的途中》，孫周興譯，北京：商務印書館，2004年，第219頁等處。

〔註5〕海德格爾，《路標》，孫周興譯，北京：商務印書館，2000年版，第392頁。

變局」（一說「數千年未有之大變局」，始見於李鴻章 1874 年給同治皇帝的奏摺）。

「變局」，這一個近代出現的新詞語，也許是泊來品或半封建半殖民地洋場的特產，源自海上搏術、牌局、賭局及至風月場的專用術語，後經引申沿用亦指稱政治風雲時局變化，以及經濟、軍事形勢動態格局等。百度辭典顯示文學作品較早使用例如李漁《慎鸞交・贈妓》:「〔小生〕我們的盟誓久矣就發下了。〔生〕那是月下私盟，當不得人前公誓。今日在我面前從新發誓，以後若有變局，待我好興問罪之師。」吳趼人《二十年目睹之怪現狀》:「述農道:『從行了票鹽之後，卻是倒了好幾家鹽商，鹽法為之一變。此時為日已久，又不知經了多少變局了。』」稍晚如張孝若《辛亥革命前後・一》:「我現在又要說到我父的一個極重要時期，也是國家的一個非常變局，就是辛亥的一年。」

「變局」這個詞語，本身打著時代鮮明的烙印，有著大動盪與急劇變化時代的符號意義。

新文藝、新文學的倡導即當時於文化戰線領域的「大變局」。這一變化決非單單實行了白話語文運動。白話文學並不直接等於新文學。二者有關聯性，但不是必定關係與獨一性。這是個有趣的話題，不妨多說幾句。胡適先生早年為了給白話文學尋找合法性，尋章摘句，闡述白話文學原來自古就有，且由來已久，白話文學是自然而然地進化演繹與承接的關係。從而他進一步論述:「白話文學史就是中國文學史的中心部分。中國文學史若去掉了白話文學的進化史，就不成中國文學史了，只可叫做『古文傳統史』罷了。」〔註6〕胡適為白話文學正名，搖旗吶喊，把他所謂的白話文學稱為「活的文學」，把艱深古奧奇僻些的文學指稱為「詰屈聲牙」、「死的文學」。他秉持這樣平民化的進化論的觀點，寫出半部《白話文學史》，後來由於工作繁忙，也許更由於論點比較偏頗片面的原因，書稿最終沒有完成。

白話文學肯定自古就有，如眾所周知的上古民謠、詩三百篇風雅中的好些作品以及敦煌曲子詞、寒山拾得王梵志的詩、宋明理學如朱子語錄等，及至明清時代章回體白話小說。但新文學並不等於白話文學，這是顯而易見的。淺顯的文言文、比較通暢的古體詩詞與古代通俗小說都不盡是。否則我們就不能夠稱其為「大變局」。周作人論說有同樣的概念偏頗，他當時將新散

〔註6〕胡適，《白話文學史》，嶽麓書社，1986 年，第 12 頁。

文的源流追溯到晚明小品，著有一冊講義《中國新文學的源流》，也是想為白話文學正名，但事與願違，古文守舊者不予認同，新文學運動人士則認為他保守消極退縮，當了「隱士」。實際上晚明小品肯定不是新文學。這有質的區別。

古代的「白話文學」不等於現代的新文學，甚至現代的白話文學也未必都是新文學。像胡適先生《嘗試集》如《兩隻蝴蝶》：「兩個黃蝴蝶，雙雙飛上天。／不知為什麼，一個忽飛還。／剩下那一個，孤單怪可憐；／也無心上天，天上太孤單。（五年八月二十三日。）」，雖然有意做得很通俗，很有民間順口溜味道，但也不夠有新文學的境界，雖然不可否認《嘗試集》的意義。與當時或稍晚的冰心的《繁星·春水》、郭沫若的《女神》乃至徐志摩的《志摩的詩》等相比，《嘗試集》都有距離，原因就是胡適侷限於古代白話文即新文學的同義概念。僅僅是通俗淺暢的謳謠體作品，古人作品中的確可以找到很多。例如眾所周知的李白《靜夜思》，還有例如《宣城見杜鵑花》，詩道：「蜀國曾聞子規鳥，宣城還見杜鵑花。一叫一迴腸一斷，三春三月憶三巴。」又如《山中與幽人對酌》：「兩人對酌山花開，一杯一杯復一杯。我醉欲眠卿且去，明朝有意抱琴來。」杜甫絕句也膾炙人口，如：「兩個黃鸝鳴翠柳，一行白鷺上青天」、「黃四娘家花滿蹊，千朵萬朵壓枝低」這些詞句，都很通俗明瞭，琅琅上口，顯然是口語。但不能說這些就是現代的新文學。文學的新舊不單以白話文言相區分，主要在質地。這在胡適先生自己其實也明白，他說：「我自己對於社會，只要求他們允許我嘗試的自由。」（見《嘗試集》四版自序）「我老著面孔，自己指出哪幾首詩是舊詩的變相，哪幾首詩是詞曲的變相，哪幾首是純粹的白話新詩。」（見《嘗試集》再版自序）

在變革的開拓與發軔時期，「嘗試」，不失為一種勇氣，胡適《嘗試集》價值已沒人低估。周作人「五四」時代倡導「人的文學」、「平民的文學」，介紹「歐洲文學史」，也都功不可沒。歷史自有其漸進的演變的一面，由初生到成熟到走向世界，有個現代化的過程。章太炎先生曾是周氏兄弟、錢玄同等人的老師，他當時不肯認同新文學，直到20世紀二十年代，還以嘲笑的語氣諷刺白話文。他提出的意見就很典型，不妨拿出來印證，其實代表了文學傳統的守舊觀念：

> 詩至清末，窮極矣。窮則變，變則通；我們在此若不向上努力，便要向下墮落。所謂向上努力就是直追漢、晉，所謂向下墮落

就是近代的白話詩，諸君將何取何從？提倡白話詩人自以為從西洋傳來，我以為中國古代也曾有過，他們如要訪祖，我可請出來。唐代李思明（夷狄）的兒子史朝義，稱懷王，有一天他高興起來，也詠一首櫻桃的詩：「櫻桃一籃子，一半青，一半黃；一半與懷王，一半與周贄。」那時有人勸他，把末兩句上下對掉，作為「一半與周贄，一半與懷王」，便與「一半青，一半黃」押韻。他怫然道：「周贄是我的臣，怎能在懷王之上呢？」如在今日，照白話詩的主張，他也何妨說：「何必用韻呢？」這也可算是白話詩的始祖罷。一笑！〔註7〕

太炎先生依舊主張「向上努力」，其實就是「復古」。他認為白話文學的墮落，並拿古代例子來調笑、開心、開涮。當時在太炎身畔做筆記的學人曹聚仁就不肯同意，下來寫有一文《討論白話詩》與太炎先生商榷，也很有趣，其中說道：

日昨先生論及白話詩一段，聽者有掀髯而喜者，誠以先生之聲望，益以先生之主張，附會周衲之，自易動人一時之聽。彼是以欣欣然有喜色也。先生立論之初，恐於白話詩，未加詳察，故誤會之點甚多，敢以鄙意陳之，伏維昭察！——

先生不亦曾引「詩言志」一語乎？此「言志」即詩之精神所在也。蓋文之為用，乃在敷陳事實，而詩則言志，即近人所謂「人生之表現」也。古詩表現人生，已成其為詩，語體詩表現人生較切且深，能不謂之為詩乎？先生擯語體詩於詩之外，以其無韻也，而不知語體詩之為詩，依乎自然之音節，其為韻也，純任自然，不拘拘於韻之地位，句之長短，誠亦如先生所讚頌「詩歌本脫口而出，自有天然風韻」一語所云。〔註8〕

這場師徒間的辯論，其實也代表著新舊派別的審美分歧。說到底「語體詩」並不是新文學的單項價值評判，世界性、現代性才是新文學的基本要件。曹聚仁當時的辯詰重在音韻方面，還不能十分得力說明問題，但他後來堅持現代記者與學者、作家的理想信念，從事新文學寫作，身體力行了他對新文學的追求。

〔註7〕章太炎，《國學概論》，曹聚仁整理，上海古籍出版社，1997年，第66頁。
〔註8〕引如前，第76矣。

我們說，新舊文學是否是語體文即白話文，其實只是體式方面的一項價值評判標準，不是主要的價值評判標準與取捨條件。作者從新文學運動中所體現出來的擁抱世界新潮的勇氣，追隨人間真理與新知的科學精神態度，以及反映新時代新觀念的澎湃激情、創新動能等，才是衡量新文學的重要條件與生命指徵。

第三節　現代性——生命體徵

古代的傳統文學自身是在發展進化的，歷朝歷代範式也有循序漸變、改良與側重點，但總體來說還是規制中的「變體」「變調」，總體是「原道」、「宗經」、「徵聖」即「文以載道」的以書寫士大夫情懷為主基調的複線式發展。這只要做個小小試驗，我們將幾個朝代甚至彼此間隔有千年以上的文人比較相近的題材體例作品混淆在一起，讓人從中斷代並分出時間先後，指明作者，多數人不免就要墜入煙海，滿頭霧水，當然都是些不大為人熟知的作品，我多次在課堂做此試驗，不乏有同學將明清作品推斷為漢唐魏晉。例如我曾隨手摘抄將阮籍《詠懷》、陳子昂《感遇》、吳偉業《有感》及至晚清民國時代的羅振玉、王國維甚至晚至陳寅恪、吳宓等人的感遇舊詩擱在一起，請大家分辨，可說難倒眾人。

古代文學重視永恆性與經久不衰的價值體驗，所謂「人生代代無窮已」「古人不見今時月，今月曾經照古人」，「太陽之下無新事」，時空界限相當模糊，現實的感觸與紀錄更不具體，能朦朧就朦朧。杜甫是個例外，紀錄了不少時代風雲史乘、民間疾苦，但晚年仍舊回到「即興」、感觸、朦朧格局當中去。其《秋興八首》等詩就遭到胡適的批評，認為「不知所云」。說到底，杜甫雖然落魄，仍舊是個士大夫的情懷。說他「每飯不忘君」過分了，但感懷身世不遇、挽悼時光、流連輕愁舊恨，仍舊是歷朝歷代文學的熟路舊徑。往往文學水平有高下之判，情懷、命運則無非代相重複。

而現代文學則有著鮮明標出的時代背景、人生際遇以及自我流露包括對悲劇命運對社會黑暗壓制的反抗。「五四」時期的作品、八年抗戰時代的作品、解放區的作品與改革開放及至當下的作品，往往很難被混淆，不同時代的作品擱一起，內容時代烙印是很鮮明的，時間界線相當清楚，語詞的時代性等，都是很容易判斷，甚至一望即知。這與傳統古典文學形成比較強烈的反差。

這足以說明問題。在浩若煙海彼此時空界限模糊重疊的「感遇詩」、格律詩中，判斷年代以及時代背景，除非專治古典文學的專家，也未必都能輕易甄別與斷代。例如許多學者就為了研究大小李杜作品的先後順序，時間段真偽等問題，傷透腦筋，甚至產生很大爭議。即使像有現代新思想的學者，一旦使用舊體，「雅馴」、「韻律」、「選學」「西崑」「桐城」之類教訓就會成為他們的制式與審美慣性，現代的面目就不免著意模糊掉了。古人大凡認為人生是瞬息之間，恒河沙粒，不值得特別去關注現實與個體，而現實本身也有不少忌諱與禁區。所以感遇無非是「千古一歎」，更重要的是「為往聖繼絕學，為萬世開太平。」以一貫之最為重要。每個文學時代都是長鏈中的一環。

現代文學則是「大變局」，是一場顛覆性的文學革命，旨在另闢蹊徑，推倒重來，「求古源盡者將求方來之泉，將求新源。」（魯迅《摩羅詩力說》題首）新文學就是現代文學，不僅是在時間意義上的現代，更是意識形態方面的現代。總體而言，是取法世界先進理念與真知，運用世界新型體例樣式進行創作的平民文學、大眾文學與個性化文學，其生命體徵即為顯著而深刻的現代性（modernity）內容。

現代性鮮明的標誌首在世界性。簡而言之，新文學崇尚先進理念，突出真理與科學、民主時代的價值追求。其通適性與連帶意義都十分突出，即不論任何一國，其文學創作都必然反映出時代大潮，反映出世界共通的心聲以及彼此影響。

一句話，新文學是走向世界並融入世界力求創新開拓的現代中國文學。

第四節　現代性的理論

雖然新文學不失中國特色與中國氣派，主要使用漢語文學樣式進行創作，內容著重表現中國人的人生境遇與生活信仰，也會不時從傳統的古典文學汲取養料與取其精華，古為今用，但總體而言，現代文學自成體系，別開生面，與傳統守舊的正統的文學切割開來，走上一條創新探索的道路。這從「五四」新文化時代的大量文獻以及百年來大量文學創作中都可以得到印證。

對於「現代性」的理論問題，不妨深入討論。著名學者李歐梵教授的一段論述能夠說明問題，引述如下：

　　　五四運動時期的這一代人及其先輩，是以何種方式界定他們與
　過去的區別，從而闡明被他們視為「現代」一系列新範疇的呢？

用「五四」時期的流行說法，「現代」首先就意味著「新」，意味著有意識地與「舊」對立。當時，以含有「新」這個字眼而命名的期刊和術語，猶如雨後春筍般地層出不窮。從梁啟超的《新民》和陳獨秀的《新青年》，到諸如《新潮》,《新文藝》,《新生活》,《新社會》及《新時代》，不勝枚舉。這一求新的思想立場本身並不表明任何新意，因為傳統上，在學術書以及政府政策上，中國一直在反覆爭辯著「新」與「舊」,「現代」與「古代」這些問題。「五四」時期的「新」之所以與以往有著本質的不同，在於將「新」的含義暗示為一種從現在到將來的、新的時間統一體。換言之，「新」這個字眼的概念及其價值標準，是在單一線性的時間觀及歷史感的語境下而被定義的——單線發展的時間觀和歷史感，其特點則是非傳統的，是來自西方的。「時代」觀念的產生，便是這種新歷史意識出現的最具說服力的證明——人們高度關注到如下境況：中國已經進入世界歷史的一個「新時代」之中，這一境況導致他們的命運不再可能獨立於全人類之外，而是成了與全人類密不可分的一個部分。我們在這一新的歷史觀裏發現了對於「現在」這個片刻的強調，甚至可以說是對它的神秘崇拜，「現在」被尊奉為同過去決裂的轉折點，成了朝著燦爛未來的繼續前行的樞紐。〔註9〕

以上對「全人類」與「現在」的強調，指出了「現代性」題義中「世界性」與現實關懷層面，注重這一生命體徵。

現代新文學是走向世界、融入世界乃至引領世界進步的結果，現代社會的合理建構、自由美好平等、民主科學的價值理念，藝術上突出的浪漫、寫實與充分的象徵意義、創新追求，都包含著清醒的現代人的悲劇意識與批判鋒芒，主體意識成為啟蒙運動的人文常態和文學的主流，這都合力形成現代新文學的基本風貌形態。

在新文學的境地語境中，「復古」「復禮」「心存魏闕」「直追漢唐」等失去了話語霸權力量，「文字獄」更是土崩瓦解，少有存在，雖然在不同時代或許還有死灰復燃，但肯定不能長久，且不能阻擋時代前進步伐。魯迅當年就劂切地指出：「老調子已經唱完！」——「凡老的，舊的，都已經完了！……

〔註9〕李歐梵，《二十世紀中國　歷史與文學的現代性及其問題》，載《李歐梵論中國現代文學》，季進編，上海三聯書店，2009年，第3頁。

在文學上，也一樣，凡是老的和舊的，都已經唱完，或將要唱完。……我想，唯一的方法，首先是拋棄了老調子。舊文章，舊思想，都已經和現社會毫無關係了，……現在也的確常常有人說，中國的文化好得很，應該保存。那證據，是外國人也常在讚美。這就是軟刀子。用鋼刀，我們也許還會覺得的，於是就改用軟刀子。我想：叫我們用自己的老調子唱完我們自己的時候，是已經要到了。……中國的文化，都是侍奉主子的文化，是用很多的人的痛苦換來的。無論中國人，外國人，凡是稱讚中國文化的，都只是以主子自居的一部分。」（《華蓋集續編・無花的薔薇之二》）。重溫魯迅，雖然感覺他的見地由於革命時期不免也有偏頗之處，但在當時，沒有這樣橫掃千軍如卷席的勇氣則很難開出一條生路。畢竟正統的守舊的文學已經統治二千年。魯迅倡導「戰士」、「過客」，倡導勇往直前、走出徬徨與徘徊的孤獨，歌頌有韌性的戰鬥，有義無反顧的對黑暗勢力的反抗精神，以「野草」「荊棘」「地火」等詞義詞組形容和象徵生生不息、戰鬥不止，無疑代表了新文學創作本質的真實與追求。

「新文學」受到世界文學特別是「歐風美雨」的浸潤、啟發、影響，已是不爭的事實。這同中國古代先秦樸素的民本思想哲學影響到歐洲啟蒙運動一樣，都表現了世界一體化、互相借鏡推動的必然。民族自身有變革的需要，外部的進步思潮介入產生影響，從而推進了這一變革的實現。簡而言之，我國現代的新文學與傳統的古典文學具體講來主要有著以下比較明顯的區分：

一、建制不同：幾乎一成不變的建制與人事（以士子、官僚、隱士為主的文學隊伍）反覆重現的時代過去了，平民、大眾生活的多樣化，現實社會的描繪，民間生活的新鮮氣息洋溢在新文學園地。科舉制度的廢除標誌著封建社會取士的終結。新的平民知識分子的群體與主體應運而生。

二、審美基調的不同：古代文學倡導「和樂」，所謂「不亦樂乎」、「中庸和平」、「和樂且湛」、「其樂也融融」、「樂而不淫」、「中正和平」等，文學「大團圓」的結局與「十全十美」的粉飾，充斥與佔據了許多版面。新文學著重表現真實的人生、民間關懷以及社會改造的理想心聲，文學的悲劇精神尤其彰顯，個性化的創作也得到很大的發展空間。

三、消費對象與結構不同：傳統的古典文學主要取悅上層，即統治階級、貴族以及士大夫階層，即便「市井文學」在民間的流傳也相當受限，不能算

是充分的正常的公共文化資源。新文學則產生於工業社會興起，商品流通環節特徵突出，出版印刷事業繁榮，傳媒時代到來，這都標誌著新文學更能充分反映時代強音，大眾分享效應突出，是商品流通、文化傳播時代的有力載體與途徑，雖然新文學領域所謂純文學與通俗文學還存在價值判別，各有側重，但毫無疑問，民眾也即受眾自由選擇的餘地空間更加廣闊。

四、語言形式有所不同：傳統古典文學主體是文言、古文、書面文體，語文有別，所謂「言之無文，行之不遠。」新文學則採用現代語體文創作，力求語文一致，更加生態化，並吸收與糅合大量外來詞語（包括歐化的語法）乃至發明新的語詞，民間方言口語也得到調動發揮，生活氣息更為濃鬱，地理文化特色更加鮮明，作為「接地氣」的文學，與世界他國文學一樣，彰顯充分的人民性、現代性。

五、風貌不同：傳統古代文學往往「定於一尊」，「君臣父子」，「綱常倫理」等，雖多有「懷才不遇」的抒發，但內容形式相對單一、重複。新文學走平民路線，鼓勵多樣化的創新寫作，自由結社，寫實的，浪漫的，唯美的，象徵的，心理分析的，及至現代派與後現代派等，都帶有前沿陣地實驗性質與先鋒意義，創作更為活躍。

綜上所述，我們有幸生活在新文化、新文學運動一百多年後的今天，看到先進的理論建樹與展望成為現實，雖然新文學創作相形之下興許還不免稚嫩，有些領域探索成就尚存爭議（如新詩），但歷史成就已不容抹殺。廢除文言文，採用現代新體樣式創作的文學作品，融入世界現代文壇，得到廣泛認可，產生廣遠影響，也是中國新文學亮麗的風景線。這一趨勢不可逆轉。這正如高旭東教授行文論述：「西賓格勒認為歌德和康德是西方文化成熟的標誌，事實上，從啟蒙運動開始，西方文化確實一步步走向成熟。但是，中國文化在先秦已經成熟，其標誌是孔子和老子。然後，中國文化就進入漫長的守成階段。早熟而又能夠防止解體和衰亡，具有巨大的穩定性和連續性，是中國文化的特點。」〔註10〕「尊崇典範、強調文學權威，在中國很少被徹底動搖過。人們尊從的，是孔子『述而不作，信而好古』的教訓。所以，仿古之風，託偽之作，在中國很盛行。……中國文學雖然也可以用某種文體的發達來表明一個時代的文學特徵，但是，新起的文體只是從舊有文體中演化而來，雖然在演化的過程中也有些變異。從《詩經》開始的中國詩歌的

〔註10〕高旭東，《跨文化的文學對話》，中華書局，2006 年，第 61 頁。

正統地位，從來沒有動搖過，詞、曲只有作為詩歌的變體，才能登上大雅之堂。因此，中國文學不是在批判性的否定中開闢生路，而是在繼承性的擴充中求發展，所以文學發展的階段性相當模糊。」〔註11〕新文學的成就已得到世界公認，茅盾先生當年樹立這樣的方向：「我以為新文學就是進化的文學，進化的文學有三件要素：一是普遍的性質；二是有表現人生、指導人生的能力；三是為平民的非為一般特殊階級的人的。唯其是要有普遍性的，所以我們要用語體來做；唯其是注重表現人生、指導人生的，所以我們要注重思想，不重格式；唯其是為平民的，所以要有人道主義的精神，光明活潑的氣象。」〔註12〕

這一「人道主義的精神，光明活潑的氣象」在這一百年新文學革命實踐中，可稱已獲得階段性豐收，值得我們歡欣鼓舞並為之深入研究。

第五節　西方有關現代性的重要界說

當代德國學者于爾根・哈貝馬斯認為「黑格爾是第一位清楚地闡釋現代概念的哲學家。」〔註13〕在于爾根・哈貝馬斯的《現代性的哲學話語》著作中，對現代性的探索追溯到十八世紀中後葉的著名哲學家黑格爾。哈貝馬斯的分析與概述頗得要領，如──

> 黑格爾起初把現代當作一個歷史概念加以使用，即把現代概念作為一個時代概念。在黑格爾看來，「新的時代」（neue Zeit）就是「現代」（moderne Zeit）。黑格爾的這種觀念與同期英語「modern times」以及法語「temps modernes」這兩個詞的意思是一致的，所指的都是大約 1800 年之前的那三個世紀。1500 前後發生的三件大事，即新大陸的發現，文藝復興和宗教改革，則構成了現代與中世紀之間的時代分水嶺。〔註14〕

以上比較重要值得我們加以關注的是特別指出歐洲 16～19 這三個世紀的變化與轉向。特別指出「三件大事」，即：A：新大陸的發現；B：文藝復興；

〔註11〕高旭東，《跨文化的文學對話》，中華書局，2006 年，第 72、73 頁。
〔註12〕沈雁冰，《新舊文學平議之平議》，《小說月報》第 11 卷第 1 期，1920 年 1 月 25 日出版。
〔註13〕參見于爾根・哈貝馬斯（1929～），《現代性的哲學話語》，曹衛東等譯，譯林出版社，2004 年。
〔註14〕同前，第 5～6 頁。

C：宗教改革。黑格爾認為這是判斷現代與中世紀的分水嶺。

　　這在世界歷史特別是西方歷史哲學方面有著比較系統、科學、合理的界說與劃分。哈貝馬斯基於此，指出是黑格爾提前了「現代」發端的理論，「綜觀整個十八世紀，1500 年這個時代分水嶺一直都被追溯為現代的源頭。」〔註15〕「現代」賦予整個過去以一種世界史的肌質。」〔註16〕

　　換言之，從「三大事件」開始，古代城堡時代結束了，國家、文化都不再是單一、孤立、靜態的領域與封閉孤立的文化存在，而是「牽一髮而動全身」，「你中有我，我中有你」，進入人類交際互動的時代，彼此影響、滲透、交融甚至是侵略、殖民，世界進入共振聯合的狀態，所謂「一榮俱榮，一損俱損」。我國的現代化進程相對較晚，道路艱辛曲折，但不例外也不可能游離於世界變革大浪潮之外。從歷史的角度探討，一方面有被動改變的原因，另一方面也有主動求變的內在動能。對此當代美國漢學家產生意見分歧，即使師生之間也有爭論。

　　費正清（John King Fairbank）持「西方中心論」，認為中國的現代化是被動的，是被堅船利炮打開的被動的連鎖的反應。而費正清的學生魏斐德（Fred Wakeman）等人則主張「中國中心觀」，認為中國的現代化進程主要是自身內部要求變革所致，矛盾積聚而成。如類似的概括：

> 　　「中國中心觀」則是從中國內部尋找歷史發展的因素，顯示的是一種東方視角。即不再單純把中國當作接受西方社會影響與改造的「客體」，而致力於「在中國發現歷史」。魏斐德認為，研究中國，就要「進入中國內部，瞭解中國人自己是怎樣理解、感受他們最近的一段歷史」。〔註17〕

魏斐德著有《中華帝制的衰落》，《大門口的陌生人——1839～1861 華南社會的暴亂》《控制與衝突》等著作，闡說他的看法。另如美國漢學家史景遷、孔飛力等，也有不少著述，觀點都比較接近。如《叫魂：1768 年中國妖術大恐慌》《中國現代國家的起源》《中華帝國晚期的叛亂及其敵人》等，我們都可將他們的觀點以及援引的材料作為世界近代史與中國近現代史發展研究的重要參考。

〔註15〕參見于爾根‧哈貝馬斯（1929～），《現代性的哲學話語》，曹衛東等譯，譯林出版社，2004 年，第 6 頁。
〔註16〕同前，第 7 頁。
〔註17〕參見 2011/4/11 人民網，《美國漢學家魏斐德：在中國發現歷史》，胡龍春文。

　　我們認為，外部衝擊與自身求變兩種力量在近代中國是相互交集、糾纏、合力形成的。對此似乎已毋庸多議。我們仍舊回到現代性的起源這個問題上。哈貝馬斯指出是黑格爾最早強調現代的主體性。他引用黑格爾在《精神現象學》的「前言」中充滿激情的一段原文：

> 我們不難看到，我們這個時代是一個新時期的降生和過渡的時代。人的精神已經跟他舊日的生活與觀念世界決裂，正使舊日的一切葬入於過去著手進行他的自我改造。現存世界裏充滿了的那種粗率和無聊，以及對某種未知的東西的那種模模糊糊的若有所感，都在預示有什麼別的東西正在到來。可是這種頹廢敗壞……突然為日出所中斷，升起著的太陽猶如閃電般一下照亮了新世界的形相。〔註18〕

　　像黑格爾這樣激情澎湃的筆調我們似乎可從我國 19 世紀後期與 20 世紀前期那些思想界革命先鋒筆下找到相類似的。毫無疑問，他們受到歐洲文藝復興以來的文藝變革、社會革命文藝思想的啟迪與影響。

　　以黑格爾的意思推論，現代新文學毫無疑問賦予了中國文學一種「世界史的肌質。」

　　哈貝馬斯指出黑格爾首次從哲學概念定性「現代」這一詞性，標注了現代性的資源。「現代首先是在審美批判領域力求明確自己的。」〔註19〕這也是魯迅「超脫古範」，「別求新聲於異邦」（《摩羅詩力說》）的「指歸」與「動作」所強調的。哈貝馬斯對黑格爾有關現代性的深入研究還可以援引作為我們參考、思索，如：

> 黑格爾認為，哲學面臨著這樣一項使命，即從思維的角度把握其時代，對黑格爾而言，這個時代即是現代。黑格爾深信，不依賴現代的哲學概念，就根本無法得到哲學自身的概念。〔註20〕

> 黑格爾發現，主體性乃是現代的原則。根據這個原則，黑格爾同時闡明了現代世界的優越性及危機之所在，即這是一個進步與異化精神共存的世界。〔註21〕

〔註18〕于爾根・哈貝馬斯（1929～），《現代性的哲學話語》，曹衛東等譯，譯林出版社，2004 年，第 7 頁。
〔註19〕同前，第 9 頁。
〔註20〕同前，第 19 頁。
〔註21〕同前，第 19～20 頁。

黑格爾用「自由」與「反思」來解釋「主體性」：

事實上，我們時代的偉大之處就在於自由地承認，精神財富從本質上講是自在的。

主體性主要包括以下四種內涵：

1、個人（個體）主義：在現代世界中，所有獨特不群的個體都自命不凡。

2、批判的權力：現代世界的原則要求，每個人都應認可的東西，應表明它自身是合理的。

3、行為自由：在現代，我們才願意對自己的所作所為負責。

4、最後是唯心主義哲學自身：黑格爾認為，哲學把握自我意識的理念乃是現代的事業。〔註22〕

哈貝馬斯這樣概括黑格爾有關現代性的理論總結：

貫徹主體性原則的主要歷史事件是宗教改革、啟蒙運動和法國大革命。自馬丁·路德開始，宗教信仰變成了一種反思，在孤獨的主體性中，神的世界成了由我們所設定的東西。新教反對信仰福音和傳統的權威，堅持認知主體的宰制：「聖餅」不過是麵粉所做，「聖賅」只是死人的骨頭。〔註23〕

這讓我們想到後來尼采「上帝死了」的驚世駭俗言論，包括康德、歌德、叔本華、柏格森、弗洛姆、弗洛伊德、盧梭、波德萊爾、海德格爾等一批西方哲學家、文藝家，當然更有馬克思、恩格斯等人的偉大學說，對我國 20 世紀新文藝思潮的深刻影響與啟迪，都是方方面面，顯而易見的。

黑格爾學說的闡釋還例如：現實「只是一種通過自我的顯現。」「凡是存在的，即是合理的。」「凡是合理的，將會成為存在的現實；凡是存在的，將會是合理的。」〔註24〕黑格爾肯定文藝創作的作用，將之提到「愛與生命」的高度，倡導以藝術的力量來反抗權威。認為藝術是作為面向未來的和解的力量。青年時代黑格爾意識到，浪漫藝術與當時的時代精神是契合的，正是浪漫派的主觀主義體現了現代性精神。黑格爾認為「詩歌」終將是人類的導師，引領時代。

〔註22〕于爾根·哈貝馬斯（1929～），《現代性的哲學話語》，曹衛東等譯，譯林出版社，2004 年，第 20～21 頁。
〔註23〕如前，第 21 頁。
〔註24〕同前，第 49 頁。

　　高度重視文藝引領作用的西方文藝思潮，對我國新文學影響至關重要。這讓我們終於走出了封建的「文以載道」「十三經注疏」的老路子。正如有學者認為辛亥革命是「不可以常例論的五千年之大變」——

　　　　這是一個充滿顛覆和根本性變革的全方位巨變，且仍處於進行之中。……復因為變化是根本性的，洋溢著革命的激情，這又是一個希望與風險並存的發展進程，很難以常例論。〔註25〕

　　現代性與其哲學理論源起於西方，黑格爾等世界大師級的哲學家有相當的貢獻。我國新文學受西方現代哲學與文藝思潮影響，自身作為主體性確立的變革與求索，也是前所未有的緊迫，是「顛覆和根本性的變革」，是「巨變」，「洋溢著革命的激情」，不可以「以常例論」。

　　及此，現代性是世界新文學的基本生命體徵，是前所未有的非常突出的精神風貌與文藝特徵也即主體性，從理論上已經得到比較充分的揭示與展現。

〔註25〕參見羅志田，《五千年的大變，杜亞泉看辛亥革命》，載《哈佛辛亥百年論壇演講錄——不確定的遺產》，九洲出版社，2012年，第62、63頁。

第二章　世界一員的意識

第一節　世界史

　　創建新文學樣式，實際是構建與世界相通的、聯動的、彼此互動乃至一體化的文學。門戶開放，我國成為世界關係非常緊密的一員，神州大地，再也不是馬可波羅筆下世人聞所未聞的神秘東方的「韃靼」帝國，也不再是洛克探險旅程中神秘的「消失的地平線」。中國走向並融入現代世界，一舉一動、潮起潮落、新陳代謝，都與外部世界緊密相關。先進的理念、世界觀，以及人類發展共同追求的價值觀、人道主義、社會主義，無不使包括中國人民在內的世界人民有不同程度的「同呼吸，共命運」的接受與認知度。新文學所呈現的文學樣式，與世界文學尤其是現代歐洲文藝能夠共振合拍，有互文互表與通感、同構的效應。

　　前述黑格爾關於現代性「新大陸的發現」這一要件，即指大航海時代到來後，世界不再各自為據、劃地為獄，及至「老死不相往來」。康乾時代可以將整個東南沿海「鎖海撤民禁商」，以求長達百年之久的閉關鎖國，這都成了為人詬病的歷史。《從世界看中國：李約瑟難題的另一種解答》一文，涉及世界史及大變局的內容，頗能生動簡約、鞭闢入裏，有一定的代表性，我們不妨摘錄如下：

　　　　1405～1433 年間，正值歐洲文藝復興時期，明成祖朱棣的貼身
　　　　宦官鄭和，帶領著當時技術最先進、規模最浩大的船隊，多次環繞
　　　　印度洋遠洋航行，足跡遍布 30 多個國家，長度相當於地球圓周的三
　　　　倍有餘。

　　據著名歷史學家黃仁宇測算，鄭和七下西洋花費白銀 600 萬兩，相當於兩年的國庫支出，而這還不包括造船費用。大明王朝為何如此不計成本和回報，傾全國之力航海？黃仁宇的答案是：中華帝國自古就有重農抑商的傳統，立國的根本從來不是自由貿易，中央集權也從來不放心藏富於民，而是將海量的人口牢牢束縛在土地上。

　　因此，鄭和航海更多是出於政治目的的國家行為：宣揚天朝上國的恩威；尋找失蹤的建文帝，解決朱棣篡位的合法性問題。然而，如此代價昂貴的輸血，於國民有害無益，結局自然只能是人亡政息。

　　鄭和之後，中國再無大航海，相關資料被官員付之一炬，寶船和福船的技術就此失傳。他的航海壯舉，不過是一個農業帝國衰亡解體前的插曲。百年之後，俞大猷面對橫行無阻的倭寇，因缺少大船唯有哀歎。清朝的統治者，更是多次宣布海禁，極力打壓民間自由貿易。

　　鄭和航海約 70 年後，迪亞士繞過非洲好望角，開闢了到達東方的「新航路」；80 年後，哥倫布發現美洲大陸。轟轟烈烈的大航海時代從西方世界開啟了。

　　歐洲人走出閉塞的部落時代，開始睜眼看世界。緊隨其後的，是文藝復興的鼎盛，文藝復興三傑（達芬奇、拉斐爾、米開朗基羅）創作的藝術瑰寶，被譽為「人類審美最高峰」。宗教改革帶來了良知和思想的自由，啟蒙運動使人文科學開始繁盛，科技革命也順應市場的需要而產生……

　　為什麼歐洲的航海家，技術和規模都無法與鄭和船隊匹敵，卻能帶來歐洲的進步與繁榮？

　　歐洲幾乎一直處於分裂狀態，世俗的王權受到教會的制約。歐洲大陸無法形成大一統的集權國家，這裡的政治和經濟始終處於「野蠻生長」的競爭態勢。在起步之初，這些冒險家的確受王室資助，他們的欲望市儈而強烈：將香料和金銀運回歐洲，發家致富，搶佔先機。為此，短視的殖民者，不惜血腥的掠奪、殘酷的壓榨。但是在此之後，世界市場開始了第一波優勝劣汰：西班牙和葡萄牙

依靠暴力拿到了第一桶金，卻逐漸被全世界拋棄，而更有商業精神的英國人，卻為殖民地帶去了議會、普通法和蒸汽機。（參閱丹尼爾·漢南《自由的基因》）

當商業行為脫離了國家的敘事，大航海不再是帝王炫耀偉業的工具，而是寄託著千千萬萬普通人發家致富、改變命運的夢想。人們自發、積極地創新求變，以自己的勤勞與才智，取悅世界市場上的消費者。

於是，人類迎來了第一波全球化，美洲的玉米、番薯等高產作物傳遍了全世界。自由貿易的興盛，讓歐洲誕生了無數的產業、城市和國家，最終因此而崛起的，卻是整個人類文明。自由貿易使全世界資源的利用效率空前提高，人類的知識與財富都在爆炸式的增長。五百年間的創造，超過過去幾千年的總和。〔註1〕

文章語言通俗明白地勾畫了世界航海貿易，比較了我國乾隆朝撰修的《四庫全書》與英國維多利亞女王時代主編的《劍橋世界近代史》，闡述東西方這兩部巨著不同的性質、功用與其命運結局。文章最後分析並加以概括：

自鴉片戰爭以來，中國社會在西方文明的陣陣炮聲中，被迫打開了古老的國門。傳統文化與古老帝國的系統性缺陷，在現代文明的衝擊下暴露無遺。

當時，以李鴻章為代表的政治精英們，面對三千年未有之大變局，雖然一直力主改革，學習西方，但是，封閉的心態和陳舊的認知，卻讓他們如同井底之蛙，在天朝上國的幻夢中無力自拔——「中國文武制度，事事超出西人之上，唯火器萬不能及」。

……

慘痛的歷史教訓向國人表明：繞開制度和文化，僅僅停留在「中體西用」層面的實用主義，是現代文明在中國屢屢遲到的根本原因。

畢業於上海聖約翰大學的周有光先生說：「魚在水中看不清整個地球。人類走出大氣層進入星際空間會大開眼界。今天看中國的任何問題都要從世界這個大視野的角度。光從中國角度是什麼也看

〔註1〕https://mp.weixin.qq.com 原創：先知書店　起點人文，來源：千字文華（ID：qzwh15）。

不清的。……要從世界看中國，不要從中國看世界。」〔註2〕

　　文章雖然只是羅列與闡述的一些今天已然眾所周知的歷史常識、典型事例，但歸納精確，仍不失精當醒心之論。

　　類似的敘述與分析早見於歷史、政治史、經濟史、文化史、美學史等諸多學術著論，手邊校友、「長江學者」張法教授撰著的《二十世紀西方美學史》，詳細介紹世界三大文化的發展過程，即印度文化，中國文化，以希臘和希伯萊文化（包括埃及和波斯）為代表的地中海文化。指出曾經在漫長的時間裏，這三大文化完全各自按照自己的規律運行，從而經歷了漫長的守成階段。直到「17 世紀，現代社會在西方興起，並向全球擴張，把分散的世界史帶入了統一的世界史。以前各文化都在分散的世界史中按照自身的規律運轉，現在一切文化都必須在統一世界史中按照全球一體化的規律運轉。」〔註3〕

　　中國人民大學高旭東教授著《跨文化的文學對話》，介紹西賓格勒把西方文化分成阿波羅文化、馬日文化和浮士德文化，指出：「西賓格勒認為歌德和康德是西方文化成熟的標誌，事實上，從啟蒙運動開始，西方文化確實一步步走向成熟。但是，中國文化在先秦已經成熟，其標誌是孔子和老子。然後，中國文化就進入漫長的守成階段。早熟而又能夠防止解體和衰亡，具有巨大的穩定性和連續性，是中國文化的特點。」〔註4〕

　　近古尤其是近代以降，世界大航海時代到來，換句話說即隨著「海盜」、「傳教士」尤其是「海上貿易」、「殖民時代」種種衝擊，國際通行、外交使節、使館、參贊等頻繁的外交禮儀事務紛至沓來，外部世界軟硬兼施攻入與滲透我們這片曾經對外實行閉關鎖海的「中土」，「守成」與「封閉」即宣告破產。中國，再也不單是一個神奇的荒誕不經的遙遠東方的神話與傳說了。

　　大航海以及歐洲啟蒙運動、現代性的浪潮席捲，這種種都迎合了中國社會自身求變的內在需要，同時更以猝不及防、「歐風美雨」挾帶的外來勢頭，加速中國近代社會的解構、變革以及現代化進程，使中國成為現代世界不可或缺的一員，迄今仍然發揮越來越重要的影響，有推動歷史乃至引領人類文

〔註2〕 https://mp.weixin.qq.com 原創：先知書店　起點人文，來源：千字文華（ID：qzwh15）。

〔註3〕 張法，《20 世紀西方美學史》，四川人民出版社，2003 年，第 2 頁。

〔註4〕 高旭東，《跨文化的文學對話》，中華書局，2006 年，第 61 頁。

明進步的作用與績效。雖然這之間不是一帆風順，甚至經歷了巨大的風浪，流血犧牲，有著曲折慘痛的經驗教訓，但變革的道路方向始終不移，亦更加堅定明確，如近年政府對外宣告：「中國改革開放的大門不會關上，只會越開越大。」事實如此，亦必須如此。

第二節　「世界中」的文學

中國現代文學是現代性轉折與構建的世界文學新樣式，是世界文學中國化的道路探索與實踐。

哈佛大學著名的華裔中國現代文學研究學者王德威教授近期著力強調的學術論點「『世界中』（worlding）的中國文學」，〔註5〕可作為值得關注的學術觀點。王教授新近推出由他主編的英文版《新編中國現代文學史》（*A New Literary History of Modern China*，Harvard University Press，2017），有比較前沿化的、探索性質的大膽論述與編撰。他在接受記者採訪與撰文闡述中，特別強調「世界中」（worlding）的性質與觀點，指出新文學的嬗變以及與世界同步（即使是追趕）的鮮明特徵。於此不妨摘錄其文學史前言部分的第二節內容──《中國文學的現代世界》，以作深入瞭解：

……

首先，目前我們對現代中國文學的發生論多半溯自 20 世紀初。彼時中國面臨內憂外患，引發有志之士以文學救國的壯志。1917 年文學革命，1919 年五四運動，從而使中國文學進入現代化軌道。相對於此，晚清被認為是政治和文化秩序崩潰、青黃不接的過渡時期。這樣的論述近年已有大幅修正。我們從而理解，晚清時期的文學概念、創作和傳播充滿推陳出新的衝動，也充滿頹廢保守的潛能。這些新舊力量交匯處所爆發的種種實驗和「被壓抑的現代性」，恰和五四形成交流與交鋒的關係。

我們不禁要叩問：中國文學自 19 世紀後步入「現代」，究竟是什麼因素使然？傳統回答此一問題的方式多半著眼西方列強侵略，民主憲政發生，鄉土意識興起，軍事、經濟和文化生產模式改變，城市文化流傳，心理和性別主體創生，以及更重要的，線性時間與

─────────────

〔註 5〕王德威，《「世界中」的中國文學》，見刊《南方文壇》，2017 年第 5 輯。

革命時間衝擊下所產生的「歷史」時間。這些因素首先出現在歐洲，一旦在中國發生，不但將中國納入全球性循環體系，也激發出本土因應的迫切感。現代中國文學銘刻了這些因素，也為其所銘刻。

我認為這類描述也許觸及中國文學「現代化」肇始的條件，卻未能解釋中國文學獨特的「現代性」意義。全球政治和技術的現代化可能催生文學的現代性，但不論在時間順序或形式內容上，中國的現代文學無須亦步亦趨，重複或再現已有模式。《新編中國現代文學史》企圖討論如下問題：在現代中國的語境裏，現代性是如何表現的？現代性是一個外來的概念和經驗，因而僅僅是跨文化和翻譯交匯的產物，還是本土因應內裏和外來刺激而生的自我更新的能量？西方現代性的定義往往與「原創」、「時新」、「反傳統」、「突破」這些概念掛鉤，但在中國語境裏，這樣的定義可否因應「脫胎換骨」、「託古改制」等固有觀念，而發展出不同的詮釋維度？最後，我們也必須思考中國現代經驗在何種程度上，促進或改變了全球現代性的傳播？

本書的思考脈絡並不把中國文學的現代化看作是一個根據既定的時間表、不斷前進發展的整體過程，而是將其視為一個具有多個切入點和突破點的座標圖。這對目前中國的「近代」、「現代」、「當代」三段論式史觀提出修正建議。正如本書所示，在任一歷史時刻，以「現代」為名的嚮往或壓力都可能催生出種種創新求變可能。這些可能彼此激烈爭競，而其中最被看好的未必能最後勝出，也未必是唯一會應歷史變數的答案。例如，中國文學現代化曾被認為緣起於白話文學運動；但晚近的研究也顯示，維新的想像同樣來自「文」這一傳統概念的內部轉型，甚至傳教士孕育的翻譯文化也起到重要作用。

歷史後見之明告訴我們，很多創新動力理應產生更為積極的結果，但或因時機偶然，或因現實考量，而僅止於曇花一現，甚至背道而馳。世事多變，善惡「俱分進化」，歷史的每一轉折不一定導向「所有可能的最好世界中的最佳選擇」。但這並不意味著文學「現代性」這一觀念毫無邏輯或意義可言。恰恰相反，它正說明「現代」

文學演變沒有現成路徑可循，即便該過程可以重來一遍，其中任何細微的因素都未必可能複製。牽一髮而動全身，任何現代的道路都是通過無數可變的和可塑的階段而實現。從另一角度來說，書中的每一個時間點都可以看作是一個歷史引爆點。從中我們見證「過去」所埋藏或遺忘的意義因為此時此刻的閱讀書寫，再一次顯現「始料未及」的時間縱深和物質性。

其次，我們現在所理解的中國「文學」發軔於中國封建帝國末期，並在 19 世紀和 20 世紀之交逐漸得以制度化。1902 年，慈禧太后欽點政治家、教育家張百熙（1847～1907）對成立不久的京師大學堂進行改革。張所提出的章程列出文學科，其所包括課程有：儒學、歷史、古代思想、檔案學、外國語、語言學和辭章等。但文學科所反映的仍是中國「文學」的傳統範式——由不同人文學科組成的綜合專案。這反而與日後的「通識教育」庶幾近之。現代意義的「文學」原型是辭章這一學科，包括詩學、詞學、曲學、文章學、小說學等。這一設置結合傳統中國小學研究和西方浪漫主義以降的審美實踐，為現代文學概念首開先河。一種以修辭和虛構為載體的「文學」逐漸為眾所公認。

但是，儘管採取小說、散文、詩歌、戲劇等文類，或奉行由現實主義到後現代主義的話語，中國現代文學與傳統概念的「文」和「文學」之間對話依然不絕如縷。也就是說，現代文學作家和讀者不僅步武新潮，視文學為再現世界存在的方式，也呼應傳統，視文學為參與彰顯世界變化的過程。這一彰顯過程由「文心」驅動，透過形體、藝術、社會政治和自然律動層層展開。因此，中國現代文學所體現的不只是(如西方典範所示)虛構與真實的文本辯證關係，更是人生經驗方方面面所形成的，一個由神思到史識、由抒情到言志不斷擴張的豐富軌跡。

中國文學的「文」源遠流長，意味圖飾、樣式、文章、氣性、文化、與文明。文是審美的創造，也是知識的生成。推而廣之，文學就是從一個時代到另一個時代，從一個地域到另一個地域，對「文」的形式、思想和態度流變所銘記和被銘記的藝術。引用宇文所安所言：

　　　　如果文學的文是一種未曾實現的樣式的漸行實現，文字的文就
不僅是一種「代表或再現抽象理想的」標記（sign），而是一種體系
的構成（shematization），那麼也就不存在主從先後之爭。文的每個
層面，不論是彰顯世界的文或是彰顯詩歌的文，各在彼此息息相關
的過程中確立自己的位置。詩「作為文的」最終外在彰顯，就是這
一關係繼長生成的形式。

　　　　換句話說，面對文學，中國作家與讀者不僅依循西方模擬與「再
現」（representation）觀念而已，也仍然傾向將文心、文字、文化與
家國、世界做出有機連鎖，而且認為這是一個持續銘刻、解讀生命
自然的過程，一個發源於內心並在世界上尋求多樣「彰顯」
（manifestation）形式的過程。這一彰顯的過程也體現在身體、藝術
形式，社會政治乃至自然的律動上。據此，在西方虛與實、理想與
模擬的典範外，現代中國文學也強烈要求自內而外，同時從想像和
歷史的經驗中尋求生命的體現。

　　　　正是在對「文」這樣的理解下，《新編中國現代文學史》除了
一般我們熟知的文類外，還涵蓋了更多形式，從總統演講、流行歌
詞、照片電影、政論家書、到獄中箚記等。這些形式不僅再現世界
的形形色色，同時也塑造、參與世界的繼長生成。「文」這一概念和
模式不斷地演義和變化，銘記自身與世界，也為其所銘記。誠如宇
文所安所說，「表現的過程必須從外部世界開始，它有優先性而未必
有優越性。而同時一種潛存的規模由內爍而外延，順勢而行，從世
界到心靈再到文學，交感共振，未嘗或已。」

　　　　「文」用以彰顯內心和世界的信念也解釋了為什麼橫跨中國現
代世紀，「文學」和「文化」有如此重要的意義。〔註6〕

　　以上行文試圖從文學史論綜合內外趨勢動能，恰如前邊所引西方漢學家
自身求變的觀念形態作用學說。王德威具體指出，中國現代文學不是簡單地
重複外國西方文學，而是一種參與世界的具有獨創意義與繼承性質的發展。
文學的成果說明：「這些形式不僅再現世界的形形色色，同時也塑造、參與世
界的繼長生成。」王先生的新編與學術觀點也引起國內學者同行的高度關注
與熱烈討論。如陳曉明教授撰文說：

_____

〔註6〕王德威，《「世界中」的中國文學》，載《南方文壇》，2017年第5期。

德威先生此番主持的《新編中國現代文學史》最大的亮點，最有挑戰性的突破，也可能是爭論的最大焦點，就在於它把中國文學的「現代」起點上溯到 1635 年：

《新編中國現代文學史》起自 1635 年晚明文人楊廷筠、耶穌會教士艾儒略（Giulio Aleni）等的「文學」新詮，止於當代作家韓松所幻想的 2066 年「火星照耀美國」。在這「漫長的現代」過程裏，中國文學經歷劇烈文化及政教變動，發展出極為豐富的內容與形式。藉此，我們期望向（英語）世界讀者呈現中國文學現代性之一端，同時反思目前文學史書寫、閱讀、教學的侷限與可能。

……

西方現代性源起通常以 18 世紀後期的法國大革命和歐洲啟蒙主義興起作為思想上的標誌，商業主義向全球化擴展，工業革命初露端倪，大都市形成社會活動中心為社會化標誌。但也有不少的研究者把現代性的萌芽推到以布羅代爾（Fernand Braudel）為代表的年鑒學派所關注的「漫長的 16 世紀」（1350～1650）。16 世紀末大航海時代開始，1600 年英國東印度公司成立，1640 年，英國議會召開並通過《大抗議書》，通常世界史把這一年看作世界近代史開始的年份。顯然，把這一年看作「現代性」的源起的時間標記也未嘗不可。這還不是把西方現代性推得最早的做法，在現代神學領域，樂於把「現代性」源起到神學裏去查證。有神學學者吉萊斯皮在《現代性的神學起源》一書中，就把現代性的源起推到中世紀晚期年代〔註7〕。更為著名的觀點來自湯因比，他把公元 1475 年看成是「現代」開始時期；1875 年則開始了「後現代」的動亂時期。顯然，德威先生十分高明，中國現代文學開始於 1635 年，這比公認的世界近代史還早了五年，這可是無比珍貴的五年，中國的現代性源起並不是在世界之外，也不是被西方影響規訓的他者的現代性，更不是被斯賓格勒所說的「有力量的領著命運走，沒有力量的被命運拖著走」，中國有自己的命運，中國文學有自己的力量！王德威及其「新編」此舉把中國現代性源起回歸到中國歷史中去探詢，這是中國自

―――――――――

〔註7〕米歇爾・艾倫・吉萊斯皮，《現代性的神學起源》（The Theological Origins of Modernity），張卜天譯，湖南科學技術出版社，2012 年版。

己與西方對話，中國有世界的眼光，有容納世界文化的胸襟。固然，
楊廷筠改信基督教並非中國文化之正宗，甚至越出正統之邊界。但
如果把它看成中國與世界相遇，中國士人有「世界胸襟」來看，則
又當別論。「現代性」的最基本含義之一，不就是發現世界嗎？發現
人類更廣大的精神嗎？發現人類的交往進步嗎？也是此前數年，現
在樂於為人們稱之為中國小說的現代濫觴《金瓶梅詞話》於萬曆四
十五年（1617 年）面世。15 世紀初中國人口約為六千多萬，而 16
世紀則已達至一點五億之多，1644 年左右人口銳減。就 1635 年左
右而言，關於中國的「現代性」可以找出正反截然不同的證據。在
被視為世界近代史起點的 1640 年，英國正是議會對抗皇權的時代，
直至皇權落敗。而在中國的 1635 年左右，乃是政治最為腐敗黑暗，
官府荒淫無度，甚至出現短「小冰期」的氣候異常，饑荒肆虐，民
不聊生。直至 1644 年清兵入關，北方游牧民族佔領儒學文化統治千
年的中原大地。但不管如何，「晚明的現代性」不失為一個很有活力
和魅力的論域，尤其是在文化上和審美的意義上〔註 8〕。這使中國
文學的現代性源起不再是與五四現代性或啟蒙主義的現代性簡單對
立，而是尋求了中國現代性的源發方案，這使華倫斯坦的「世界體
系」概念──即由中心向邊緣擴散的觀點亦受到一定程度的挑戰，
中國在文化上孕育了自己的現代性。這一孕育的基本含義當然未脫
世界對中國的影響，例如，基督教的傳入、地理大發現、白銀的大
量流入、國際貿易的開始等等。〔註 9〕

　　陳教授論述的觀點以及王德威先生「前言」中的觀點都可與本書前引
哈貝馬斯闡述黑格爾的見解對讀，相互參照，其義自見，總體都可以說明
中國現代性的產生是近四百年間內外部力量的交集與激變所產生，是勢在
必行。

　　關於「世界中」（worlding）的理論，參與討論的著名學者還有陳思和、
丁帆、季進等多位教授，雖然學術觀點有所分歧，總體上是認同「『世界中』
（worlding）的現代文學史」這一學術視點的。正如陳思和教授評論：

〔註 8〕引原注：有學者論述晚明的「頹廢」，此說亦可視為「現代性」審美的特徵之
　　　一。可參見妥建清，《頹廢審美風格與晚明中國現代性》，載《西北師大學報》，
　　　2012 年第 5 期。
〔註 9〕陳曉明，《在「世界中」的現代文學史》，《南方文壇》，2017 年第 5 期。

這部中國現代文學史是在「世界中」（worlding）被演示的，「海德格爾將名詞『世界』動詞化，提醒我們世界不是一成不變的在那裡，而是一種變化的狀態，一種被召喚、揭示的存在的方式（being-in-the-world）。『世界中』是世界的一個複雜的、湧現的過程，持續更新現實、感知和觀念，藉此來實現『開放』的狀態」。當我們把哲學概念移用到文學史寫作，那麼這個「世界」既是構成文學演變的宏大自然背景，又是文學演變本身。就彷彿我們列身於世界事物中，我們本身也是世界事物的一部分。「世界中」作為一種方法論，大千世界在變，作為大千世界的一部分中國文學也相應地變，而且兩者的「變化」關係，並非是簡單的決定與被決定、影響與被影響、制約與被制約的關係，而是一個事物（中國文學）在另一個更大的變化狀態（世界）中發生著變化。〔註10〕

關於這一次中國現代文學研究領域著名學者的集體討論，有很多精彩觀點，很多觀點的展開與引申都比較重要，對我們領會現代新文學尤其是當下新文學史的理論探索研究，以及世界視野的文學學術認知，都非常有助益。我們不妨將這些公開發表的文獻影印給各位現當代文學專業方向的研究生，請大家仔細研讀，我們擇時舉行一次課堂討論交流，自由發言，開展一次「集體有意識」的專題學術爭鳴，以期求同存異。而講義定稿之際，恰好前不久王德威教授蒞臨我們四川大學「學術大講堂」專題學術演講，剛好是圍繞這個論點，講座取得很熱烈的反響。我們徵得王教授同意，將這次學術演講的記錄稿與答疑討論，扼要附錄於後，供新學期選課學習的同學們研究參考。（按：收入本論文集附錄從略）

〔註10〕陳思和，《讀王德威〈「世界中」的中國文學〉》，載《南方文壇》，2017 年第 5 期。

第三章　論新舊文學不同的審美體系

第一節　身份識別

　　雖然都是中國漢語文學，古今文學某種程度上也可以交響、應合、互相印證。但傳統的古典文學側重抒發綱常禮教即「君子」「臣子」「士子」等上層社會的情懷際遇。也有悲情，從屈原的憂憤沉江到曹操的時不我待、李白的嘯傲江湖、杜甫的沉鬱自傷、李商隱的失意哀豔及至岳飛、辛棄疾、陸游等人的「臣子恨」「將軍吟」等，以一貫之，「天下興亡，匹夫有責。」「居廟堂之高則憂其民，處江湖之遠則憂其君。」循環往復、不斷重演的悲劇，大都是封建時代文人詩騷「哀生感世」、「懷才不遇」的內容，有牢騷，有惆悵，更多是弔史、惜才、對景抒懷。忠君愛國是主流，亦是優秀的古典文學集成。如前所論，形態結構較為單一，時間概念、歷史背景相對模糊。現代文學則突出歷史因循的重圍，塑造一種「人的文學」、「平民的文學」、「世界的文學」，高舉「個性解放」與「民主自由」的大旗，體系是氣象萬千的世界文學尤其是追求進步的現代世界文學，作家詩人都是以公民意識與身份（職業、性別、地域有所不同，但同為世界公民）參與文學創作。文學作品給人的衝擊與振動不再是士子、臣子、幕僚甚至「奴才」的得失哀樂，也不再是三皇五帝、唐宗宋祖或什麼江西派、桐城派、竟陵派、西崑體、花間集之類大同小異。新文學給人首當其衝的印象感覺是世界知識與現代人生存境遇、情懷及其具體問題。文化資源十分豐富，係來自東西方文化交接碰撞產生的結果。

　　從晚清維新人士黃遵憲、梁啟超、嚴復、林紓等人當時的著力介紹，就頗見瞻望充分。中國文學掉換場域、視點與立場，舊的體系不可能不土崩瓦

解，讓位於一個全新的世界體系。從文學的觀點切入，梁啟超當年的倡議、論述、比較仍然不失新意：

> 希臘詩人荷馬，古代第一文豪也。其詩篇為今日考據希臘史者，獨一無二之秘本，每篇率萬數千言。近世詩家，如莎士比亞、彌兒敦、田尼遜，其詩動亦數萬言。偉哉！勿論文藻，即其氣魄固已奪人矣。中國事事落他人後，惟文學似差可頡頏西域，然長篇之詩，最傳誦者，惟杜之《北征》，韓之《南山》，宋人至稱為日月爭光，然其精深盤鬱、雄偉博麗之氣，尚未足也。古詩《孔雀東南飛》一篇，千七百餘字，號稱古今第一長篇詩，詩雖奇絕，亦只兒女子語，於世運無影響也。〔註1〕（《冰飲室詩話》）

文中所提「世運」，實際即緊扣了世界大勢以及人類命運的共通脈搏。再如：

> 詩之境界，被數千年鸚鵡名士（自注：余嘗戲名詞章家為鸚鵡名士，自覺過於尖刻。）占盡矣！雖有佳章佳句，一讀之，似在某集中曾相見者，是最可恨也。故今日不作詩則已，若作詩，必為詩界之哥侖布、瑪賽郎然後可。欲為詩界之哥侖布、瑪賽郎，不可不備三長：第一要新意境，第二要新語句，而又須以古人之風格入之，然後成其為詩。不然，如移木星金星之動物以實美洲，瑰偉則瑰偉矣，其如不類何？若三者皆備，則可以為二十世紀支那之詩王矣。……今欲易之，不可不求之於歐洲。歐洲之意境語句，甚繁富而瑋異，得之可以陵轢千古，涵蓋一切，今尚未有其人也。
>
> ——《夏威夷遊記》〔註2〕

> 詩界革命，必取泰西文豪之意境之風格，鎔鑄之以入我詩，然後可為此道開一新天地。謂取索士比亞、彌爾頓、擺倫諸傑構，以曲本體裁譯之，非難也。
>
> ——《新中國未來記》〔註3〕

> 讀泰西文明史，無論何代，無論何國，無不食文學家之賜；其國民於諸文豪，亦頂禮而尸祝之。若中國之詞章家，則於國民豈有

〔註1〕 梁啟超著，《飲冰室詩話》，舒蕪校點本，人民文學出版社，1982年，第4頁。
〔註2〕 《梁啟超詩文選注》，王蘧常選注，人民文學出版社，1987年，第58頁。
〔註3〕 《梁啟超詩文選注》，王蘧常選注，人民文學出版社，1987年，第58頁。

絲毫之影響耶？

——《飲冰室詩話》〔註4〕

只因有了立場觀點的不同，視野的不同，以及自我身份介入的不同，過去不可一世壟斷千年的舊文學體系觀念權威就顯得不堪一擊了。說到音韻格律，興許還有保留，說到文學相關「國運」「國民」「新世界」「新中國」，舊文學體系不能不說就比較乏善可陳了。

這還只是梁啟超這樣過渡時期的維新思想人物。到了《新青年》、新文化、新文學運動時代，那些更加激烈的、徹底的、充分的甚至是有帶有偏頗攻擊色彩的議論，我們也不遑在這裡羅列重複了。總體而言，新舊文學的資源與效用大不一樣了，甚至是南轅北轍、分道揚鑣了！我們現在幾乎每列出一位現代文學的名家來，就會在世界文壇找到他的借鏡、淵源以及連動關係。如眾所周知的魯迅，他受到俄國文學果戈理、安德（特）列夫、屠格涅夫等人的影響以及德國尼采等人的影響；郭沫若所受到歐洲歌德、拜倫、雪萊、盧梭等浪漫主義文學思潮的影響，冰心從泰戈爾與紀伯倫等人創作風格吸取養料，巴金與俄國「無政府主義」，李劼人與法國左拉、莫泊桑等人的「自然主義」、寫實文學，郁達夫與日本的「私小說」，曹禺與挪威的易卜生等等……這都是廣為人知的，早已是百年來的文學常識。稍為冷僻些的，如法國象徵詩派，陳子展先生當年有一段概括可以加以引用：

> 李金髮在很早作《微雨》時，即已仿法國范爾倫（Ferlaine）作詩，後來又續出《為幸福而歌》，《食客與凶年》等。胡也頻的《也頻詩選》，即是專模擬金髮的。這一派的詩修辭極佳，惟用字似夾雜文言，為世所詬病。有人說他們是只有詩料，而無組織的。但也頻詩似較金髮易解。此後馮乃超作《紅紗燈》，詩中多用朦朧字眼，如「氤氳」「輕綃」之類。穆木天作《旅心》，則直接聲明他的詩是學法國象徵派拉佛格（Jules Laforgu）的。戴望舒的《我的記憶》是學法國象徵派耶麥（Franeois Jammes）的。蓬子的《銀鈴》所用的暗喻也極多。此外如後期的梁宗岱喜愛哇萊荔（Paul Valery），石民喜愛波特萊耳（Baudelaire），都可以屬於這一派，雖然其中有難懂的，有易解的，而師承又各有不同，但總之都是喜愛法國象徵派的詩人

〔註4〕梁啟超著，《飲冰室詩話》，舒蕪校點本，人民文學出版社，1982 年，第 59 頁。

的，所以又可以稱為「擬法國象徵詩派」。〔註5〕

這種「對號入座」式的概括可能不免有點主觀武斷，詩人作者自身想來也未必完全認同，但如果你要將這些詩人詩作列入我國古代的江西、桐城、竟陵詩派之間去找依據，那顯然牛頭馬面，更不會認同。以上引文中提到這一句值得我們注意：「夾雜文言，為世詬病」。可見新舊的分野，簡直容不得「中庸」「兼得」，必須各有側重，各奔前程，因為新舊價值體系與心儀的偶像，實在是「楚河漢界」「不可同日而語」了，用古話說就是已經「割席」。

李歐梵教授論及新舊之間不可調和的矛盾時這樣論述：

> 追溯中國現代知識分子的歷史命運，我們可以這樣論定，位於
> 兩個極端──用李澤厚的話，就是由一個極端取代另一個極端──
> 兩個極端的位置之間的那條危險的、富有張力的「中間之路」，幾乎
> 不復存在了。〔註6〕

事實如此。現代文學複製與沿用文言文行不通，連「夾雜文言」，也「為世詬病」，封建社會的解析與鎮壓勢力的消遁完結，事實上宣告了古典文學成為一種歷史形態的存在與話語集成，成為過去式。而現代的新文學，方興未艾，朝氣蓬勃，正是一種現實的存在與進行時乃至未來時，呈動態的發展方式，是前沿化先鋒式的探索，也是公民社會人人皆可參與、各逞其長的聯繫世界的文學實踐，是普及教育，充分反映著世界新知與美學以及真理求索的資源共享。

周憲教授從文藝學範疇做出這樣的總結：

> 現代主義者正是用陌生化（或純化）的審美經驗，來抗拒我們
> 傳統的追問意義的自然傾向，並把我們的注意力和思考力引向媒介
> 自身及其構成方式。當後現代主義藝術以一種更加開放的姿態出現
> 時，意義成為一種變化不定的生成過程，意義是一種藝術家──文
> 本──欣賞者直接的多元對話的產物，是一種主體間性的過程，一
> 種互文性的產物。意義與其說在什麼地方，不如說它哪兒都不存在，
> 它有賴於主體間對話和互動。〔註7〕

〔註5〕陳子展，《最近三十年中國文學史》，太平洋書店，1937年，第3、4頁。
〔註6〕李歐梵，《二十世紀中國　歷史與文學的現代性及其問題》，載《李歐梵論中國現代文學》，季進編，上海三聯書店，2009年，第43頁。
〔註7〕周憲，《古典的，現代的和後現代的》，載《20世紀中國文藝思想史論》第二卷，葛紅兵主編，上海大學出版社，2006年，第168頁。

在單一、重複、千古難移動的正統古代文學道路之外，產生了另一條新的道路，新的文學建構，她的「陌生化」，意味著前所未有。意義不再那麼明確，甚至是比較朦朧、晦澀、先鋒、實驗，但充分表現著探索性，表現著對歷史的刷新。現代文學包括現代派與後現代派文學，都為公民社會的文化多元化、多樣性以及解放性質的試驗，提供更多的話語空間與舞臺。這一棲居、生存於詩意中的方式，「主體間性」更加突出充分，領域更加寬廣。至於說成功與否，自有受眾與時間可以證明。事實上我們如今已經將現代文學中不少的名篇佳作形容為「新的經典文學」或「經典的現代文學名著」，其實「經典」在這裡更吻合英文 Classic、golden 的意味，而與「三墳五典」、「四書五經」「道統」「理學」乃至「皇經」「御用」等並不相關。

第二節　時間與存在方式

古典文學著重於永恆性的抒寫，題材的相近度很高，時間界限相對模糊，時代背景往往虛化，作者身置其間的生存狀態往往不必具細，甚至要故意加以忽略與淡化，往往重要的是要突出昔日文化的不朽乃至曾經盛世輝煌的追憶，抒發思古之幽情以及生命季節輪迴所帶來的感觸、感情。

例如我們給小孩子的啟蒙讀物和初期教化的文學作品，往往會選擇古典文學中比較淺顯通暢的讀物，如涉及日月星辰、江山名勝、萬物生長、家鄉記憶、家國情懷等，都是古典文學的勝長。那些晶瑩璀璨、珠圓玉潤、鏗鏘有力、琅琅上口的語言文學作品，是先民智慧的結晶，是才思的源泉，像頭頂星空日月一樣，輪迴旋轉，永放光芒，具有不朽的穿越的藝術價值。這些作品作者感情往往高度淨化，詞語千錘百鍊，行文異常優美，每一代中國人、華人，都是誦讀著這些錦心繡口的古典詩詞長大起來的。所以我們說古典文學特別是詩詞更接近童心，側重表現人與自然的關係以及永恆的景象。如要淡忘現實處境和化解自身的現實苦悶時，古典文學無疑也是最好的良藥與安撫，能夠安頓靈魂，甚至帶離我們通過詞語的雙翼脫離現實矛盾、自我解脫。例如筆者自己往年入醫院做治療手術時，就是默誦杜甫的《秋興八首》，讓自己緊張不安的心情漸歸於平靜，沉浸到無限詩意中，從而淡化與消解恐懼的情緒，直接被麻醉過去。在那種場合，我想是不宜默誦魯迅的《野草》以及郭沫若的《女神》或者其他新詩人的，一則記不住那麼長的篇幅，二則似乎無助消解現實的苦悶。同樣道理，我們給少年兒童選擇發蒙啟智讀物時，也

一般不會率先考慮現當代文學特別是現代派後現代派文學，例如教小孩子懂得《狂人日記》《阿 Q 正傳》《沉淪》《子夜》《莎菲女士的日記》等，顯然那是不現實不適用的。挑選冰心女士的《春水》《致小讀者》等作品或許可以，但可能也要到孩子變成大孩子以後，這就像過去評論家曾講過的一樣，冰心女士的作品其實是得有童心的成年人才真能讀得懂的。所以我們概括說，古典文學老少咸宜，而現代文學多指向成人讀物。古典文學重在永久的美感，而現代文學重在時代的美感──更多還是帶有社會問題的悲劇精神的美感。古典文學重在愉悅性、安慰功能，現代文學則重在探索性和批判功能。

當然這都不是絕對的，大體而言如此。我自己在比較緊張的時候撫慰自己心情一般會援用古典文學清辭麗句與華章，不大會去想到自己比較熟悉也作為職業講授分析常涉及的魯迅、李金髮、艾青或張愛玲、北島、莫言、余華等。除了形式方面的問題，如便於記誦，更加凝練的語言問題等，現代文學顯然更接近成人心智與社會認知、批判需要，那些社會現實問題及至尖銳的矛盾衝突、「直面慘淡的人生」等悲劇情懷，不可或缺，乃是我們認識社會改造社會、趨善趨於更加完美的動能。但我們往往需要放飛心情、輕鬆一下時，物我兩忘、歸於平靜，恬淡古樸、蹈於山水田園、江山勝景的古典文學，仍有不可替代的功用。所以現代文學是「醒者」的文學、革命者的文學。魯迅先生早年表達過以下雜感名言，至今看來還比較尖銳，他說：「我看中國書時，總覺得就沉靜下去，與實人生離開；讀外國書──但除了印度──時，往往就與人生接觸，想做點事。／中國書雖有勸人入世的話，也多是僵屍的樂觀；外國書即使是頹唐和厭世的，但卻是活人的頹唐和厭世。」〔註 8〕他還寫有像《老調子已經唱完》《忽然想到》等許多突出「破壞」即除舊布新有著革命思想的世界觀與方法論的雜文。也是緣於不同的審美取向、現實需要，從而在價值取捨方面義無反顧。除了兩本古典文學專門講義外，我們極難在魯迅的作品中看到津津樂道的古典文學作品引用。例如李白杜甫蘇東坡等大文豪，在他一生新文學創作中都極難涉及引用到。顯然，這就是體系的不同所致。

兩千多年的古典文學或許更精緻、更具有符號學意義，實際已經融入我們中國人的話語體系，成語、名句、名家名作，引詩作文，涉及不計其數。

〔註 8〕初見一九二五年二月二十一日《京報副刊》有關「青年必讀書」應徵語，詳見《魯迅全集》第 3 集《華蓋集》，人民文學出版社，1981 年，第 12 頁。

例如季節變換，以及離合悲歡，少有人不能引用兩三句古典詩歌來強化語言效果的。像「海內存知己，天涯若比鄰」、「海上昇明月，天涯共此時」、「舉頭望明月，低頭思故鄉」、「夕陽無限好，只是近黃昏」、「同是天涯淪落人，相逢何必曾相識」、「大江東去，浪淘盡千古風流人物」等等仍舊有著古為今用的無窮魅力，不時煥發出人間新意。

　　哈佛大學著名漢學家宇文所安（斯蒂芬‧歐文）教授對此就深有感觸：「早在草創時期，中國古典文學就給人以這樣的承諾，優秀的作家借助於它，能夠身垂不朽。……在中國古典文學裏，到處都可以看到同往事的千絲萬縷的聯繫。『後之視今，亦猶今之視昔。』既然我能記得前人，就有理由希望後人會記住我，這種同過去以及將來的居間的聯繫，為作家提供了信心，從根本上起了規範的作用。就這樣，古典文學常常從自身複製出自身，用已有的內容來充實新的期望，從往事中尋找根據，拿前人的行為和作品來印證今日的復現。」〔註9〕「規範」，是最醒目的關鍵詞，規範的思想感情，規範的文辭佳句，規範的道德審美接受，作為一個有知識的特別是接受過高等教育的中國人，其實都是先民文化文學活的載體與傳人。宇文所安教授進而論述：「如果說，在西方傳統裏，人們的注意力集中在意義和真實上，那麼，在中國傳統中，與他們大致相等的，是往事所起的作用和擁有的力量。」〔註10〕「記憶的文學是追溯既往的文學，它目不轉睛地凝視往事，盡力要擴展自身，填補圍繞在殘存碎片四周的空白。中國古典詩歌始終對往事這個更為廣闊的世界敞開懷抱；這個世界為詩歌提供養料，作為報答，已經物故的過去像幽靈似地通過藝術回到眼前。」〔註11〕往事，過去，不朽的記憶與不朽的紀念，成為我國傳統古典詩歌比較普遍的題材與永恆的主題。

　　反觀，現代文學的長處則在重視現實（當下）的人們生存狀態與各類生活情節、細節，不僅表現作者自己，也包括他人，更多時候是表現心目中的他人，涉及廣大的群眾、典型，從而表達作者作為現代人對追求世界進步行為勇氣的嘉許，對自由平等價值觀念的倡導，對人道主義、理想主義的呼喚。其間暴露、揭露、批判、諷刺、反省的內容比重相當大，甚至多要特別加以渲染，以期引起「療救的注意」、公眾傳媒的介入。簡而言之，現代文學是社

〔註9〕斯蒂芬‧歐文，《追憶》，上海古籍出版社，1990年，第1頁。
〔註10〕如前，第2頁。
〔註11〕同前，第3頁。

會改造的參照讀物與思想利器，古典文學是懷舊的線索與珍藏溫習。

　　古典文學長於記誦，現代文學長於閱讀，古典文學比較精緻含蓄，現代文學相當深刻生猛。現代新文藝都重視前沿性的問題，重視探索性與現代性。波德萊爾強調現代繪畫中所反映出來的那種令人驚歎甚至是震驚的藝術效果，現代音樂也是一樣。哈貝馬斯總結為「當代生活中的瞬間美，讀者允許我們把這種美的特性稱為『現代性』」。〔註 12〕由「平和」「往昔」到「震驚」「今天」，這是由古典文學到現代文學必然的審美發展結果。

　　重視現實，重視現代人生存境遇，為表現他們而寫作，現代文學不再是僅僅復述過往，不再是故意模糊和忽略自身的時間節點與具體細節，而是銳意表現對現實問題的關注以及對民生的關懷，志在創建更加美好合理的未來。未來世界是公民的、平等的、自由的、民主、科學的社會形態。所以肯定「現在」（包括現實的瞬間）這個時間節點，即現代文學的哲學話語重點所在。如海德格爾《存在與時間》結合黑格爾哲學加以強調：「『現在具有一種非常的權利：它只作為各個單獨的現在存在』……人們可以從時間的肯定的意義上說，只有現在存在，這之前和這之後都不存在；但是，具體的現在是過去的結果，並且孕育著將來。所以，真正的現在是永恆性。」〔註 13〕

　　這就是「現在即永恆」的理論，不再像古典文學時代，「永恆即現在」，「現在」不過是「過去」的復現和重奏。換句話說，現代文學不再是傳統鏈條上扣成死結的一環，恰恰相反，它要反抗傳統，脫離藩籬拘束，重建新生活，重視人世間當下的生存方式與真實處境，將筆觸探向更廣大的世界，表現人心向背，發出強勁的心聲，為未來開路。通過傳達與聚焦「現在」，展現審美言說，從中毫不掩飾追求創新理念與外來文明的態度立場。例如郭沫若就直接將他的作品命名為《女神》以及《站在地球邊上放號》等，魯迅的書名也頗能呈現這一中西美學結合的現代特色，如《野草》《吶喊》《彷徨》《墳》《阿Q正傳》《故事新編》等名稱。

　　百年新文學歷史與古代文學史相比自然還很短暫、年輕，但在各個時期都創作出了頗有時代特色與代表性的有創新意義的優秀作品，有的已被公認為新的經典文學，成為人民群眾的精神食糧以及話語常識，有的作品甚至為世界所熟知，獲得世界重大獎項。能否成為不朽的文學，可否名垂千載，興

〔註 12〕于爾根·哈貝馬斯，《現代性的哲學話語》，譯林出版社，2004 年，第 11 頁。
〔註 13〕海德格爾，《存在與時間》，生活·讀書·新知三聯書店，2006 年，第 487 頁。

許還需要時間的檢驗，毫無疑問的是，這一百年間新文學傑構的啟蒙意義與審美教育、社會參與等各個方面的功用價值，已經充分體現並深入人心。例如「鄉土文學」、「城市文學」「女性文學」「兒童文學」「災難文學」等領域題材，都是古典文學從沒有真正具有或罕有涉及、並不充分的。毫無疑問，這是百年新文學的重要收穫。

魯迅當年暢想「超越古範」「自鑄偉辭」「別開生面」的新文學樣式、新作品，能夠呈現世界現代文學新風貌的中國文學，在新文學體式中已經獲得確立和階段性的成功。

我們需要古典文學名篇佳作以及創作方式「古為今用」，我們更需要現代文學的宏篇傑構與創作方式「洋為中用」，雖然兩種創作方式很難匯合、調和，畢竟各自路徑不一，但大可各行其是，共同繁榮。作為兩種文學話語體系分別存在，成為我們不可或缺的精神食糧、心靈雞湯。就「實用」而言，新文學的「盟主」地位已不可撼動。新體式的散文隨筆（包括新聞、通訊、報導文學等）、詩歌、小說、影視劇本、網絡文學寫作等，都已普遍存在，成為文學風景線。放眼祖國大陸和臺、港、澳地區乃至世界華人所居住區域，主流新文學樣式都已是不爭的事實。

「現代性」指認了新的文學樣式以及不斷求新求變的探索發展，這是現代性自身覺悟的需要，也是社會變革、進步、歷史趨勢等多種因由合法性的選擇與認定。

第三節　審美舉隅

我們上邊引申與談論了那麼多文學理論，可能有些枯燥了，下邊且通過幾件當代文學作品（便於引用，主要是詩歌）實例，具體來體會與感知現代新文學的審美風貌與形式寓意。關於新文學的賞析，百年來的著述可稱林林總總，精彩紛呈，甚至汗牛充棟，從當年周氏兄弟、朱光潛、朱自清、阿英、劉西渭、郭沫若、鄭振鐸、艾青、何其芳等諸多名家到當代的王瑤、夏志清、余光中、謝冕、錢理群、孫玉石、溫儒敏、古遠清、黃維樑、李元洛、流沙河等，賞析名家，不勝枚舉，都著有對於現代新文學作品的專題賞析論述，有的還深入人心，令賞析行文自身亦成為文學名著，像朱自清《新詩雜話》、劉西渭（李健吾）《咀華集》、艾青《詩論》，艾蕪《談小說創作》等，我在四川大學的老師尹在勤先生生前也是以《新詩漫談》等鑒賞著作成名，新近去

世的流沙河先生，很多悼念他的人都想起了他早年的著作《隔海談詩》《臺灣詩人十二家》《余光中詩一百首》等。好作品的鑒賞原來也是可以形成「美文」，容易調動讀者的審美同感的，並可「與時俱進」、新意迭見。魯迅的作品就是典型，擱在今天，仍然現代，仍然前衛，仍然不斷有很多賞析與評說。這正是前邊論述所謂「作品說話」、「詩意的棲居」。

在生活中我們經常重溫古典名作，品味千百年來經得起時光檢驗的深入人心的好詩，像一罈老酒，歷久彌香。同樣，我們也欣賞並歡迎能夠讓人耳目一新、既啟智又愉情寄興的現代新詩。現代詩雖然比較散文化，不像古典詩詞那麼容易記誦下來，但顯然她更有閱讀的快感，有刷新歷史、解構形式（尤其是模式）的藝術創新的陌生感，同時還有強烈的時代脈搏氣息以及自由寫意的瀟灑率真。這都是新詩的優長與資源。以下分享幾首當代新詩作品，有的比較有名氣，有的可能還不為人所知。我們且來具體看作品究竟好在哪裏──

一、海子的詩

面朝大海，春暖花開

從明天起，做一個幸福的人

喂馬，劈柴，周遊世界

從明天起，關心糧食和蔬菜

我有一所房子，面朝大海，春暖花開

從明天起，和每一個親人通信

告訴他們我的幸福

那幸福的閃電告訴我的

我將告訴每一個人

給每一條河每一座山取一個溫暖的名字

陌生人，我也為你祝福

願你有一個燦爛的前程

願你有情人終成眷屬

願你在塵世獲得幸福

我只願面朝大海，春暖花開

1989.1.13

　　海子的這首詩已廣為傳誦，甚至有被沿海的房地產開發商用來做廣告詞的先例。詩作明白如話，相當「通俗」，她的世界氣息顯然撲面而來，現代感也比較強烈。做一個自由意志、幸福普通的公民的想法，根深蒂固。度假、享受陽光沙灘，人與自然相親近並更多的分享，這幾乎是公民社會的大眾審美取向。海子以精彩的文學體式表現出來，藝術上駕輕就熟，表現出成熟的現代風貌，多獲好感嘉評，如：「這首詩以樸素明朗而又雋永清新的語言，唱出一個詩人的真誠善良。抒情主人公想要做「一個幸福的人」，願意把「幸福的閃電」告訴每一個人，即使是陌生人他都會真誠的祝願他「在塵世獲得幸福」。詩人想像中的塵世，一切都那樣新鮮可愛，充滿生機與活力，字裏行間透出積極、昂揚的情感。整首詩乍看是以淳樸、歡快的方式發出對人的真誠祝願。」〔註14〕「柔弱的第一自我和強悍的第二自我的長時間的衝突，使他的詩一再出現雅各布森所說的『對稱』。」所謂『對稱』，無非指二重人格。也就是說，體現出外弱而內強的特點：詩之表有柔弱的外象，『餵馬，劈柴，周遊世界』，『面朝大海，春暖花開』，詞情輕柔而清淡，此詩之婉約風派者也；然而詩之心也有強悍的本質，言詞的背後隱藏著一顆崇高、驕傲的心，『只願面朝大海』，讓人們看到海邊站立著一位遺世獨立的詩人形象，那是自封王者的形象。這種二重人格還可細分出：對眾人和世俗生活的親近與排拒，對現實生活體驗的喜悅與悲憂，在文情表現上的直致與含蓄……作進一步提煉，大約有三重意識：世俗意識，崇高意識，逃逸意識。這三重意識排在一起不太『和諧』，正好表明海子這首詩在情感的清純、明淨、世俗化的背後蘊蓄著某些複雜性、矛盾性的東西。」〔註15〕這些賞析都不約而同反映出一致的認識，即海子詩有世界氣息，有現代感，更多受到西洋文學的影響。事實上「面朝大海，春暖花開」這一名句正是《聖經》「舊約」裏的一句話，形容以色列是「上帝應許之地」，「流淌著牛奶和蜜的地方」。海子的引用自然清新，不留痕跡，明白如話，能夠很好地轉化為中國人的海洋意識。早先郭沫若的成名作《女神》中同樣有很多這樣的抒發，異曲同工。具有濃鬱的世界氣息與地理人文景觀色彩。研究海子的詩人學者西川概括有獨到之處，他說：「我們可以《聖經》的兩卷書作比喻，海子的創作道路是從《新約》到《舊

〔註14〕孫立權等，〈面朝大海，春暖花開＆海子〉〔J〕，《中外名詩選讀》，2012 年。
〔註15〕李平，《中國現當代文學專題研究》作品講評，北京：北京大學出版社，2003
　　　　年，第 305 頁。

約》。……海子期望從抒情出發，經過敘事，到達史詩，他殷切渴望建立起一個龐大的詩歌帝國：東起尼羅河，西達太平洋，北至蒙古高原，南抵印度次大陸。」〔註16〕

我國現代文學多有受到西方基督教影響的作家作品，比較典型的早期如冰心、許地山等。海子涉及相關隱喻，受到西方文化影響，但他著重表現的還是一種現代中國人的唯美浪漫情懷，體現了中國人走出封閉禁錮的時代，穿越九州大陸，擁抱大海、融入外部世界的開放型的胸襟與自由嚮往。

其次，生態主義的文學觀念。生態主義是一個後現代的複雜的所指與能指，包括政治生態與自然生態以及現代人際關係等公共資源生態。海子處於社會長期動亂過後的大變革時代，難免置身於喧囂與浮躁，他有迷惘，有苦悶，他的回歸自然與尊崇人世生態法則的生活取向，通過他詩歌情景的描寫、表現、渲染，達到淋漓盡致。雖然詩裏不無逃避現實困境與消解人際矛盾的傾向，但現代文學對現實的批判與反思，也正是其詩歌隱喻能夠讓人體味的內容。逃避本身也是一項權利和選擇。在中西文學史上，都可以舉出不少先例，其實這也是對中心主義、權威模式的解構。如同存在主義的名言：「人是他的選擇。」「現代性就其概念來說，允許人們採取禁慾的方法，從中退縮出來。」〔註17〕海子的詩多有邊疆地理、邊緣地帶的人文氣息抒懷，頗有代表性。

最後一點是他的詩歌形式，與古典文學截然不同，也與寫得生硬的現代派詩不一樣，比較親民，十分熨帖，達到「語詞的還鄉」，如同海德格爾哲學所指，實現詩意的棲居。這正是「我說」、「我思，故我在」的自然曉暢的抒情方式。「幸福的閃電」，表現現代人有關「瞬間」感受的情形與把握，這有如本雅明評波德萊爾：「他尋找我們可以稱為現代性的那種東西，因為再沒有更好的詞來表達我們現在談的這種觀念了。對他來說，問題在於從流行的東西中提取它可能包含的在歷史中富有詩意的東西，從短暫中抽取永恆。」〔註18〕

〔註16〕西川，《懷念》，載《海子詩全集》，作家出版社，2014年，第9頁。
〔註17〕于爾根·哈貝馬斯（1929～），《現代性的哲學話語》，曹衛東等譯，譯林出版社，2004年，第50頁。
〔註18〕于爾根·哈貝馬斯，《現代性的哲學話語》，譯林出版社，2004年，第12頁。

二、余秀華的詩

我愛你

巴巴地活著，每天打水，煮飯，按時吃藥

陽光好的時候就把自己放進去，像放一塊陳皮

茶葉輪換著喝：菊花，茉莉，玫瑰，檸檬

這些美好的事物彷彿把我往春天的路上帶

所以我一次次按住內心的雪

它們過於潔白過於接近春天

在乾淨的院子裏讀你的詩歌。這人間情事

恍惚如突然飛過的麻雀兒

而光陰皎潔。我不適宜肝腸寸斷

如果給你寄一本書，我不會寄給你詩歌

我要給你一本關於植物，關於莊稼的

告訴你稻子和稗子的區別

告訴你一棵稗子提心弔膽的

春天

　　湖北鄉村詩人余秀華的詩集近年能夠暢銷並引起轟動似乎帶點偶然性，但不可否認她語詞奔放堅韌、充滿張力與富有現代言說的詩意。網評很多，如「評論家說『她的詩，放在中國女詩人的詩歌中，就像把殺人犯放在一群大家閨秀裏一樣醒目——別人都穿戴整齊、塗著脂粉、噴著香水，白紙黑字，聞不出一點汗味，唯獨她煙薰火燎、泥沙俱下，字與字之間，還有明顯的血污。』余秀華是一個好詩人，這個好絕非『那一縷鄉愁道不盡』的好，而是『堂吉訶德還在不斷向著風車挑戰』的好。」〔註19〕評論十分精彩獨到。我們結合背景資料瞭解，詩人是一名農村婦女，身患殘疾，婚姻不幸，可以說生活在物質條件比較低下、文化生活、感情生活都相對貧乏單調的境地，但作者那種「活著」的滿懷的激情、土地的親近感，最主要是那一種人文主義，自強不息、自尊自愛以及眾生平等、女性自由的精神與寓意，感動了讀者。這首詩成為當代詩作中的一首好詩。其語文考究，語詞的彈性很強，詩行間洋溢著自我鼓勵的生活氣息，成為新鄉土詩歌題材中的一首佳作。這在我

〔註19〕https://baijiahao. baidu.com/詩歌隨心，百家號，18.01.2116，第 27 頁。

們古代文學尤其是農村婦女的創作中較少見到，除了三千年前的《詩經》「十五國風」裏邊留存的一些來自民歌與女性立場的作品，如林庚先生著《中國文學史》所題名「女性時代的歌唱」〔註20〕，但消失久矣，掩蓋久矣，重遇不禁使我們喜出望外。於此不妨先看看林庚先生對國風中的女性歌唱如何評論：

> 《國風》時期，女性非特表現了自己，而且表現了她們心目中的男性，這才是一個真正的女性的文藝時代。
>
> 女性的文藝正如童年，能安於一種新鮮天真的喜悅；她富有生活趣味而不甘於寂寞，有客觀的愛好，而不十分注意自我。這個我們只要看兒童求群好奇的心理，多哭多笑的感情，到了成年的女子都依然未變，這些都與走極端愛嚴肅的男性相反，所以童年的愛好，保留在在文藝上便是更諧和的。生活上日常的變動，普遍的心情，都是這時文藝表現的特色。我們說她是集體的創造，因為它本來缺少自我，我們說它是健康的文藝，因為它還是文藝與生活的童年。
>
> 一切邏輯的語言，都已先在精巧的詩中培養得更美好，中國所以成為一個富有詩的氣質的民族。詩的精巧的表現，原應當後起的，在中國卻先自完成了，這便是這民族一切淵源的決定。〔註21〕

如果要說中華民族文學的「復興」，余秀華的詩作可以作為一個新的典型案例。對土地的歌唱，對人性的挖掘，對愛的呼喚。新文學與古代的文學關聯，唯有在這些精神氣質方面，有著來自同一血脈基因的必然聯繫。但余秀華的詩歌個性是揚溢而彰顯的，她絕不肯屈從於命運的安排，她從塵土裏揚起頭顱來歌唱，這首詩不單是一首情詩，她的「我愛你」，「你」與其說是一個人，不如說是一個時代，一個可以眾生平等可以出現人間奇蹟的創造的現代性社會，即一個如波特德萊爾所謂含有永恆意味的現代的「瞬間」。這是顯而易見的。我們欣賞這名農民女詩人的讀者，想來多會認同以上分析。

三、黃沙子的詩

一路走回

父親頂著我，從永豐公社一路走回曾臺

〔註20〕林庚，《中國文學史》，鷺江出版社，2005年版，第23頁。
〔註21〕林庚，《中國文學史》，鷺江出版社，2005年版，第23～31頁。

　　我估摸著大概有十五里路。

　　我抱著父親的額頭。

　　這是我記得的

　　最後一次和父親身體的接觸。

　　其後四十年，即使不得不

　　睡在同一床被窩

　　我們也都儘量小心地避免碰到彼此。

　　如果有上帝的話

　　唯有上帝知道為什麼我能

　　擁抱我所能觸摸的任何事物，哪怕是

　　病痛、交通意外、冰涼的河水

　　而獨獨不能挨一挨他的腳趾。

2014.3

　　這名叫黃沙子的詩人也是湖北籍詩人，我們可以從網上查到他的相關資料，但此前我們並不瞭解他。這首詩無疑是一首橫空出世的力作。閱讀，十分感動我們。這首詩是對現代人際關係尤其是倫常親情關係的一次深刻直面與反思，現代性的要義顯而易見。作者也許含有懺悔、內疚、哀傷，顯而易見來自存在主義的言說，更讓我們動容。歷經世間的災難，回想父親的肩膀與額頭原來才是最安全的港灣，這種親切的記憶隨時間流逝而益發深化，消失或弱化了的原初本真的家園意義、生命記憶，及至「曾臺」這樣的小小地標，日漸突出。詩中有意味，人必須要成為一個獨立的人，面對未來的人，經受打擊的人，沒有辦法不從安全庇護上分割出來，成為你自己，成為你自己的選擇，而這顯然意味著深深的疼痛以及異化，在這個後工業後現代的社會，個人其實就是「痛並快樂著」，難道不是這樣嗎？詩人在詩裏寫到了他家鄉甚至他真實的父子關係，用以證明，親情與異化之間有著多麼殘酷的距離和永難彌補的遺憾。這首詩歌不是對過往歷史的追憶與重複，也不是逆時光的穿越，像古典詩，沉浸於往昔的崢嶸。恰恰相反，他的目光凝視後來與今天、當下，也許他的父親已經遠去，不再重逢；也許近在咫尺，也很難回到親密無間。詩人獨自面對生活，承擔著家庭與社會的義務以及生活的挫折。但人性是不時要掙扎露出其本色來的。親情，有時正是傷痛最好的良藥。詩人寫出了現代人的孤獨處境與危險，甚至是內心的絕望之感，令人讀之不禁

低徊與沉思，久久不能平靜。

　　存在主義認為「生活是一個黑色的寓言。（或譯作謎語、言說）」〔註22〕感恩與負疚，自省與懺悔，展望與回顧，糾結著我們的一生。但作家、詩人乃至每個人必須勇敢面對。「我們關心的是人和他的存在問題，當然，我們關注這些問題是因為看到我們處境的危險。」〔註23〕黃沙子的這首短詩只是一首抒情詩，有著些許敘事的成份，但正是「以少總多」，「言有盡，意無窮」，絕沒有古代詩歌的翻版，他以一種令我們十分陌生的寫作新體式與語言形態，卻寫出了我們作為現代人共有的或彼此接近的悲劇情懷與生活焦慮。其詩歌質地顯然具有一種現代與後現代的純正與尖銳之感。值得我們經常思量與回味。

四、凸凹的詩

石達開之死，或凌遲的東大街
──讀蔣藍散文《與絞肉機對峙的身體》

你的天國不太平：天色
昏暗，密雲不雨──三十三年的
血，把一條大街的「崇麗」反覆沖洗
梟臺衙門的進深，以通幽的語法
磔殺了紫氣的方向和鐘點──六千親兄弟
一條大渡河，在天空饕餮刀影：
送不來飛翼；東大街的快馬
全都死在東大路上。一百多刀的時間
打開秘宮，又被拖進更大的
秘宮──透過肋骨的柵欄，透明的石虎
在十字架上冷笑，疾走如閃電。
遠去了，這初夏的冷空
成都的寂地，東大街的長繩、屬鞭和痛
──太陽不經過，形成斷句，直接去了

〔註22〕見戴維斯·麥克羅伊著，沈華進譯，《存在主義與文學》，春風文藝出版社，1988年版，第3頁。
〔註23〕戴維斯·麥克羅伊著，沈華進譯，《存在主義與文學》，春風文藝出版社，1988年7月版，第53頁。

西邊。你的活肉，一塊一塊塌著方

只為亮出錚錚骨頭？刀尖的吐詞

與骨渣的吐詞，比著鋼火。

額皮遮目的首，在東城門懸著

——天國的風鈴，叫不開清廷

西城的門

2009.4.2

　　這是四川成都本土知名詩人凸凹的作品，詩人是筆者的朋友。這裡列舉他的這首詩，與熟人無關，只在說明，現代詩如何呈現歷史、再現歷史，這與古典詩歌士大夫式的沉湎甚至醉心歷史毫無關係。現代詩似乎立足眾所周知的那句名言「一切歷史都是現代史」（克羅齊），凸凹用詩筆，再現了石達開遇難那天的場景甚至是天氣，但他完全沒有寫史「徵聖」的用意。他只是在用語詞叫喊，用語詞解構傳統。他的作品顯然有很大的空間維度，是閱讀的體驗與再創作。其歷史的反思，批判的鋒芒，都不言而喻，沒有庸俗的簡單化與圖解，寫悲劇意識，寫悲劇精神。用語詞構建人間的地獄與天堂。從前那些陳年的「追述」、追慕和往日相關的經驗式的「感喟」，在這首現代詩作腳下顯得腐朽庸俗可笑。現代詩悲劇的氣息彌漫了行文。通過「瞬間」這一場景的再現，將重心切入歷史，拷問人性。語詞似乎達到「狂歡」的狀態，但沒有一句是陳詞濫調，作品體現出來的現代精神以及文學體式，直抵悲劇精神的彼岸，有如現代繪畫中的「嚎叫」與「最後的晚餐」一般令人震撼的效果。叔本華論悲劇有如下論述：

　　　　在悲劇裏，生活可怕的一面擺在了我們的眼前；人類的痛苦與不幸，主宰這生活的偶然和錯誤，正直者所遭受的失敗，而卑劣者的節節勝利……，因此，與我們意欲直接牴觸的世事本質呈現在了我們面前。此情此景我們的意欲不再依依不捨地渴望、眷戀這一生存。〔註24〕

　　　　在目睹悲慘事件發生的當下，我們會比以往都更清楚地看到，生活就是一場噩夢，我們必須從這噩夢中醒來。〔註25〕

〔註24〕叔本華著，韋啟昌譯，《叔本華美學隨筆》，上海人民出版社，2004 年，第 52 頁。
〔註25〕同前。

> 悲劇使我們超越了意欲及其利益，並使我們在看到與我們意欲
> 直接牴觸的東西時感覺到了愉悅。……悲劇的精神就在這裡。悲劇
> 精神因而引領我們進入死心、斷念的心境。〔註26〕

凸凹的這首詩作從某種意義來講，能夠呈現的審美愉悅正是來自對正統社會的批判，幻想破滅、事物露出它猙獰的本來面目，暴露無遺。通過這首詩作揭示，我們更加瞭解了封建專制社會的暴虐殘酷以及面具的偽善。我們從而更加接近現代社會的公正公平合理與價值理念。通過詩作，我們顯然能夠進入哲學家所謂更為「明晰」「了斷」的哲學認知境界，堅定現代人的信念。即使要付出悲感甚至是絕望的代價。

這種將讀書讀史心得體會寫作成為具有強烈現場感的散文化的創作，細節充分，刻畫淋漓盡致，的確非現代派詩歌莫能擅其勝場。成都曾是一座「既崇且麗」（左思《蜀都賦》）的休閒城市，千百年來，人云亦云，觀念似不可撼動。但在這首詩中，舊的觀念土崩瓦解，悲劇場景儼然一座人間地獄，詩人對之形成深刻的懷疑、揭示與拷問，詩裏顯然也有著強烈的近乎黑色幽默的反諷與更深一層的寓意。

「形象大於思想」，同時思辨的力量交織其間、無往而不勝。這是現代詩歌的魅力，是現代詩歌的專長。可以更加自由寫意、多樣化地表達文學象徵豐富的境界，同時挑戰更高的寫作難度和深邃空間。

綜述以上舉例與分析，現代詩歌早已走出了古典詩歌的宿命與窠臼，自成一格，別開生面，實現多樣化與乃至先鋒實驗的探索，前沿化的自由寫作，不可能再複製舊體古典詩歌，舊體詩歌也不可能再來主宰或取代現代文學。新舊文學是南轅北轍，各行其道，能結合與重疊的空間極為狹窄，即便「狂飲」古典，也無非是現代派的「新古典主義」「新歷史主義」，像臺灣的鄉愁詩人，窺其作品，基本框架仍舊是世界文學、現代立場，「古典」，不過是他們加以利用改造甚至變異化、「為我所用」的取材揮灑而已。與復古、倒退早已不可等量齊觀。

在瞬息萬變以及氣象萬千的現代信息社會、地球村，富有世界氣息普遍意義並不斷求新求變的現代文學新樣式，毫無疑問已是今之文學創作的不爭

〔註26〕叔本華著，韋啟昌譯，《叔本華美學隨筆》，上海人民出版社，2004年，第53頁。

盟主，是絕大多數作者的自由選擇。古典文學的輝煌，值得紀念，其「新詞麗句」也值得「溫故知新」，加以某種程度的發揚。但同樣毫無疑問，舊體式、傳統手法已經成為極少數人的懷舊寫作，淪為「小眾文學」。現代文學是現代人聯結世界走向世界的橋樑、坦途，成為世界公認的「共同體」。各類世界文學獎項顯然都只從中國新文學中選取提名，而古典文學則只有專家教授即所謂「漢學家」去鑽研、教學，從而保持完整的歷史感與歷史考證。

從符號學角度講，現代文學更趨同「意義世界的形成」，符號學者指出：「內容是具體的，接近感性；形式才是普遍的，接近理念。」〔註27〕我國的現代文學創作成績已得到世界文壇的認同，業已融入世界文學，為更多世人知曉。毫無疑問，這一不斷創新探索的「形式」是「普遍的」，是接近世界先進「理念」「意義世界」的最佳方式與選擇。

〔註27〕趙毅衡著，《哲學符號學——意義世界的形成》，四川大學出版社，2017年，第336頁。

第四章 論新文學的創新領域與卓越建樹

第一節 悲劇樣式與魯迅作品的「陌生化」

關於我國歷史上有沒有真正的悲劇文學作品，歷來學界爭議甚多，討論相當廣泛。總體而言，我國古代文學主張「和樂」文學傳統，如前所述，我們文化表述中像「和為貴」「和樂且湛」「智者樂水，仁者樂山」「天倫之樂」「君臣之樂」「其樂也融融，其樂也洩洩」「樂而不淫，哀而不傷」「怨而不憤」「中庸和平」等真是不絕於耳。早在《尚書‧堯典》中就有：「夔，命汝典樂，教胄子。直而溫，寬而栗，剛而無虐，簡而無傲。詩言志，歌永言，聲依永，律和聲。八音克諧，無相奪倫，神人以和。」這種「神人以和」實際是君臣以和、君民以和。這個基調就沒怎麼改變過。孔子的學生旅途被人問詢孔子的為人而不知如何回答，孔子聽了闡述對自己的形容就有「樂以忘憂」。他對《詩經》的形容重在「詩無邪」。

正如人民大學高旭東教授所述：「西方近現代文學所表達的個人極度哀傷乃至無邊無際的宇宙悲哀，也不見於中國傳統文學。在敘事文學中，中國人更推崇善有善報，惡有惡報的樂觀主義和大團圓結尾。」〔註1〕歷史上有的悲劇，實質上可以歸為「苦劇」和「冤劇」「懸念劇」一類，終究會有「青天大老爺」或強悍的「皂吏」「捕快」「神人」等出來除惡降妖，伸張正義，從而雪冤平反，最終歸於「大團圓」、「破鏡重圓」的結局。關於這方面的理論，

〔註1〕 高旭東，《跨文化的文學對話──中西比較文學與詩學新論》，中華書局，2006
年，第93頁。

我們可以重點參考魯迅早年《摩羅詩力說》《文化偏至論》等論述和王國維《人間詞話》《紅樓夢評論》等文獻，胡適《文學進化觀與戲劇改良》對此也有說法。尤其是魯迅，對「平和」的假象和文學粉飾（「頌祝主人」「悅媚豪右」「瞞和騙」等）進行了不遺餘力、淋漓盡致的抨擊，從而呼喚「精神界的戰士」。他為此指出「平和之破，人道蒸也。」號召「直面慘淡的人生」，「寧要活人的頹廢，不要僵屍的樂觀。」「記得一切深大和久遠的苦痛，正視一切重疊淤積的凝血」《野草‧淡淡的血痕》。在審美取向上，主張悲劇的精神理念。王國維也以叔本華的悲觀哲學為導向分析《紅樓夢》，稱道《紅樓夢》「可謂悲劇中之悲劇也。」他在文中把悲劇分割為三種，第一種由極惡之人造成，第二種係盲目的行為命運所致，第三種則是與生俱來、心知悲劇而無法逃避，往往此種最為悲哀，最為打動人。他寫道：「叔本華置詩歌於美術之頂點，又置悲劇於詩歌之頂點；而於悲劇之中，又特重第三種，以示人生之真相，又示解脫之不可已故。」〔註2〕這和魯迅所謂「幾乎無事的悲劇」的理解是相近的。西方悲觀哲學對中國新文學的悲劇形成影響是明顯的。如叔本華論悲劇的理論：

> 在悲劇裏，生活可怕的一面擺在了我們的眼前；人類的痛苦與不幸，主宰這生活的偶然和錯誤，正直者所遭受的失敗，而卑劣者的節節勝利──，因此，與我們意欲直接牴觸的世事本質呈現在了我們面前。
>
> 在目睹悲慘事件發生的當下，我們會比以往都更清楚地看到，生活就是一場噩夢，我們必須從這噩夢中醒來。
>
> 悲劇使我們超越了意欲及其利益，並使我們在看到與我們意欲直接牴觸的東西時感覺到了愉悅。
>
> 悲劇精神因而引領我們進入死心、斷念的心境。
>
> 舞臺上駭人、可怕的事情把生活的苦難以及毫無價值，亦即所有奮鬥、爭取的虛無的本質，清楚地展現在我們的眼前。〔註3〕

王國維引介不失原義：「謂悲劇者，所以感發人之情緒而高上之，殊如恐懼與悲憫之二者，為悲劇中固有之物，由此感發，而人之精神於焉洗滌。」

〔註2〕 王國維，《紅樓夢評論》，載《王國維文學美學論著集》，北嶽文藝出版社，1987年，第14頁。
〔註3〕 《叔本華美學隨筆》，韋啟昌譯，上海人民出版社，2004年，第52～55頁。

〔註4〕魯迅有名的「悲劇將人生的有價值的東西毀滅給人看」（《再論雷峰塔的
倒掉》）意蘊相合，悲劇能反映「憂憤深廣」的內容，從而「以不可見之淚痕
悲色振其邦人」（《摩羅詩力說》）。

　　尼采的哲學與文藝思想也產生了很大的影響，連魯迅的《摩羅詩力說》
題頭都引用他的語錄，魯迅早期創作散文詩《野草》等，更直接受其散文影
響。學者周國平歸納說：

　　　　尼采在《悲劇的誕生》從分析悲劇藝術入手。悲劇把個體的痛
　　苦和毀滅演給人看，卻使人生出快感，這快感從何而來？叔本華說：
　　悲劇快感是認識到生命意志的虛幻性而產生的聽天由命感。尼采提
　　出「形而上的慰藉」來解釋，悲劇「用一種形而上的慰藉來解脫我
　　們；不管現象如何變化，事物基礎中的生命仍是堅不可摧的和充滿
　　快樂的。」看悲劇時，「一種形而上的慰藉使我們暫時逃脫世態變遷
　　的紛擾。我們在短促的瞬間真的成為原始生靈的本身，感覺到它不
　　可遏止的生存欲望和生存快樂。」也就是說，通過個體的毀滅，我
　　們反而感覺到世界生命意志的豐盈和不可毀滅，於是生出快感。從
　　「聽天由命」說到「形而上的慰藉」說，作為本體的生命的性質變
　　了，由盲目掙扎的消極力量變成了生生不息的創造力量。〔註5〕

　　新文學無疑從思想到實踐都由此走上了一條背離古代正統文化的道路，
如魯迅斷言：「沒有衝破一切傳統思想和手法的闖將，中國是不會有真的新文
藝的。」（《論睜了眼看》）正因為相繼出現一大批「闖將」，中國新文藝從而
找到並產生了像尼采所謂「生生不息的創造的力量。」西方近代以來浪漫主
義、懷疑主義、悲觀主義、超人哲學以及文藝創新的思潮紛繁迭起，現代悲
劇文藝體式，在我國新文學作品中得到確立和很好的移植、發揮、創造。而
開其悲劇樣式文藝先河的無疑首數魯迅。

　　魯迅從歐洲現代文學（俄、德、法、英、日包括東歐諸國）取法借鑒，
寫出多取材於家鄉生活經驗的作品，其中前所未有的「陰暗」的色調，「絕望
之為虛妄，正與希望相同（《影的告別》）的強烈主題，都讓人耳目一新、心
靈震撼，是中國歷史上傳統文學中罕有的作品。對此錢理群教授頗有深入的

〔註4〕《叔本華美學隨筆》，韋啟昌譯，上海人民出版社，2004年，第52～55頁。
〔註5〕周國平，《尼采的美學概論（代譯序）》，載尼采，《悲劇的誕生》，2002年，第
　　　　5頁。

分析概括，很能說明問題：

> 「魯迅正是以其非凡的創造力與想像力，創造了完全不同於傳統，而且可以與之並肩而立的，在『思想』與『手法上』都是全新的現代小說、現代散文（包括雜文），以其輝煌的創作實績，為中國現代文學奠定了基礎，顯示了現代漢語文學語言表達現代中國人的思想情感的生命活力，藝術上的高水平與巨大的可能性。」「魯迅由此開創了一個中國思想史、文學史上從未有過的新的中國現代思想、文學的傳統。」「與傳統的這種撕裂血肉的糾纏、相搏，是魯迅作品中最具震撼力的部分。」「不可忽視的是魯迅的表達，在充滿幽默與調侃的字裏行間，是難以言說的沉痛，甚至可以感到心的滴血。歷史的殘酷並非與他無關，他的靈魂深處也充滿毒氣、鬼氣、甚至血腥氣，由此也就有了靈魂的搏鬥；這刻骨銘心的生命感，是魯迅文學的魅力所在。」〔註6〕

魯迅所塑造的「狂人」「阿 Q」「孔乙己」「祥林嫂」「閏土」「子君」「呂瑋甫」等人物形象，至今仍舊是新文學畫廊中最為醒目的形象，也成為中國現當代話語體系中的符號代稱與典型類指。換句話說，魯迅的文藝已經深入人心，成為中國現代文藝的範式與重鎮之一，成為大眾語中鮮活的成份與現代性的表述。關於魯迅的研究近七十多年來深入細緻，成果豐碩，儼然已形成一支教學與研究的大軍。

魯迅文藝思想重在「反抗」，他對封建勢力全盤否定，對國民精神中的劣根性批判毫不留情，他以「地獄的旁邊」「扛起黑暗的閘門」「人肉宴席」「吃人」「僵屍的樂觀」「汗或血的鮮味」「黑暗與虛無」「看客」「刀叢」「長夜」等許多帶有濃烈的感情色彩的形容詞與狀說，深刻警示，令人振聾發聵。他與古代「和樂」「頌祝」「媚悅」的基本形態樣式決裂。他即便有歡喜，那「歡喜」必是有了他所形容的「炬火」與「太陽」後的歡喜，是「戰士」戰鬥的歡喜。

國內致力研究魯迅較有成就的學者改革開放新時期如錢理群、王富仁、林非、陳漱瑜、吳福輝、高旭東、孫郁、孫玉石等名家，他們的著述我們都

〔註6〕 見錢理群、李慶西、郜元寶編撰，《大學文學》，錢理群對魯迅專章的評述，上海教育出版社，2005 年，相同見解亦詳錢理群著《魯迅作品十五講》，北京大學出版社，2003 年。

可重點參閱。境外魯迅研究者也很多，不勝枚舉，可重點參考李歐梵著《鐵屋中的吶喊》，夏濟安著《黑暗的閘門——中國左翼文學運動研究》（專題《魯迅作品的黑暗面》），另如普實克、夏志清、王德威、葛浩文等著名漢學家的論著涉及也頗多，都可加以參考。魯迅研究是中國現代文學研究中的一門「顯學」，毫無疑問，這與魯迅的開創性的文學成就是成正比的。

魯迅身體力行開創文學作品的新樣式，一開始即以現代主義與現實主義相結合的風貌投入創作。引領了「鄉土文學」的寫作。新文學樣式在他手中呈現為：現代的中短篇小說、散文詩、散文隨筆、雜文、書信日記體、演講稿、論文等，都與古代傳統體例截然不同，凸顯現代的世界風、世界體，與現代西方文學接軌。正如李歐梵教授所述：「在現代中國作家中，只有魯迅和郁達夫接近於這個海塞、紀德、伍爾芙，甚至某種程度上的喬伊斯的現代派的傳統，雖然他們兩人或許都還不大瞭解這些歐洲的同時代人。或許正是這種聯繫，普實克發現中國現代文學和歐洲現代文學之間存在著某種『匯聚』。他說『魯迅作品突出的回憶和抒情特色，不僅將他引向於十九世紀現實主義的傳統，而且引向了兩次世界大戰之間歐洲那些有明顯抒情色彩的散文作家。』」〔註7〕國內的學者也有明確體認：「其時代性症候倒不妨視為當時中國思想文化界『苦悶的象徵』。某種程度上，正是這種帶有一定普遍性的精神狀態和思想傾向，使得西方現代文化思潮更具吸引力。」〔註8〕

第二節 「生命哲學」與創造社的浪漫主義文學、「私小說」

前引錢理群教授在論析魯迅作品時有這樣一句歸納，相當準確，即「這刻骨銘心的生命感，是魯迅文學的魅力所在。」「生命感」是「五四」時代文學創作特別是感傷的浪漫主義文學表現所共有的特徵。

李歐梵教授在《引來的浪漫主義——重讀郁達夫《沉淪》中的三篇小說》〔註9〕論文中深入分析了「創造社」文學與歐洲文藝乃至日本現代文學的關係，

〔註7〕 李歐梵，《鐵屋中的吶喊》，嶽麓書社，1999年，第72～73頁。
〔註8〕 張新穎，《20世紀上半期中國文學的現代意識》，生活·讀書·新知三聯書店，2001年，第15頁。
〔註9〕 李歐梵，《引來的浪漫主義——重讀郁達夫《沉淪》中的三篇小說》，《江蘇大學學報》（社會科學版），2006年第1期。

指出郁達夫「他的這種史無前例的西方文學的文本引用，至今看來依然可圈可點。」〔註10〕

　　郁達夫文學中所涉歌德、盧梭、梭羅、華茲華斯、勞倫斯等信息量極大，甚至有的段落就索性引用外文，涉及英、德、日等多國文字。這一現象在郭沫若乃至魯迅等人行下都是常見的。是那個時代的風氣。這種文本置換與互文的世界化現象，在中國古代是極為罕見的，也是新文學的浪漫主義與不拘一格的創新實驗、普世價值與知識體系建構的突出表現。我們不妨看看李歐梵先生的具體分析：

> 　　郁達夫從西洋文學中求得創作形式上的靈感和資源，在當時的「新學「（晚清）和」新文化「（五四）的潮流中來看，是一種現代價值觀的表現，但不產生西方文論中所謂的「影響的焦慮」問題。他們那一代的知識分子，國學的底子甚深，對於中國傳統文化無論反對與否，都視為「天經地義」，是一種「given tradition」。然而他（她）仍並沒有積極地為中國傳統文學注入新的生命力，這也是意識形態上新舊價值對立，捨舊取新的結果。然而西方文學──無論古今──卻成了五四「新文化」的主要來源，每位作家都要積極汲取，郁達夫更不例外。
>
> 　　然而，在文學創作形式上如何汲取西方文學的潮流和模式，卻是一件極不簡單的事。魯迅從歐洲作家創作中悟到小說敘事和如何運用敘事者角色的技巧，而郁達夫則從散文的自由結構和第一人稱的主觀視角創達（造）出一種個人的形象和視野，我在拙作中稱為「visions of the self」。這一個主觀視野的構成，在形式上也大費周章，不僅僅是把自傳改寫成小說而已，而需要加進更多的文學養料。當時西方小說的觀念剛剛被引進，理論和技巧之類的書，翻譯得並不多，而在郁達夫創作《沉淪》中三篇小說的時期（20年代初），創作上的摸索往往還早於理論的介紹，因此我們在事後可以看出這種汲取西方文學的實驗痕跡，甚至十分明顯。〔註11〕

崇尚真實，不計工拙，不避「隱私」甚至「家醜」，只要達到率真、懺悔，

〔註10〕李歐梵，《引來的浪漫主義──重讀郁達夫《沉淪》中的三篇小說》，《江蘇大學學報》（社會科學版），2006年第1期。

〔註11〕如前。

從而做一個棄惡揚善、奔向光明自由的新人。這方面的題旨我在後邊自己幾篇論文尤其是有關創造社論文中也有較多涉及。眾所周知，郭沫若當年論贊郁達夫作品就有這麼一段多為評論家引用的行述：

> 他的清新的筆調，在中國的枯槁的社會裏好像吹來了一股春風，立刻喚醒了當時無數青年的心。他那大膽的自我暴露，對於深藏在千年萬年的背甲裏面的士大夫的虛偽，完全是一種暴風雨式的閃擊，把一些假道學、假才子們震驚得至於狂怒了。為什麼？就因為有這樣露骨的真率，使他們感受著作假的困難。」〔註12〕

郭沫若行文同樣如此，甚至不比郁達夫暴露自己少，寫詩「歐化」也毫不遜色。正如朱自清先生評論所述：「看自然作神，作朋友，郭氏詩是第一回。至於動的和反抗的精神，在靜的忍耐的文明裏，不用說，更是沒有過的。不過這些也都是外國影響。——有人說浪漫主義與感傷主義是創造社的特色，郭氏的詩是一個代表。」〔註13〕

從前「文明」所「沒有過的」，這就是創造社以及當時各個社團文學風潮所取法歐洲文藝、世界文藝的新體式，創造社更典型一些。但倡「動的」「活的」甚至是「反抗」的精神，這是活躍於西方的生命哲學以及派生的文藝特點。郭沫若同郁達夫一樣寫作帶有「私小說」意味的作品，同時更在傳記文學中毫無保留地書寫自己的成長。

關於我國現代文學與日本文學包括「私小說」的密切關係，王錦厚教授著《五四新文學與外國文學》中有詳細講述與徵引。如下：

> 私小說，也譯為「自我小說」，或者叫作「心境小說」，這也是日本獨特的一種文學體裁。它產生於明治末年，盛行於大正時期。田山花袋1904年，在《露骨的描寫》一文中寫道：「露骨的描寫，大膽的描寫——也就是說在技巧論者看來是拙劣的、支離破碎的東西，反而是我國文壇的進步，也是文壇的生命。所以我覺得反這看作是壞事的批評家未免太落後於時代了。」為了原原本本地再現現實生活，必須「寫得露骨又露骨，大膽又大膽，幾乎使讀者不禁戰慄起來。」田山花袋摹仿德國作家哈特、霍夫特曼的《寂寞的人們》，

〔註12〕郭沫若，《論郁達夫》，《創造社資料》下，福建人民出版社，1985 年版，第803～804 頁。

〔註13〕朱自清，《現代詩歌導論》，載《中國新文學運動史料》，上海書店影印本，1982年，第353、354 頁。

於 1907 年在《新小說》上發表《棉被》（轉引按郁達夫譯為《蒲團》），……評論家們紛紛指出：「這篇是肉的人，赤裸裸的人的大膽的懺悔錄。在這一方面，明治小說諸家，先有二葉亭，小栗風葉，島崎藤村諸氏開其端，到了此作才最明白地，意識地把它顯露出來。從不分美醜的描寫，更進一步，專寫醜的自然派，此作可以毫無遺憾的代表此派的傾向。（島村抱月語，轉見謝六逸《日本文學史》上海北新書局 1929 年版）。

「私小說」「心境小說」在大正年代泛濫起來了。如武者小路實篤《天真的人》，志賀直哉的長篇小說《暗夜行路》，里見淳的《善心善意》，久米正雄的《良友惡朋》，芥川龍之介的《當時的我》，菊池寬《朋友之間》，開拓了文壇的新領域。〔註14〕

其實，不論寫自我經歷也罷，身邊瑣事也罷，「隱私」乃至「陰暗面」也罷，無非表現生命的活力與覺醒的行動，正如前引魯迅「寧要活的頹廢」，從而表現「苦悶的象徵」。我們感到，中國與日本類似「為藝術而藝術」的文學，其實都是受到「生命哲學」與「懺悔」精神題材的寫實作品影響。是對於歐洲浪漫主義與自然主義文藝思想的體認與追隨。歐洲自文藝復興、啟蒙運動、大革命以後，現代性為其文化的重要特徵。「生命哲學」是基於科學以及唯心主義世界觀的一種理論：

生命哲學是廣泛傳播於西方各國，並貫穿於 20 世紀的哲學流派。一種試圖用生命的發生和發展來解釋宇宙，甚至解釋知識，或經驗基礎的唯心主義學說或思潮。19 世紀末至 20 世紀初流行於德、法等國。它是在 A.叔本華的生存意志論和 F.W.尼采的權力意志論、C.R.達爾文的生物進化論和 H.斯賓塞的生命進化學說，以及法國 M.J.居約（1854～1888）的生命道德學說的影響下形成的。

德國哲學家 W.狄爾泰最早用「生命哲學」一詞來表示他的哲學，主張精神生活哲學的 R.C.奧伊肯（1846～1926）也是這種思潮的主要代表人物。新康德主義者如 W.文德爾班、H.李凱爾特等人，嚴格區分了自然科學與價值論（或文化哲學、精神科學），也對生命哲學的發展給予有力的推動。20 世紀初，德國 H.A.E.杜里舒

〔註14〕王錦厚著，《五四新文學與外國文學》，四川大學出版社，1996 年，第 114～117 頁。

（1867～1941）的生機主義，法國 H.柏格森的創化論，則試圖從生命的進化或生物學的立場，為生命哲學建立自然科學的基礎。生命是豐富的。

　　生命哲學對現象學的創始人、德國的 E.胡塞爾和主張「信仰意志」的美國哲學家 W.詹姆斯等人均有過重要影響，尤其是存在主義者如德國的 K.雅斯貝爾斯、M.海德格爾和法國的 J.P.薩特等人都繼承和發展了生命哲學的觀點，他們拋棄了「意志」而改用「存在」表示生命的概念。〔註15〕

通過哲學思考，由此可見，「生命哲學」的影響由來已久、影響深遠。

魯迅在新文學創作之餘也翻譯了日本廚川白村文藝理論《苦悶的象徵》，當時連貌似沉靜內向的周作人，也有《初戀》這樣「暴露自己」的作品。當時的作家都認為真實地書寫自己包括不為人知的經歷也就是書寫時代，就是為時代發展尋找光明和契機。這裡必然涉及到中日文學關係，日本「明治維新」以後盛行的歐化風，浪漫主義包括「私小說」「新感覺派」等文學風格樣式，也即以自我生活軌跡、心靈感受為主要表現內容的描寫，凡懂得日文的人都知道，「私」在日文裏，既有漢語「隱私」的意思，也是「我」（わたし、わたくし）即第一人稱的代稱。關於「私小說」研究已經很多，這裡不妨略加徵引：「『私小說』在二十世紀初以來的日本文學中是首當其衝的、最重要的文學現象，有人將之稱為現代日本文學的一個『神話』」——

　　日本文壇普遍認同的說法是——「私小說」最初受法國自然主義文學之影響，不妨說是自然主義文學的一個「變種」。法國自然主義作家左拉的一段論述不妨說正是日本「私小說」的一個注解，「作為（今日的）作家，既有的觀察和預備的筆記，一個牽引一個，再加上人物生活的連鎖發展，故事便形成了。故事的結局不過是自然的、不可避免的後果。由此可見，想像在這裡所佔的地位是多麼微小……小說的妙趣，不在於新鮮奇怪的故事；相反故事越是普通一般，便越是具有典型性。使真實的人物在真實的環境裏活動，給讀者提供人類生活的一個片段，這便是自然主義小說的一切。」在左拉眼中，自然主義小說正是「觀察」與「分析」的小說，自然主義的美學標準似可歸結為「真實」二字。同樣，日本「私小

〔註15〕詳見百度「生命哲學」辭條，人民教育出版社網，2013.4.23。

說」也是極端注重真實表現的文學類型，只是更趨極端地把法國自
然主義文學仍舊十分重視的社會性擱置一旁而一味關注作家「自
我」。〔註16〕

在郭沫若郁達夫等創造社作家作品中都不免或多或少有一些大膽暴露甚至是涉及兩性關係「色情」的內容，這是當時來自歐洲、日本的「自然主義」文學風氣，也是創造社作家作品的侷限性所在。因為他們當時所表現出來的模仿痕跡還是稍多了些，對「隱私」內容似乎過於渲染。郁達夫就曾公開講：「把古今的藝術總體積加起來，從中間刪去了感傷主義，那麼所餘的還有一點什麼？」（《譯孫譯出家及其弟子》）「性慾和死，是人生的兩大根本問題，所以以這兩者為材料的作品，其偏愛價值比一般其他的作品更大。」（《文藝鑒賞上之偏愛價值》）顯然，這有審美方面矯枉過正的偏頗。正如前引李歐梵教授論文中表達的遺憾：「他沒能把西方文學的文本放進他的小說後作進一步的創造性轉化，從而為中國現代文學開出另一個現代主義寫作傳統。」〔註17〕但郁達夫等創造社作家的影響顯而易見，其歷史功績也有目共睹。在當時，模仿郁達夫、郭沫若等人筆調寫作的人可以說比比皆是（有的甚至託名可以假亂真），受其影響走上文學道路成名的作家也有多例。感傷的浪漫主義與自然主義可以說風靡一時，至今影響有所不休。創造社作家反抗傳統禁忌，要求文學求真，除去一切功利的考慮打算，「專求文學的全（Perfection）與美（Beauty）」，創造社骨幹之一成仿吾就在《新文學的使命》一文中宣告：

> 「文學是時代的良心，文學家便應當是良心的戰士。在我們這
> 種良心病了的社會，文學家尤其是任重道遠。」「我們要在冰冷的而
> 麻痺了的良心，吹起烘烘的炎火，招起搖搖的激震。／對於時代的
> 虛偽與他的罪孽，我們要不惜加以猛烈的炮火。我們要是真與善的
> 勇士，猶如我們是美的傳道者。」〔註18〕

關於一批「留日」歸來的「留學生」文學以及創造社作家群為代表的感傷浪漫主義文學創作，成就大小有別，影響也有不盡同，但毫無疑問，在新

〔註16〕《《日本私小說精選集──枯木風景〉序》，編者（日本）：宇野浩二，譯者：魏大海，復旦大學出版社，2013年，第2頁。

〔註17〕李歐梵，《引來的浪漫主義──重讀郁達夫《沉淪》中的三篇小說》，《江蘇大學學報》（社會科學版），2006年第1期。

〔註18〕成仿吾，《新文學的使命》，載《創造社資料》上，福建人民出版社，1985年，第41頁。

文學史上都留下了濃重的筆墨，開啟了一種迴異於古代傳統文學所謂「諱莫如深」「家醜不可外揚」「道統」「理學」的新的另類話語範式寫作，從而充分體現了新文學的世界性與現代性。直到今天研究新文學的人，對這些作品以及相關話題都不可旁繞。中國新文學包括受日本「私小說」影響的作品，其實都與外國文學不盡一樣，不相等同，其帶有中西結合的多元、自主、創新、進步的大膽探索意義。創造社後來產生分化，一批作家走上了左翼以及無產階級革命文學的道路，即可充分說明問題。

　　本節最後以中國現代文學研究的名家、與新文學作家多有切身過從的捷克漢學家亞羅斯拉夫·普實克的分析作為結束：

> 「創造社的兩位主要成員郁達夫和郭沫若的短篇小說，最鮮明地呈現了中國新文學的主觀傾向，同時也最接近以《少年維特之煩惱》或繆塞（Alfred de Musser）《一個世紀兒的懺悔》為類型的主觀化的浪漫主義散文。我們也可以將這類散文稱之為作者經驗的戲劇化，因為在這些短篇小說中，作者表現了自己的心理狀態，他的不滿和痛苦不斷地積聚，終於在絕望、自責和自戕的情緒中爆發。郁達夫和郭沫若的短篇小說與日本的『私小說』存在共同的特徵：作者很少關注外部現實，他只關心自己的感受，並極其真誠地將這些感受描寫出來。但是他也經常將對大自然與景物的抒情描寫融入到敘事中。
>
> 　　然而，中國作家所生活的環境是如此的逼仄，不允許他們像日本作家那樣，只關注自己靈魂的顫抖，因此作家們要探尋一條道路，通過個人體驗來理解和反映現實生活。有時候作者可以有效地將某種個人體驗與現實環境的種種聯繫都納入到描寫中，使描寫具有某種普遍的真實性，而使現象成為一個象徵。」〔註19〕

第三節　鄉土文學的繁榮

　　在我國古典文學中，有田園山水詩，有士大夫的詠（憫）農詩，有隱士親近田園的詩，後者如陶淵明作品。但嚴格說來，傳統古典文學罕有真正的鄉土文學作品，可以追溯到《詩經》，國風裏有鄉土歌唱，反映農人的心聲與

〔註19〕亞羅斯拉夫·普實克，《抒情與史詩──現代中國文學論集》，李歐梵編，郭建玲譯，上海三聯書店，2010年，第60、61頁。

故事，如離家征戰還有婚姻不幸、愛情期盼等題材，這些作品幸存下來，但秦王朝以後鄉土文學領域幾乎就荒蕪了。偶而有點關聯涉及，也不過浮光掠影、點到為止。原因很多，前邊已有涉及，這兒不再具論。鄉土文學的再次興起與繁榮，是「五四」新文學創作，甚至造成一時風氣，文學家輩出，是新文學題材中最有感召力最有實力的主力軍。一直到今天，鄉土題材文學例如鄉土小說，獲得的大獎，如有名的「茅盾文學獎」，鄉土題材作品亦最多。莫言甚至獲得了國外的「諾貝爾文學獎」，他的寫作也主要是鄉土題材。當代長篇小說隊伍中有「湘軍」「陝軍」「川軍」「晉軍」等指稱，其實都是形容那些省市活躍的鄉土文學家。如「陝軍」中的陳忠實、路遙、賈平凹等。

　　新文學的鄉土文學創作在我國是受到外國文學影響而崛起的，當初帶有明顯的學習與摹仿的痕跡。第一個提出鄉土文學概念並身體力行嘗試創作的是魯迅。他在《新文學大系・小說二集》的「導論」中評述鄉土文學成就，對自己取材故鄉的創作也有所總結：

　　　　……魯迅從一九一八年五月起，《狂人日記》《孔乙己》《藥》等，陸續地出現了，算是顯示了「文學革命」的實績，又因那時的認為「表現的深切和格式的特別」，頗激動了一部分青年讀者的心。然而這激動，卻是向來怠慢了紹介歐洲大陸文學的緣故。一八三四年頃，俄國的果戈理（N. Gogol）就已經寫了《狂人日記》；一八八三年頃，尼采（Fr. Nietzsche）也借蘇魯支（Zarathustra）的嘴，說過「你們已經走了從蟲豸到人的路，在你們裏面還有許多份是蟲豸。你們做過猴子，到了現在，人還尤其猴子，無論比那一個猴子的」。而且《藥》還的收束也分明留了安特萊夫（L. Andreev）式的陰冷。但後起的《狂人日記》，意在暴露家庭制度和禮教的弊害，卻比果戈理的憂憤深廣，也不如尼采的超人的渺茫。此後雖然脫離了外國作家的影響，技巧稍為圓熟，也稍加深切，如《肥皂》《離婚》等，但一面也減少了熱情，不為讀者們所注意了。〔註20〕

　　同文涉及魯迅同時代作家的創作成就時魯迅提出「鄉土文學」概念：

　　　　蹇先艾敘述過貴州，裴文中關心著榆關，凡在北京用筆寫出他的胸臆來的人們，無論他自稱為用主觀或客觀，其實往往是鄉土文學，從北京這方面說，則是僑寓文學的作者。但這又非如勃蘭兌斯

────────────────

〔註20〕張若英編，《中國新文學運動史資料》，上海書店，1982 年影印，第 125 頁。

（G. Brandes）所說的「僑民文學」，僑寓的只是作者自己，卻不是這作者所寫的文章，因此也只見隱現著鄉愁，很難有異域情調來開拓讀者的心胸，或者炫耀他的眼界。許欽文自名他的第一本短篇小說集為《故鄉》，也就是在不知不覺中自招為鄉土文學的作者。不過在還未開手來寫鄉土文學之前，他卻已被故鄉所放逐，生活驅逐他到異地去了，他只好回憶「父親的花園，」而且是已不存在的花園，因為回憶故鄉的已不存在的事物，是比明明存在，而只有自己不能接近的事物較為舒適，也更能自慰的──〔註21〕

　　魯迅胞弟周作人當時也提倡「鄉土性」、鄉土取材與鄉土氣息的作品，如他在《舊夢序》《希臘的小說集》「中譯本」序言、《竹林的故事序》《地方與文藝》等大量散文隨筆中都有闡述倡導，如最後一篇指出：「人總是『地之子』……須得跳到地面上來，把土氣息泥滋味透過了他的脈搏，表現在文字上。這才是真實的思想與文藝。這不限於描寫地方生活的『鄉土藝術』，一切的文藝都是如此。」〔註22〕周作人自己也試筆寫作鄉土文學，如散文《故鄉的野菜》《烏篷船》《村裏的戲班子》等，雖然仍舊有著以前士大夫、清客玩味鄉土的氣息，不算是嚴格的深入下層生活的鄉土文學，但畢竟有鄉土氣息，取材於鄉土，而且是新散文的體例，所以也能風行一時。周作人的主要功績在介紹世界文學，提倡將地方性、鄉土性與世界的新文學、作家個性結合起來。這方面他撰寫了大量散文隨筆、評論、譯文，文學革命前期功不可沒。

　　1935 年，茅盾著長文《現代小說導論──文學研究會諸作家》也旁徵博引，分析與總結了前期新文學創作，第八節專題評論「描寫農村生活的作家」，涉及徐玉諾、彭家煌、潘訓、許傑等多家作品。1936 年，茅盾作《關於鄉土文學》更進一步地指出「鄉土文學」主要特徵並不在於對鄉土風情的單純描繪，他說：「關於『鄉土文學』，我以為單有了特殊的風土人情的描寫，只不過像看一幅異域圖畫，雖能引起我們的驚異，然而給我們的，只是好奇心的饜足。因此在特殊的風土人情而外，應當還有普遍性的與我們共同的對於運命的掙扎。一個只具有遊歷家的眼光的作者，往往只能給我們以前者；必須是一個具有一定的世界觀與人生觀的作者方能把後者作為主要的一點而

〔註21〕張若英編，《中國新文學運動史資料》，上海書店，1982 年影印，第 133 頁。
〔註22〕周作人，《談龍集》，上海書店影印版，1982 年，第 15、16 頁。

給與了我們。」〔註 23〕茅盾在創作都市題材之外，自身投入鄉土文學創作成就也是令人矚目的。他的農村三部曲──《春蠶》《秋收》《殘冬》至今仍是新文學書庫中的經典名作。

與理論幾乎同時甚至更早的創作實踐，在新文學初期即已如火如荼，像魯迅、茅盾先後介紹或涉及到的蹇先艾、裴文中、許欽文、王魯彥、黎錦暉、李健吾、徐玉諾、潘訓、彭家煌、許傑、王任叔（巴人）、臺靜農、廢名、李劼人（郭沫若也有專文論及）等，以及同時或隨後湧現的沈從文、沙汀、艾蕪以及蕭軍、蕭紅、端木蕻良、駱賓基、舒群、白朗、羅烽、李輝英等東北作家群，亦多是鄉土文學的作家，多直接或間接地師承魯迅或受到魯迅鄉土小說的啟發影響。而魯迅取鑒外國如俄國文學小說樣式等，前邊已有論及。延安時代的趙樹理、孫犁等人更形成了所謂「山藥蛋派」和「荷花澱派」的鄉土小說創作風格流派，連丁玲也致力鄉土文學寫作，有長篇小說《太陽照在桑乾河上》等。「十七年」文學創作中如柳青、周立波、梁斌、劉紹棠等，都多將鄉村題材作為自己的創作中心。

小說之外如新詩，鄉土題材的作品也如雨後春筍，清新自然，帶著濃鬱的民間與鄉土氣息。劉大白、劉半農、朱湘、廢名（馮文炳）、康白情、汪敬之以及後來去到延安的艾青、田間、阮章競、何其芳等名家，包括描寫農村生活的鄉土題材詩歌的繁榮，可稱空前的繁榮。這是兩千年來古典文學史上從來沒有過的盛況。從內容到文本樣式，都有新的開創意義。

在寶島臺灣，「鄉土文學」創作也是重中之重，雖然引起過激烈的爭論，但如今論及臺灣文學，鄉土作家與現代派作家，仍舊平分秋色，成就得到公認。像陳映真、黃春明、王禎和等人描寫臺灣鄉土「小人物」的代表作，都可圈可點。臺灣鄉土小說特別是早年（包括日佔時期）明顯受到大陸「五四」新文學鄉土小說創作的影響。

鄉土文學在我國新文學中佔據重要位置，並相當繁榮、長盛不衰。簡略概括有如下幾點重要原因：

1、我國自來是農業大國，有著深厚的歷史積累與廣闊的鄉土疆域，鄉土體驗與鄉土材料可說取之不盡，用之不竭，且容易引起廣泛的人間共鳴。

2、外國文學的影響，特別是西方鄉土文學作品的成功，樹立了一種世界話語文本範式，可供借鑒取法。如馬克・吐溫（1835～1910）、托馬斯・哈

〔註23〕茅盾，《關於鄉土文學》，載《文學》第 6 卷第 2 期，1936 年 2 月 1 日出版。

代（1840～1928）、果戈理（1809～1852）、威廉・福克納（1897～1962）等等，中國現當代作家往往都能如數家珍。充分表現了世界文學一體化與互動的趨勢。

3、人道主義與人文主義的趨動。鄉村往往隱喻底層與貧困、災荒，探索鄉土與農村生存問題，是「五四」以來的人道主義先驅者不約而合的通識與合力。正如丁帆教授論及：「接受了西方文化薰陶的『五四』先驅者，那種改選農業社會國民性的使命感驅使魯迅在一個更高的哲學文化層次上俯視筆下的芸芸眾生，驅使他用冷峻尖刻的解剖刀去穿刺那一個個腐朽魂靈，從而剖開封建文化那層迷人面紗；另一方面作為一個諳熟農業社區生活並與中國農民有著深厚血緣關係的『土之子』，那種對農民哀憐同情的儒者的大慈大悲之心又以一種反傳統的情感方式隱隱表現在他的鄉土小說當中，這種『深刻的眷戀』一方面表現出普泛的人道主義精神，另一方面又支配著對封建王權和奴性教育的統治思想更有力的批判。」〔註24〕

4、再有就是延安時代的文藝方向倡導，表現工農兵、「文藝下鄉」等號召影響經久，對延安時代的鄉土文學乃至共和國時代的文學，都產生了深刻影響。促使了一大批農村題材的作品的問世。

5、也可說是我國文藝復興使然，因為早在《詩經》「十五國風」時代，鄉土文學（雖然多係口頭文學採寫）就曾繁榮一時。後來《古詩十九首》、民歌民謠民間文學還有少數文人書寫中的鄉土農村篇章，鄉土文學仍然有著生機與潛流。雖然有著「現實主義」作風的鄉土文學歷來被大一統王朝文學觀歧視打壓，斥為「稗官野史」「閭里小人」「鄙夫村婦」「草民」「賤民」等，但一到了思想解放、創作自由特別是平民文學光榮的時代，「為有源頭活水來」，她的文藝復興反而因積壓太久機遇契合而總體爆發了，呈現了新文學鄉土文學空前繁榮於活躍的局面。

第四節　女性文學的興起與女作家的活躍

新文學還有一道突出亮麗的風景線，即女性文學的繁榮與女作家、女詩人的空前活躍。不用多說，這是二千多年封建專制社會結束解體，女性生產力大解放與公民社會男女平等自由意識深入人心、文化普及的必然。

〔註24〕丁帆，《中國鄉土小說史論》，江蘇文藝出版社，1992年，第36～37頁。

　　關於女性文學的界定，世界文學論壇通常泛指女性生活題材與女性作家的文學創作。參照各種教科書，簡而言之，可分為以下類型：A 所有作家創作的有關女性生活題材特別是重在反映女性命運與社會問題的文學作品。舉例如國外作家勃特朗姊妹的《簡‧愛》《呼嘯山莊》等，可歸於「女性文學」，而列夫‧托爾斯泰、D‧H 勞倫斯等人的一些側重反映女性生活命運與問題意識的作品似也可納入這一範疇。B 女性作家自身所創作的文學作品。C 女性作家創作的側重於反映女性生活題材的作品。D 女性作家創作的較多涉及女性生理與心理方面大膽描寫（特別是性描寫）的嚴肅文學作品。在英法文中女性主義與女權主義通常表述一致或十分相近。

　　無論中外，在古代女性文學與女性作家都是少有的。正如劉象愚教授《西方現代經典批評譯叢總序》指出：「許多經典論者提出，傳統的『經典』絕大多數出自那些已經過世的、歐洲的、男性的、白人（Dead White European Man）作家之手，而許多非歐洲的、非白人的、女性的作家卻常常被排除在這個名單之外。他們說經典的形成離不開選擇，而這樣一個選擇顯然含有性別歧視、種族歧視以及歐洲中心主義的偏見，不難看出，這種激進的經典觀大多是從女性主義、後殖民主義、西方馬克思主義立場出發的，其政治和意識形態的意味相當強烈。」〔註 25〕歷史上對女性的歧視今天看早已是一個勿庸諱言的事實。劉教授文中繼而述及：「在西方文化傳統中，男性優越、女性低劣的觀點是由來已久的。亞里斯多德認定，女性天生是缺乏某些品質的，聖‧托馬斯則明確把女性界定為「不完滿的人」（imperfect man），此後數千年來，女性無論在社會生活還是家庭生活中都始終處於從屬與次要的邊緣地位，而男性則為中心，處於控制和主導地位。可見女性只不過是『第二性』」。其生活條件和教育狀況是無法與男性相提並論的。主流意識形態不僅不鼓勵而且還限制女性接受良好的高等教育，像伍爾夫這樣出自名門的傑出女性都曾在家庭生活和教育方面受到過不公正的待遇，更遑論一般人。因為整個社會要培養的精英是男性而不是女性，所以，18 世紀之前的西方，在社會各個領域中出類拔萃的女性的確是鳳毛麟角。因此，也就不可能有女性作家進入西方的傳統經典名單了。〔註 26〕《西方世界經典著作》1990 年經過修訂的第二版也只

〔註 25〕劉象愚，《西方現代批評經典譯叢‧總序（二）》，載約翰‧克羅‧蘭色姆著，《新批評》，王臘寶、張哲譯，江蘇教育出版社，2006 年，第 2 頁。

〔註 26〕如前，第 5 頁。

增加了英國的簡‧奧斯汀、喬治‧愛略特、弗吉尼亞‧伍爾芙和美國的威拉‧凱瑟的作品。

西方尚且如此，我國傳統文學可想而知。中國文學史上少有的如蔡琰、李清照、班昭、朱淑真等女性文學家可說鳳毛麟角，與漫長的歷史完全不成正比。即便李清照，如葉嘉瑩先生形容是「穿裙子的士」，換句話說，李清照們所發出的女性聲音也是非常微弱的。真正打開女性文學話語空間與閘門的還是「五四」新文化運動。理論和創作實踐都十分充盈。「五四」知名女作家的湧現如陳衡哲、冰心、廬隱、謝冰瑩、凌叔華、丁玲、蕭紅、蘇雪林、袁昌英、陳學昭、張愛玲、蘇青等；共和國與新時期女作家如柯岩、楊沫、宗璞、舒婷、張潔、鐵凝、張抗抗、張辛欣、方方、池莉、殘雪、畢淑敏、遲子建、林白、陳染、衛慧、棉棉、九丹等，不勝枚舉，其中鐵凝現任中國作家協會主席。我國臺灣地區如聶華苓、於梨華、三毛、瓊瑤、李昂、龍應台、張曉風、簡媜、蕭麗紅等，香港特別行政區如李碧華、梁鳳儀、亦舒、西西等，女作家可說風起雲湧，佔據了中國現當代文學相當醒目的席位。海外的華人與華裔女性作家，數來同樣也是一個長長的名單，這裡限於篇幅從略不錄。

早在二、三十年代，女作家的成就就已經引起研究者重視，像魯迅、周作人、茅盾等有專文或演講稿涉及。據我手邊資料，當時出版社先後出版過阿英的《現代中國女作家》（署名黃英，北新書局，1931 年），賀玉波的《中國現代女作家》（上海復興書局，1936 年）以及《中國女性的文學生活》、《女作家自傳選集》，黃人影（阿英）編有《當代中國女作家論》（光華書局 1933 年初版，上海書店 1985 年影印）20 世紀八、九十年代更出版過多種女作家文集、選集、專集等，不勝枚舉。「蕭紅熱」「張愛玲熱」「三毛熱」「龍應台熱」等此起彼伏。至今女作家的寫作，也十分活躍，如前邊我們賞析過的湖北籍鄉村女詩人余秀華的抒情詩集出版，居然能達到暢銷的水平，如其詩集《搖搖晃晃的人間》，一舉銷售達十數萬冊，要知道這在多元文化與傳媒信息時代、電子閱讀風行的當下，作為紙媒閱讀是相當不容易的。從另外一方面也說明了文學與女性文學的生命力。

我國新文學女作家同樣受外國文學影響，以冰心為例：「中學四年之中，沒有顯著的看什麼課外的新小說，（這時我愛看筆記小說，以及短篇的舊小說，如《虞初志》之類）我所得的只是英文知識，同時因著基督教的教義的

影響，隱隱的形成了我自己的『愛』的哲學。……這時我看課外書的興味，又突然濃厚起來，我從書報上，知道了杜威，和羅素，也知道了托爾斯泰，和太戈爾。」〔註27〕再如：「一九三六年冬，我在英國的倫敦，應英國女作家弗吉尼亞‧伍爾芙（Virginia Woolf）之約，到她家喝茶。我們從倫敦的霧，中國和英國的小說、詩歌，一直談到當時英國的英王退位和中國的西安事變。她忽然對我說：『你應該寫一本自傳。』我搖頭笑說：『我們中國人沒有寫自傳的風習，而且關於我自己也沒有什麼可寫的。』她說：『我倒不是要你寫自己，而是要你把自己作為線索，把當地的一些社會現象貫穿起來，即使是關於個人的一引起事情，也可作為後人參考的史料。』」〔註28〕

女性作家的活躍，如前所述，原因很多。她們對現代文學的貢獻是卓著突出的。正如魯迅在《蕭紅作〈生死場〉序》一文中指出：「這自然還不過是略圖，敘事和寫景，勝於人物的描寫，然而北方人民的對於生的堅強，對於死的掙扎，卻往往已經力透紙背；女性作者的細緻的觀察和越軌的筆致，又增加了不少明麗和新鮮。精神是健全的，就是深惡文藝和功利有關的人，如果看起來，他不幸得很，他也難免不能毫無所得。」〔註29〕「明麗」「越軌」「精神健全」等句也可移做形容當時以及後來不少女作家所同樣具有的筆調風骨與文采。

現代女性題材文學與女性作家創作的文學已是新文學領域研究的熱點之一，甚至在國際漢學領域現當代文學方向稱為一門「顯學」也不過分。這和世界進步思潮以及公平社會婦女解放大勢所趨是緊密相關的。

〔註27〕冰心，《小說集自序》，載《創作的經驗》，天馬書店，1933 年，第36～38 頁。
〔註28〕冰心，《我的故鄉》，載《冰心散文選》，人民文學出版社，1983 年，第 258 頁。
〔註29〕魯迅，《魯迅全集》第 6 集，人民文學出版社，1981 年，第 408 頁。

本卷主要參考書目

（排名不分先後）

A：文獻資料類

1. 趙家璧主編：《中國新文學大系》（十卷本），上海良友圖書公司，上海文藝出版社，1981 年影印版。

2. 錢谷融主編：《新文學社團、流派叢書》，華東師範大學出版社，1985 年版。

3. 張若英編：《中國新文學運動史資料》，光明書局，1934 年，上海書店，1982 年影印版。

4. 王哲甫著：《中國新文學運動史》，上海書店，1986 年影印版。

5. 陳子展著：《中國近代文學之變遷》，《最近三十年中國文學史》，上海書店，1982 年影印版。

6. 黃人影編：《當代中國女作家論》，上海書店，1985 年影印版。

7. 閻純德主編：《中國現代女作家》（上下），黑龍江人民出版社，1983 年。

8. 北京圖書館編：《中國現代作家著譯書目》，書目文獻出版社，1982 年。

9. 賈植芳、陳思和主編：《中外文學關係史資料彙編》（1898～1937）（上下冊），廣西師範大學出版社，2004 年。

10. 葛紅兵主編：《20 世紀中國文藝思想史論》（共三卷），上海大學出版社，2006 年。

11. 朱立元主編：《當代西方文藝理論》，華東師範大學出版社，2002 年。

12. 楊廣元主編：《二十世紀西方文學理論》，陝西人民出版社，1990 年。

13. 許道明著：《插圖本中國新文學史》，上海古籍出版社，2005 年。

14. 王錦厚著：《五四新文學與外國文學》，四川大學出版社，1996 年。

15. 「五四」新文學社團、流派、作家、詩人作品各種研究資料叢書、彙編以及書中所涉及作家選集、合集、全集等在此不一一具列。

B：理論類

1. 黑格爾：《歷史哲學》，王造時等譯，北京：商務印書館，1989 年版。

2. 哈·麥金德：《歷史的地理樞紐》，林爾蔚、陳江譯，北京：商務印書館，2017 年版。

3. 于爾根·哈貝馬斯：《現代性的哲學話語》，曹衛東等譯，南京：譯林出版社，2004 年版。

4. 丹納：《藝術哲學》，傅雷譯，安徽文藝出版社，1991 年版。

5. 尼采：《悲劇的誕生》，周國平譯，廣西師範大學出版社，2002 年。

6. 叔本華：《叔本華美學隨筆》，韋啟昌譯，上海人民出版社，2004 年。

7. 帕斯卡爾·卡薩諾瓦：《文學世界共和國》，羅國祥等譯，北京大學出版社，2015 年。

8. 古斯塔夫·繆勒：《文學的哲學》，孫宜學、郭洪濤譯，廣西師範大學，2001 年。

9. 約翰·克羅·蘭色姆：《新批評》，王臘寶、張哲譯，江蘇教育出版社，2006 年。

10. 魏斐德：《中華帝制的衰落》，鄧軍譯，黃山書社，2014 年。

11. 特雷·伊格爾頓：《二十世紀西方文學理論》，伍曉明譯，北京大學出版社，2007 年。

12. 杜贊奇：《從民族國家拯救歷史──民族主義話語與中國現代史研究》，王憲明等譯，江蘇人民出版社。

13. 薩義德：《東方學》，王宇根譯，生活讀書新知三聯書店，2007 年。

14. 本尼迪克特·安德森：《想像的共同體──民族主義的起源與散佈》，吳叡人譯，上海人民出版社，2013 年。

15. 簡·弗里德曼：《女權主義》，雷豔紅譯，吉林人民出版社，2007 年。

16. 羅鵬：《裸觀──關於中國現代性的反思》，趙瑞安譯，麥田出版社，2015 年。

17. 亞羅斯拉夫·普實克：《抒情與史詩──現代中國文學論集》，郭建玲譯，上海三聯書店，2010 年。

18. 夏志清：《中國現代小說史》，復旦大學出版社，劉紹銘等譯，2005 年。

19. 夏濟安：《黑暗的閘門──中國左翼文學研究》，萬芷君等譯，香港中文大學出版社，2016 年。

20. 葛浩文：《葛浩文論中國現代文學》，閆怡恂譯，中華書局，2014 年。

21. 李歐梵：《李歐梵論中國現代文學》，李歐梵著，上海三聯書店，2009 年，《鐵屋中的吶喊》，嶽麓書社，1999 年。

22. 王德威：《被壓抑的現代性》，北京大學出版社，2005 年。《現代抒情傳統四論》，臺大出版中心，2014 年。

23. 余英時等：《不確定的遺產》，九洲出版社。

24. 樂黛雲：《跨文化之橋》，北京大學出版社，2002 年。

25. 張岱年：《文化與哲學》，中國人民大學出版社，2009 年。

26. 費孝通：《鄉土中國》，人民出版社，2015 年。

27. 錢理群：《魯迅作品十五講》，北京大學出版社，2003 年。

28. 孫玉石：《野草研究》，北京大學出版社，2010 年。

29. 蘇宏斌：《現代小說的偉大傳統》，浙江文藝出版社，2004 年。

30. 溫儒敏、陳曉明等：《現代文學新傳統及其當代闡釋》，北京大學出版社，2010 年。

31. 羅志田：《裂變中的傳承》，中華書局，2003 年。

32. 陳平原：《小說史：理論與實踐》，北京大學出版社，2010 年。《從文人之文到學者之文》，生活·讀書·新知三聯書店，2004 年。

33. 丁帆：《中國鄉土小說史》，北京大學出版社，2007 年。

34. 朱德發：《世界化視野中的現代中國文學》，山東教育出版社，2003 年。

35. 殷國民：《20 世紀中西文藝理論交流史論》，華東師範大學出版社，1999 年。

36. 高旭東：《跨文化的文學對話》，北京：中華書局，2006 年。

37. 張新穎：《20 世紀上半期中國文學的現代意識》，生活·讀書·新知三聯書店，2001 年。

38. 黃維樑：《中西新舊文學的交匯》，作家出版社，2013 年。

39. 趙毅衡：《哲學符號學——意義世界的形成》，四川大學出版社，2017 年。

40. 陳萬雄：《五四新文化的源流》，北京：生活·讀書·新知三聯書店，1997 年。

41. 馬俊山：《走出現代文學的神話》，中國社會科學出版社，2002 年。

42. 張法：《20 世紀西方美學史》，四川人民出版社，2003 年。

卷二：創造與激情

第五章　早期創造社郭沫若郁達夫等人的「淚浪」

摘要

　　早期創造社作品中頗多眼淚的渲染，由此還引出一場「淚浪」事件，即徐志摩撰文對郭沫若作品舉例諷刺、批評，創造社成員則予以反擊之。今天來看，這場爭論無關個人恩怨利害，實際牽涉文學流派、作家個體之間不同的文學審美取向與創作情趣。就創造社主將郭沫若、郁達夫等人的作品及其當時所形成的感傷氣息、風尚，它所產生的時代影響與言說，今天都有必要加以探討與總結，從審美的角度分析作品的價值。

關鍵詞：創造社、郭沫若、郁達夫、「淚浪」

一

　　早期創造社文學幹將郭沫若、郁達夫等人的作品有一個比較共通的特點，即感情世界表現異常豐富以至脆弱、纖細，對外部世界十分敏感，作品多帶自傳色彩，作者雖是男兒，但眼淚的描寫與渲染卻特別多，似乎淚腺發達。為此郭沫若早期的作品還帶出一個小小的「淚浪」事件——即引發一場有關文學創作審美的爭議。我們從前因後果以及創作變化考察，對這個「淚浪」事件以及早期創造社成員風格的類同特徵及其時代影響，仍舊值得加以

研究與總結。

　　「淚浪」一詞緣自郭沫若 1921 年 10 月 5 日創作的一首新詩，題為《淚浪》，此詩後收入《沫若文集》第 1 卷《集外》（一）輯中，全詩照抄如下：

> 別離了三閱月的舊居，
> 依然寂立在博多灣上。
> 中心怦怦地走向門前，
> 門外休息著兩三梓匠。
>
> 這是我許多思索的搖籃，
> 這是我許多詩歌的產床。
> 我忘不了那淨朗的樓頭，
> 我忘不了那樓頭的眺望。
>
> 我忘不了博多灣里的明波，
> 我忘不了志賀島上的夕陽。
> 我忘不了十里松原的幽閒，
> 我忘不了網屋汀上的漁網。
>
> 我和你別離了百日有奇，
> 我大膽地走到了你的樓上，
> 哦，那兒貼過我往日的詩歌，
> 那兒我掛過貝多芬的肖像，
> 那兒我放過米勒的《牧羊少女》，
> 那兒我放過金字塔片兩張。
> 如今呢，只剩下四壁空空，
> 只剩有往日的魂痕蕩漾。
>
> 飛鳥有巢，走獸有穴，遊魚有港，
> 人子得不到可以安身的地方。
> 我被驅逐了的妻兒今在何處？
> 抑制不住呀，我眼中的淚浪！〔註1〕

詩歌風格明白如話，描寫詩人重返日本舊居，尋找妻小，不禁觸景生情，追昔憶往，結合現實的苦楚（漂泊，無所定居），於是淚如泉湧。詩用「淚浪」

〔註 1〕郭沫若：《沫若文集》，人民文學出版社，1957 年版，第 277 頁。

形容，則因為海邊海浪的大環境、氛圍的烘托，並不使人感覺到突兀與生造，相反感覺合情合理，可以體會。倒是詩中「我」字人稱稍嫌多餘，因為白話（早期白話詩故意淺白如話甚至刻意通俗），循環往復，一詠三歎，重在渲染，讀去也倒不覺得怎麼累贅。20 世紀 30 年代中後期寫作自傳《革命春秋》中《創造十年》卷，郭沫若憶及早年那一段重返舊居的光景，感從中來道：「我留在福岡的妻兒是被家主驅逐出了從前的舊居的……就單只這樣的一個情景已經就使我的眼淚流了出來。……看起來真是家徒四壁，這些不消說又是催人眼淚的資料了。」〔註 2〕提及當年的詩作《淚浪》，他說：

> 我那《淚浪》的一首詩，被已故的「詩哲」罵我是「假人」，罵我的眼淚「就和女人的眼淚一樣不值錢」的那首詩，便是在這一天領著大的一個兒子出去理髮時做的。我們繞道在以前的舊居處纏綿了一會。那裡還沒人住，僅僅有兩三個木匠司務在那兒修繕。我也就走進去，在那樓上眺望了一回，那時候的眼淚真是賤，種種的往事一齊襲來，便又逼得「淚浪滔滔」了。〔註 3〕

可見雖然時光遷逝，境遇改換，生活處事風格包括政治信仰也都有改變，但郭沫若詩文述及當年那一段處境時，仍然不能抑制傷感，低徊久之。對於那段時間，他文中常自己形容眼淚是：「我的不值錢的眼淚」，例如：「我的不值錢的眼淚，在這時候率性又以不同的意義流瀉了出來。」〔註 4〕「我的不值錢的眼淚，在這裡又洶湧了起來。」〔註 5〕等等。「不值錢」的緣故，於今不言自明，那時候國人的境遇、情況如郭氏所述：「想來是誰都會痛哭流涕的。」〔註 6〕那一段留日生活印象在郭沫若記憶中特別深刻難忘。文中所指「已故的『詩哲』」，想應指於 1931 年 11 月 19 日因空難去世的著名詩人徐志摩。如果不是「詩哲」「已故」，想來郭沫若筆下或許還會要挖苦些、尖刻些。查郭沫

〔註 2〕　郭沫若：《沫若自傳・革命春秋》，上海：新文藝出版社，1956 年版，第 100 ～101、83、85 頁。

〔註 3〕　郭沫若：《沫若自傳・革命春秋》，上海：新文藝出版社，1956 年版，第 100 ～101、83、85 頁。

〔註 4〕　郭沫若：《沫若自傳・革命春秋》，上海：新文藝出版社，1956 年版，第 100 ～101、83、85 頁。

〔註 5〕　郭沫若：《沫若自傳・革命春秋》，上海：新文藝出版社，1956 年版，第 100 ～101、83、85 頁。

〔註 6〕　郭沫若：《沫若自傳・革命春秋》，上海：新文藝出版社，1956 年版，第 100 ～101、83、85 頁。

若 1946 年 3 月 6 日寫作的評論名文《論郁達夫》，裏邊就還有順帶點名的「批判」，這些行文讀者都較熟悉，為了說明問題，不妨再加以摘引：

> 在創造社的初期達夫是起了很大的作用的。他的清新的筆調，在中國的枯槁的社會裏面好像吹來了一股春風，立刻吹醒了當時的無數青年的心。他那大膽的自我暴露，對於深藏在千年萬年的背甲裏面的士大夫的虛偽，完全是一種暴風雨式的閃擊，把一些假道學、假才子們震驚得至於狂怒了。為什麼？就因為有這樣露骨的真率，使他們感受著作假的困難。於是徐志摩「詩哲」們便開始痛罵了。他說：創造社的人就和街頭的乞丐一樣，故意在自己身上造些血膿糜爛的創傷來吸引過路的人的同情。這主要就是在攻擊達夫。〔註7〕

雖然是在拿郁達夫說事，但也無異於「夫子自道」，明顯有借他人之杯酒澆自己塊壘的意思呀。

對於所謂「淚浪事件」，核查徐志摩文集，見徐志摩原刊於 1923 年 4 月 22 日、5 月 6 日《努力週報》第 49、51 期上的連載文章《雜記》，是一種文藝隨筆體裁，長文中《壞詩，假詩，形似詩》題目下有如下一節行文（格式照錄）：

> 我記得有一首新詩，題目好像是重訪他數月前的故居，那位詩人摩（原文如此，引者。）按他從前的臥榻書桌，看著窗外的雲光水色，不覺大大的動了傷感，他就禁不住淚浪滔滔固然做詩的人，多少不免感情作用，詩人的眼淚比女人的眼淚更不值錢些，但每次流淚至少總得有個相當的緣由。踹死了一個螞蟻，也不失為一個傷心的理由。現在我們這位詩人回到他三月前的故寓，這三月內也並不曾經過重大的變遷，他就使感情強烈，就使眼淚「富裕」，也何至於像海浪一樣的滔滔而來！
>
> 我們固然不能斷定他當時究竟出了眼淚沒有，但我們敢說他即使流淚也決不至於成浪而且滔滔──除非他的淚腺的組織是特異的。總之形容失實便是一種作偽，形容哭淚的字類盡有，比之泉湧，比之雨驟，都還在情理之中，但誰能想像個淚浪滔滔呢？〔註8〕

〔註7〕郭沫若：《論郁達夫》，《創造社資料》下，福建人民出版社，1985 年版，第803～804 頁。

〔註8〕徐志摩：《徐志摩散文全編》，來鳳儀編，浙江文藝出版社，1991 年版，第444、451、453 頁。

徐志摩文中挖苦「那位詩人」，《徐志摩散文全編》專門加有腳註以說明：「這位詩人指郭沫若，下邊引述的詩句見郭沫若《淚浪》一詩。徐志摩這裡對郭沫若的批評，很快遭致創造社批評家成仿吾的反擊。在此之前，徐志摩與創造社方面關係甚洽，這事使成仿吾覺得他心口不一，於是便將徐寫給他的幾封信（內有稱讚郭沫若及其詩作的話）在《創造週刊》上發表，以示揭露。為此，徐志摩又寫了《『天下本無事』》一文澄清。」〔註9〕《「天下本無事」》一文較長，內容主要是徐志摩辯解自己是對事不對人，指責「淚浪滔滔」僅是出於文學藝術修辭方面的分析，就事論事。而且即便否定這一句、這一首詩，並不代表否定郭沫若的全部創作，而且志摩向來是高度評價郭沫若的詩歌，其云：「比如每次有人問我新詩裏誰的最要得，我未有不首推郭沫若的，同時我也不隱諱他初期嘗試作品之不足為法。」〔註10〕「我說『淚浪滔滔』這類句法不是可做榜樣的，並不妨礙我承認沫若在新文學裏最有建樹的一個人。」〔註11〕徐志摩行文懇切誠實，抱著與人為善、析解紛爭的態度，苦苦申明自己的本意與其單純的用心。但當初用筆犀利，文章產生相當影響，所以徐志摩似乎並沒有怎麼取得創造社成員尤其是郭沫若本人的諒解，甚至在其身後。雖然徐志摩與創造社成員關係不錯，特別是和郁達夫既同鄉又中學同學，「平生風誼」）。這件文壇紛爭，亦成為20世紀二、三十年代新文學陣營裏一場小小的風波事件與遺憾吧。

今天看來，徐志摩應不是郭沫若文中所指的「假道學、假才子」的代表，徐志摩的為人其真誠、熱情、單純，世所共知。同為新文學的闖將，志摩所代表的新月派、現代評論派風格與郭沫若、郁達夫等人初期創造社風格，在審美取向與創作路數方面其實存在異同，有扞格，有隔膜，有誤會，有不相融解處。於今來看，這些現象都是正常的，是風格路數的歧異與多樣化，也是有著理論爭論意義的（促使新文學的成熟與繁榮）。雙方昔年的紛爭倒正好作為今天我們研究新文學發軔與初期文學探索所留下的行文軌跡與審美啟示。

〔註9〕徐志摩：《徐志摩散文全編》，來鳳儀編，浙江文藝出版社，1991年版，第444、451、453頁。

〔註10〕徐志摩：《徐志摩散文全編》，來鳳儀編，浙江文藝出版社，1991年版，第444、451、453頁。

〔註11〕徐志摩：《徐志摩散文全編》，來鳳儀編，浙江文藝出版社，1991年版，第444、451、453頁。

　　我們以為，留學日本與留學歐美歸來的新文學作家在五四時期表現出有
所不同的著力點、側重點與伸展領域，這在今天多是常識，勿庸贅議。總體
說來，新月與現代評論派的文學比較唯美、理智，同時浪漫、幽默，多表現
歐美紳士風，代表新實用主義、人文主義（徐志摩、胡適、西瀅、梁實秋等
堪為代表），另一批像李金髮、戴望舒、聞一多、卞之琳、朱湘等則更趨同象
徵主義、表現主義以及新古典主義的道路，也是歐美風氣較濃，較為內斂與
張力。而留學日本的初期創造社成員創作路數主要採取感傷的浪漫主義，以
及十八世紀以來歐洲自傳體式的「懺悔錄」作派，並從中糅合了日本不無病
態與感傷的如「私小說」那樣的個性暴露、情感誇張外溢等審美特徵。加之
留日學生生源出身的普遍的底層化，他們所感受到的比較特別的政治經濟地
位低下，大國弱小，寄籬島國，忍氣吞聲，「飄泊」與「屈辱」，今昔對比（唐
朝中土是多麼絢爛，情況完全相反）、「世態炎涼」諸多感觸，可能要比留學
歐美的青年知識分子更加來得深刻、濃重、直接。總之留日學生出身的文學
家的文學創作，不約而同，魂魄交織，對此郭沫若 1928 年 1 月撰文有如下精
到論述：

> 中國文壇大半是日本留學生建築成的。
>
> 創造社的主要作家都是日本留學生，語絲派的也是一樣。
>
> 此外有些從歐美回來的彗星和國內奮起的新人，他們的努力和
> 他們的建樹，總還沒有前兩派的勢力的浩大，而且多是受了前兩派
> 的影響。
>
> 就因為這樣的原故，中國的新文藝是深受了日本的洗禮的。而
> 日本文壇的毒害也就儘量的流到中國來了。
>
> 比如極狹隘，極狹隘的個人的生活的描寫，極渺小，極渺小的
> 抒情文字的遊戲，甚至對於狹邪的風流三昧……一切日本資產階級
> 文壇的病毒，都儘量的流到中國來了。〔註12〕

情趣相投，「拿來」利用，必然會不免泥滓俱下。值得注意的是郭沫若這篇文
章寫於後期創造社時代，那時郭氏思想與創作風格都發生較大轉變，其中行
文，不免也有些情緒化和偏激，後來知道他主要是針對當時創造社內部所產
生的裂痕，有感而發，主要是對郁達夫撰文攻擊廣州同仁事件有所不滿，帶

〔註12〕麥克昂（郭沫若）：《桌子的跳舞》，《創造社資料》上，福建人民出版社，1985
　　　　年版，第 196、203 頁。

有批判的意識。但從客觀來看，文章也真實地揭示了五四文學尤其是留日歸來學生創作所受日本文學影響的某些特徵與不可避免的弱點。在文章中，郭沫若特別呼籲走出新路，拋棄摹仿與「剿襲」，「努力做一個社會的人吧！」如何才是「一個社會的人」呢，顯然即革命者，郭沫若帶頭向創造社成名的「感傷主義」發起了攻擊與決裂，宣布自己要走向「革命文學」、「無產階級文學」，他批評包括他自己在內的當年的同伴們：「他們都是些很舒散的很舒散的個人無政府主義者。他們只是想絕對的自由。他們一點也吃不得苦——稍微吃了一點苦，噯呀。不得了！鼻膿鼻涕都流出來了。啊，我是受人虐待了！我是受人虐待了！我真孤獨喇！我真悲哀喇！」「病僚的呻吟布滿了全中國。」對此，郭沫若宣告：「我們應該改悔了吧！」「感傷主義是一條歧路，它是可以左可以右的。它是中間階級（Intelligentsia）的動搖現象。」他於文中大力倡導「無產階級文學」——他說：

> 最勇猛的鬥士大概是最健全的。
>
> 文藝是階級的勇猛的鬥士之一員，而且是先鋒。
>
> 他只有憤怒，沒有感傷。
>
> 他只有叫喊，沒有呻吟。
>
> 他只有衝鋒前進，沒有低徊。
>
> 他只有手榴彈，沒有繡花針。
>
> 他只有流血，沒有眼淚。〔註13〕

這些像詩行一般的口號，也許不能全看作郭沫若情緒化的渲瀉，實質上代表了創造社部分主要成員前後期思想與創作作風所發生的轉變，以及藝術風格上主觀的追求，尤其代表了郭沫若自己文學道路與風格的轉向。當然事實上實行起來又是另一回事。如上所述，郭沫若自己仍舊存在思想上的矛盾，故而在回憶錄中並未忘情，亦並未「沒有眼淚」。

　　我們於今看來，也許沒有早期創造社的「感傷主義」，沒有那麼多文藝眼淚乃至「淚腺特別發達」的「淚浪」的渲染，也就沒有郭沫若、郁達夫、張資平等人當年的「橫空出世」，沒有他們所產生的廣泛而深刻的影響，也就沒有創造社流派的應運而生。我們不在這裡探討前後期創造社風格變化的得失或是非，我們只要從文藝審美方面來回顧與總結，五四新文學時期創造社所

〔註13〕麥克昂（郭沫若）：《桌子的跳舞》，《創造社資料》上，福建人民出版社，1985年版，第 196、203 頁。

謂感傷主義傾向的文學所留下的歷史痕跡與審美取向。

二

早期創造社文學的確受到十八世紀以來歐美浪漫主義文學尤其是二十世紀初期日本感傷的、唯美的、暴露的個性文學的影響，留下濃重的創作痕跡。但文學摹仿是自然的過程，借鑒與融合，更是中國現代文學發生與發展的必由之路與鮮明特徵之一。放在當時的環境、心景與語境中，即便有些生硬的摹仿（包括當時文學界的所謂「硬譯」），也是有其合理性與存在價值的。在當時產生廣泛的社會影響與進步意義，催生新的文學風格樣式的樹立，就是最好的作用與證明。當時的文學青年受到啟迪與薰陶，魯迅的沉鬱而激憤的鄉土題材小說是一類；胡適、徐志摩等清新明白、婉轉抒情是一類；郭沫若、郁達夫等人感傷、暴露乃至嚎叫的個性文學亦是一類，各有千秋，不分軒輊。他們都是新文學建立與開拓時期不可廢棄的嘗試，不可剝離的合力。

郭沫若的「淚浪」渲染放在他當時的處境與語境中，並不過分，於今看來仍然可以感同身受、情志相同，感覺到他自然清新、真實直率的風尚，文本並沒有大的硬傷與稍多虛假，較之他人生晚年的不少創作應景迎合包括浮誇與牽強，倒覺得更為真實自然、樸實地道，有餘味可品，總的來說彌足珍貴。

那時的風氣，較之郭沫若的「淚浪」，郁達夫似乎更喜歡渲染、暴露眼淚的藝術，從他的《沉淪》到《南遷》、《還鄉記》、《零餘者》等大量作品中，感傷的眼淚可說滔滔汩汩，隨時可掬，說文字時在眼淚中浸泡也不過分。這似乎形成了郁達夫創作風格的一個定勢與程序，只因有人性的合理成分在內，加之文筆膺揚矯健，並不討厭或致反感（從眾多追隨模仿者可見一斑）。與郁達夫相好的文友都有近同的感受，其人與文殊，如鄭伯奇說：「達夫給我的印象是一個非常聰明活潑而且比較樂觀的人。他沒有他作品所表現的那樣富於憂鬱性的色彩，反使我感到輕微的失望。」〔註14〕老舍也有觀感：「快開會，一眼看見了郁達夫先生。久就聽說，他為人最磊落光明，可惜沒機會見他一面。趕上去和他握手，果然他是個豪爽的漢子。他非常的自然，非常的大方，不故意的親熱，而確是親熱。」〔註15〕其他同時代的作家文友也多

〔註14〕鄭伯奇：《懷念郁達夫》，見《回憶郁達夫》，湖南文藝出版社，1986 年版，第 33 頁。
〔註15〕老舍：《我這一輩子》，江蘇文藝出版社，2011 年版，第 121 頁。

有類似的回憶與記錄，形容對郁達夫不無意外的觀感，例如講到朋友見面時郁達夫總是唱主角，性格熱情開朗、豪爽奔放。作品與生活中究竟哪一個郁達夫才是真實的，也許不能一概而論，更不能片面作判斷，這是常識，人有雙重性和其隱蔽性。我們讀了郁達夫作品不得不承認他文中的憂鬱形象與淚哭渲染，確是他創作風貌一個比較突出的鮮明的特色。從《沉淪》到《日記九種》，如「痛哭一場」「又哭了一陣」「一個人泣到了天明」等人所熟悉的語式句子，可稱如線貫珠，「淋琅滿目」。這方面較之他的同道郭沫若，或許要「有過之而無不及」，所以後期鬧矛盾時連郭沫若也批評他「感傷主義」。縱觀文學創造社主要成員大抵如此，他們相對來說，敢愛敢恨，特別感傷、多情、敏感、憤怒、脆弱甚至神經質，這似乎成為他們下筆創作的無形推手與催生劑。

張資平的自傳體小說代表作《沖積期化石》，其中就有與郭沫若、郁達夫「淚浪」異曲同工、一木所本之作：

> 他的熱淚像新開的溫泉，滾滾的由眼眶裏奔流出來，經過他的雙頰，流到他的口角唇邊，有點沒有給風吹乾的淚珠兒，還懸在口角邊，不時作癢。他無意識的用舌頭去舐了那顆淚珠。他此時才感覺到眼淚是含有鹽份的。〔註16〕

如果按徐志摩當年的評判標準，「眼淚像新開的溫泉」「滾滾的奔流」怕也會有言過其實之弊，有「假」的修辭成分與語病。但這實際上是仁者見仁智者見智的問題，是經歷與審美取捨有所不同的接受結果。留日學生的苦楚與形容，也許只有他們自己或與之抱有同感的人才會有深的體會。《資平自傳》更多有郭沫若似「不值錢的眼淚」，有些段落又活像郁達夫如《沉淪》的翻版：

> 我把行李安置好了後，走出甲板上面來看時，輪船已經蠕動了，我朝著廣州方面，暗默地叫了一聲：
>
> 「祖國！別了！學不成名死不還！我不知道今後要在什麼時候才能看見你啦！」
>
> 我當時的心情有些像初出征的軍人一樣，異常的悲壯，但同時也起了很多廉價的感傷。至於我的精神是十分痛快的，只恨缺少一個情人來為我揮淚了。〔註17〕

〔註16〕張資平：《沖積期化石》，上海書店，1986年影印版，第41頁。
〔註17〕張資平：《資平自傳》，中國華僑出版社，1994年版，第59～60頁。

郭沫若與張資平都自陳「廉價的感傷」，但他們卻都擺不脫當時這種情感路數與創作慣性。「廉價」（人微言輕，更看不到明天）或正是真實自然、自我寫照的正確反映。

　　茅盾上個世紀 30 年代中期與楊瀾君討論「中國文壇上是個充滿了悲觀──沉悶和感傷。『因為所描寫的都是社會中沒落分子底事蹟。因此，從內容到形式上都呈現著頹喪和悲哀。』」〔註18〕茅盾不贊成將作者與作品中人物劃等號：「問題不在描寫的是不是沒落分子的事蹟，而在作者對這些沒落分子抱什麼態度。」〔註19〕當時所謂的「沒落分子」實際上也包括了時代的邊緣人、「零餘者」（「畸零人」）這些常出現在創造社作品中的「小人物」，故而眼淚擱在這些人面頰上，特別來得貼切、容易，倒並不讓人感覺多少造作與虛偽。這一渲染對時代文學創作風氣的影響，不可低估。自陳「受五四文學餘波影響」的沈從文當年寫有《論郁達夫》一文，其中即有頗為精闢的評論：

> 在作者的作品上，年青人在渺小的平凡生活裏，用憔悴的眼看四方。再看看自己，有眼淚的都不能慳客他的眼淚了。這是作者一人的悲哀麼？不，這不是作者，卻是讀者。多數的讀者，誠實的心是為這個而鼓勵的。多數的讀者，由郁達夫的作品，認識了自己的臉色與環境。〔註20〕

比較有趣的是，沈從文還比較了郭沫若與郁達夫二人之間的不同：

> 作者所長是那種自白的誠懇，雖不免誇張，卻毫不矜持，又能處置文字，運用詞藻，在作品上那種神經質的人格混合美惡，揉雜愛憎，不完全處，缺憾處，乃反面正是給人十分尊敬處。郭沫若用英雄誇大樣子，有時使人發笑，在郁達夫作品上，用小丑的卑微神氣出現，卻使人憂鬱起來了。〔註21〕

沈從文認為郭沫若有失誇張過頭的傾向，而郁達夫則長於刻畫當時無助無告

〔註18〕茅盾：《論所謂「感傷」》，《茅盾文藝雜論集》上冊，上海文藝出版社，1985年版，第 498、499 頁。

〔註19〕茅盾：《論所謂「感傷」》，《茅盾文藝雜論集》上冊，上海文藝出版社，1985年版，第 498、499 頁。

〔註20〕沈從文：《論郁達夫》，鄒嘯編《郁達夫論》，上海書店，1987 年影印版，第 36、37 頁。

〔註21〕沈從文：《論郁達夫》，鄒嘯編《郁達夫論》，上海書店，1987 年影印版，第 36、37 頁。

的「青年人心靈的悲劇」。）〔註22〕與沈從文同樣沒有留學日本的經歷但深受創造社文學影響的作家如王以仁、許傑等人，亦能認識與間接體會到留日學生當年創作的處境與精神氣質，特別加以摹仿、吸收、借鑒，差不多成為創造社的編外成員。在那個時代還可舉出多例作者作品，如郁達夫的一名學生叫彭基相的，他大學作文中就有一段生動描寫，很能說明問題：

> 我在第一天上郁先生教的《少奶奶的扇子》一齣戲劇時，我凝神的注視他；看他蓬鬆的頭髮，面孔現著一副尖利而和愛的樣子；等到聽到他底聲音時，覺到聲音裏面時藏有譏刺與不平的聲調。這時我對他已暗灑了許多同情之淚，不是同情之淚，卻是同感之淚。……郁先生！窮人的心理已被你在這一段順筆寫來的公開狀中描寫盡了。〔註23〕

可見感傷是當時國內外知識青年的風氣，倒並不一定侷限於留日的創造社成員。後期創造社雖然宣布走上革命文學道路，側重於社會政論體裁，但像葉靈鳳那樣的抒情作家，仍舊很大程度沿襲與發揮著感傷的氣息，像這樣的形容：「我受了這意外的驚動，將頭略略移了一移。我感覺有兩道清冷的東西，從頰上流到了我的唇邊。」〔註24〕在葉靈鳳《靈鳳小品》以及小說創作中，不難枚舉這樣多情傷感而兼唯美的眼淚，他的風格頗似早期創造社的延續。

　　以上引文足見郭沫若、郁達夫等創造社發起成員在當時與以後文壇讀者中所引起的強烈感觸與共鳴，所形成一時的風氣與延伸不絕的文學審美認同，將其「淚浪」稱為一種「專利」，或也不覺乖離罷。

三

　　對於20世紀初中國所處貧窮多難、風聲鶴唳的險境，勿庸辭費。從文學審美方面探討創造社成員創作中的眼淚渲染與其審美導向，可得深趣與認識。其實當時不僅創造社，就是文研會、語絲社、狂飆社、沉鐘社以至新月社（包括徐志摩自己），都不乏感傷的渲染。朱自清的《背影》在20世紀80年代曾

〔註22〕沈從文：《論郁達夫》，鄒嘯編《郁達夫論》，上海書店，1987年影印版，第36、37頁。

〔註23〕彭基相：《讀了給一位文學青年的公開狀以後》，《郁達夫論》，北新書局，1933年版，第62頁。

〔註24〕葉靈鳳：《靈鳳小品集》，現代書局，1933年版，第245頁。

被臺灣詩人余光中撰文批評其感傷矯情,舉例一個大男孩怎麼可能看見父親背影就那麼容易流淚云云,實質也是脫離當時的時代背景與個人的特殊境遇,我們不能強人所難,或許也不能強人不流淚,《紅樓夢》當時人(永忠)就歎說:「傳神文筆足千秋,不是情人不淚流」。文壇允許並鼓勵多樣化,有些流派較為亢直、勁朗,有些優雅、從容,有些滑稽突梯,而這都不能說明創造社以及其他同時代作家感傷存在的不合理。近百年的新文學嘗試,創造社文學始終佔有一席之地,不可旁繞,郭、郁等人「淚浪」、淚痕未乾,這似乎已說明問題。

「淚浪」看似受到西洋文學(包括東洋文學)的影響,實際上也是暗合與繼承了我國歷史上比較優良的文學精神傳統(郭沫若、郁達夫等人都深諳並吸收古典文學),特別是悲劇的藝術,從《詩》「國風」「小雅」到《離騷》(「長太息以掩涕兮」)以下至黃仲則(郁達夫有《采石磯》小說寫他)、《紅樓夢》,中間的「沉鬱頓挫」、「蠟炬成灰淚始乾」等感傷意識與象徵,一脈相承,不絕不縷,特別敘寫出人生的苦難與心靈的悲劇,特別表現出文人的多愁善感,這看似脆弱、消極,實則與正統的、官樣的文學形成對抗,走的是一條性情文學、真實文學的道路。即如崇拜徐志摩的梁遇春《淚與笑》中所寫:

> 　　眼淚真是人生的甘露,當我是小孩時候,常常覺得心裏有說不出的難過,故意去臆造些傷心事情,想到有味時候,有時會不覺流下淚來,那時就感到說不出的快樂。現在卻再尋不到這種無根的淚痕了。哪個有心人不愛看悲劇,亞里斯多德所說的淨化的確不錯。我們精神所糾結鬱積的悲痛隨著臺上的淒慘情節發出來,哭泣之後我們有形容不出的快感,好似精神上吸到新鮮空氣一樣,我們的心靈忽然間呈非常健康的狀態。……中國的詩詞說高興賞心的事總不大感人,談愁語恨卻是易工,也由於那些怨詞悲調是淚的結晶,有時會逗我們灑些同情的淚,所以亡國的李後主,感傷的李義山,始終是我們愛讀的作家。……
>
> 　　這些熱淚只有青年才會有,它是同青春的幻夢同時消滅的,淚盡了,個個人心裏都像蘇東坡所說的「存亡慣見渾無淚」那樣的冷淡了,墳墓的影已染著我們的殘年。〔註25〕

〔註25〕梁遇春:《淚與笑》,開明書店,1934 年版,第 4、5 頁。

文中將熱淚與青春期劃等號而排除人生的遲暮雖然有些偏頗片面，卻也從另
一方面提醒我們，當時確是那樣一個年輕人更易於激動與感傷的幻滅的時
代。當時的新文學作者尤其是創造社成員都還很年輕，郭沫若是創造社中老
大哥，寫《淚浪》時也不過二十八、九歲（周氏兄弟五四時期也只三十餘
歲）。二、三十歲的作者，情感豐富，處境特別，易於感傷，淚如泉湧，形成
「淚浪」，這同古代李白「白髮三千丈，緣愁似個長」一樣看似誇張荒謬而實
質契合，可以理解。這都不足為病，不足為怪，反而使新文學別開生面，給
人發掘出人性中最真實與深刻的東西，也給人文本的新異感以及持久性。夏
志清批評郭沫若、郁達夫等人「這種文體暴露了最糟的矯揉造作的傷感」，
〔註26〕語雖通達，領異標新，卻是無損郭郁成就，反見刻舟求劍，「不覺前賢
畏後生。」郭沫若、郁達夫等人的「淚浪」渲染作品，是我國新文學早期的
青春文學，為一時之選，較之他們近代及當時的老氣橫秋、腐儒精緻之作，
顯然更有生命活力，也更能踩到世界大同文學的節拍，給人以宇宙式的悲哀
與飽滿的審美喜悅。「生存意欲越是得到智力的照明，它就越清晰地看到了自
己的悲慘景況。在那些稟賦極高的人身上經常可見的憂鬱心境可以以阿爾卑
斯山最高峰白朗山峰作為象徵。」〔註27〕這倒像是專指郭沫若、郁達夫及其
他們一代「感傷主義」的文友而言。

郭沫若自己寫於 1922 年的認識與理論也頗值得回味與重視：

> 文藝是苦悶的象徵，無論它是反射的或創造的，都是血與淚的
> 文學。不必在紙面上定要有紅色字眼才算是血，不必在紙面上定要
> 有三水旁邊一個戾字的才算是淚。個人的苦悶，社會的苦悶，全人
> 類的苦悶，都是血淚的源象，三者可以說是一根直線的三個分段，
> 由個人的苦悶可以反射出社會的苦悶來，可以反射出全人類的苦悶
> 來，不必定要精赤裸裸地描寫社會的文字，然後才能算是滿紙的血
> 淚。無論表現個人也好，描寫社會也好，替全人類代白也好，主要
> 的眼目（淚？），總要在苦悶的重圍中，由靈魂深處流寫出來的悲哀，
> 然後才能震撼讀者的魂魄。……
>
> 我承認一切藝術，她雖形似無用，然在她的無用之中，有大用

〔註26〕夏志清：《中國現代小說史》，復旦大學出版社，2005 年版，第 75、76 頁。
〔註27〕叔本華：《叔本華思想隨筆》，韋啟昌譯，上海人民出版社，2008 年版，第 15、
　　　　16 頁。

存焉。她是喚醒人性的警鐘，她是招返迷羊的聖籙，她是澄清河濁
的阿膠，她是鼓舞生命的醍醐……〔註28〕
「淚浪」文學，正有著這樣的靈魂與氣息。

2012.11.7 改定於成都霜天老屋

本文係四川大學中央高校基本科研業務費研究專項（哲學社會科學）項目
──學科前沿與交叉創新研究一般項目，批准號 Skqy201338。

原載《文學評論》2013 年第 1 期。

〔註28〕郭沫若：《論國內的評壇及我對於創作上的態度》，《創造社資料》上，福建人
民出版社，1985 年版，第 15、16 頁。

第六章　通過荒誕完成審美喜悅
──郭沫若自傳體長卷散文藝術探奧

摘要

郭沫若是中國現代文學史上自傳體散文作品最高產的作家，無論欣賞他還是批評他、貶低他的人都無法否認，他是一位異常勤奮的作家。「他的自傳，是中國知識分子史的重要文件」。而其文學影響，更致深遠，是 20 世紀二十、三十年代自傳寫作高潮的濫觴與標杆。為什麼我們歷經歲月（出版迄今已逾八十年）仍然不從書架去除多卷本《沫若自傳》，這在文學審美上有深一層的奧秘，本文旨在深入郭沫若自傳寫作的藝術堂奧，探尋其荒誕藝術的現代審美架構。

關鍵詞：郭沫若、自傳、荒誕、審美

一

郭沫若先生在文史哲領域均有卓越建樹，是五四新文學公認的巨擘之一，其重大成就與影響無人可以抹殺。即便持不同見地與傾向去看低郭沫若文學創作成就的人，也不得不承認：「郭沫若是個孜孜不倦的多產作家……而他的自傳，是中國知識分子史的重要文件。」〔註1〕20 世紀二十年代末及三

〔註 1〕夏志清：《中國現代小說史》，復旦大學出版社，2005 年版，第 70～74 頁。

十年代，是中國自傳體文學發起與興盛的時代，這種風氣毫無疑問是受到西方人文主義、實驗主義以及社會科學種種思潮影響，經過歷史發酵特別是變革時代所經歷的思想驅動結果。這種文體的產生，是對我國封建時代重權威、多「禁忌」、「諱言」，採取隱忍與壓制個性，並輕視社會平民、忽略人的本體作用的傳統習俗與械梏的一種自覺破除。留存今天的許多傑出的自傳體散文，幾乎都是那個時代應運而生並有意革新、嘗試、樹立的榜樣。郭沫若的自傳體散文無疑是這其間的排頭兵、成功的嚆矢。正如胡適在 1933 年 6 月寫他的《四十自述》序文中所述：「我的這部《自述》雖然至今沒寫成，幾位舊友的自傳，如郭沫若先生的，如李季先生的，都早已出版了。自傳的風氣似乎已開了。我很盼望我們這幾個三四十歲的人的自傳的出世可以引起一班老年朋友的興趣，可以使我們的文學裏添出無數的可讀而又可信的傳記來。我們拋出幾塊磚瓦，只是希望能引出許多塊美玉寶石來；我們赤裸裸的敘述我們少年時代的瑣碎生活，為的是希望社會上做過一番事業的人也會赤裸裸的記載他們的生活，給史家做材料，給文學開生路。」〔註 2〕信奉新的人文、實驗主義的胡適重視傳記文學，自有其社會改良思想作主導，所謂「赤裸裸」，在於求真務實與留存寶貴的社會政治及人生經驗史料。而傾向浪漫主義情感更加激越、張揚的創造社派作家，自然對傳記文學別有一番頂戴、垂青，同時也很吻合「給文學開生路」的時流前沿想法與主張。例如眾所周知的將文學創作視為作家的「自敘狀」的郁達夫，他從理論到實踐，身體力行，小說散文裏都無不存在他自身的影子，創作出《悲劇的出生》等系列自傳色彩散文，同他的小說《沉淪》《南遷》等一樣風靡文壇。張資平也於 1933 年 6 月殺青了他的《我的生涯》「之一部」《資平自傳》。別的社團流派作家自傳色彩濃鬱的散文也頗令人矚目，如膾炙人口的魯迅的《朝華夕拾》，晚些時候沈從文的《從文自傳》，謝冰瑩的《從軍日記》以及老舍後來的長卷《我這一輩子》等。冰心在《我的故鄉》一文中也特別提到早年在英國，弗吉尼亞‧伍爾夫（Virginia Woolf）曾熱情鼓動她寫自傳的故事。〔註 3〕可見當時寫自傳確為現代世界文學潮流之一脈。自傳作品勤而豐、「早而慧」，且構成鴻篇巨製規模創作的，中國現代文學領域則非郭沫若莫屬。為什麼這樣說呢？這裡

〔註 2〕胡適：《四十自述‧序》，上海書店，1987 年據亞東圖書館 1939 年版影印本，第 6 頁。

〔註 3〕冰心：《冰心散文選》，人民文學出版社，1983 年版，第 258 頁。

且引近年「中國現代作家自述文叢」編者的概括頗為具細：

在中國現代作家中，自傳數量最多的首推郭沫若，從《我的童年》至《蘇聯紀行》，他總共撰寫了十八部自傳(包括《五十年簡譜》)，編為四卷，累計達一百一十萬字。此外，自稱「不喜歡小說」的郭沫若還寫過近四十萬字的小說，其中不少採用了自敘傳體式，如《鼠災》、《月蝕》、《漂流三部曲》、《行路難》、《亭子間中》、《矛盾的統一》、《湖心亭》、《聖者》、《後悔》、《賓陽門外》、《三詩人之死》、《紅瓜》、《未央》等，其中不少篇填補了他自傳的空白。〔註4〕

要說自傳體與小說體例是不相等同的，但因為創造社作家群體比較類同的風格——即認為文學創作皆為作家的「自敘狀」、「供述」，描繪自己的心靈訴求、身世情感經歷遭遇，這樣的作品寫來才最為真實動人，並有時代的特色。所以創造社成員體裁界線（主要是散文與小說、自傳與小說）往往比較模糊，或故意不繩墨苛刻（採取互為補充，今所謂「互文」手段）。恰如沈從文在20世紀30年代初撰寫的《論郭沫若》裏所評論到的：「《創造》後出，每個人莫不在英雄主義的態度下，以自己生活作題材加以冤屈的喊叫。到現在，我們說創造社所有的功績，是幫我們提出一個喊叫本身苦悶的新派，是告我們喊叫方法的一位前輩，因喊叫而成就到今日樣子，話好像稍稍失了敬意，卻並不為誇張過分的。他們缺少理知，不用理知，才能從一點偉大的自信中，為我們中國文學史走了一條新路……」〔註5〕。沈從文對創造社以及對郭沫若自傳作品《我的幼年》（又題作《我的童年》）、《反正前後》的看法與微辭（主要認為藝術上文字不節制，有些情節過於誇張，加之篇幅太長書價太貴。），或許因彼此風格追求有所不同，或自傳與小說本身體裁的側重、肯綮有所不同，仁者見仁智者見智，各抒己見，未為不可。探討起來，沈從文更傾向小說描寫文字藝術的儉省與含蓄，但他的批評行文中忽略了一個基本出發點，即郭沫若寫作的並非小說而是傳記文學。雖有不滿意處，但沈從文仍十分認可創造社作家的創新性與對後人的巨大震動、啟發，認可郭沫若的文學地位，沈從文說：「這力量的強（從成績上看），以及那詞藻的美，是在我們較後一點的人看來覺得是偉大的。若是我們把每一個在前面走路的人，皆應加以相

〔註4〕陳漱渝、劉天華：《中國現代作家自述文叢·總序》，見《資平自傳》，中國華僑出版社，1994年版，第3～4頁。

〔註5〕沈從文：《沫沫集》，上海書店，1987年據大東書店1934年版影印本，第18～19頁。

當的敬仰，這個人（郭沫若）我們不能作為例外。」〔註6〕毫無疑問，1934年出版的同樣成為經典名作的《從文自傳》，受到魯迅鄉土文學題材創作的啟發，亦同樣受到郭沫若自傳體散文的影響，只是在寫作風格追求上有所判別而已。

綜上所述，郭沫若20世紀20年代後期開始創作出版的自傳體散文，特別是長中篇自傳總題《少年時代》中的《我的童年》（1929.4）《反正前後》（1929.8）《黑貓》（1931.1）《初出夔門》（1936）及以後包括《創造十年》《創造十年續編》在內的《革命春秋》、《洪波曲》等共三卷本文集《沫若自傳》，是二、三十年代自傳體例特別是中長篇自傳散文寫作的奠基扛鼎之作，是中國現代文學史上一道亮麗的風景線，由此彌補了有史以來我國此類體裁（自傳）的弱項與不足，起到了號召當時、惠及後代的巨大作用，成為文學寶庫中可資寶貴的一筆文學遺產。因郭沫若其他方面成就同樣豐碩與具有開拓性質，如詩歌、戲劇、雜論等，盛名甚至蓋過了其自傳體散文，加之藝術上仁智各見的關係，其自傳作品相對而言歷來評騭不多，但其開風氣的性質與其重大影響是歷史事實與現實存在，正如創造社同人鄭伯奇先生1942年總括郭沫若早期文學創作時所述：

> 沫若的二十五年來的精神活動，簡直是一部雄偉瑰奇的史詩。
> 以偉大的中國革命為背景，這部史詩是交織著悲壯的詩，激烈的劇，遒勁的散文和深銳的思索，而上面還須加上鮮明濃厚的時代色彩。〔註7〕

這固然是形容他瑰奇的人生，但「遒勁的散文」，仍然給人恰到好處的聯想。與郭沫若真實人生最為貼近且最能體現時代精神、風雲際會的傳記體中、長篇散文，不是一樣值得我們加以特別的注意與需作深入的分析研究麼？我們是文學研究者，我們對人對事只作客觀公正、科學的評剖，不能因人廢言，更不能因其人生經歷缺點、遺憾乃至於敗筆而抹殺其整體，像當今網上呈現的不少謾罵甚至誣構之辭，只能徒顯行文的淺薄、苛酷與某種反諷自嘲。任何人都不可能拔著頭髮離開他所處的實地，「偉大的歌德也有平庸的一面」，我們又更何必苛求甚至歪曲自己的同胞先賢呢？還是回到文學本身，回到正

〔註6〕沈從文：《沫沫集》，上海書店，1987年據大東書店1934年版影印本，第13頁。

〔註7〕鄭伯奇：《二十年代的一面──郭沫若先生與前期創造社》，見載《創造社資料》下卷，福建人民出版社版，1985年，第768頁。

題，如何來看待郭沫若自傳體散文不減的藝術魅力，試以詳縷之。

二

郭沫若自傳系列尤以前邊幾部即後來合集為《少年時代》（可稱發軔之作）耐讀，有代表性，特別經得起時光的淬驗。後邊的創作也許從《創造十年》開始，逐漸顯得有些「事浮於人」、「忙於應酬」，也許當時他更重視親身經歷的重要的歷史事件記述，不再像早年那些描摹細膩、充滿創造氣息的文學沉吟與醞釀。過去的學者楊凡《評郭沫若的創造十年》有「個人的流水賬」一說也許並非全是出於「誣衊」。〔註8〕對於深諳其歷史背景事件和有心致力研究者來說，興許閱讀仍舊會趣味盎然，不憚發掘；但就一般讀者來說，從審美的範疇與接受美學程度來說，《我的童年》《反正前後》《黑貓》《初出夔門》等諸篇更顯得引人入勝、如詩如畫，特具文學風采，其情節的張弛有度，真實有力，以及自我世界的坦陳與率真感情的暴露、浪漫的氣息，無疑都首屈一指，可稱精品。從這些作品出版以後引起的轟動效應與長達數十年間的深入影響、家喻戶曉，即可見其生命力的不衰。

郭沫若正式寫作自傳始於1928年2月再赴日本後，即他的「日本的十年流亡生活」。研究者都知道，這十年是他創作的高產期，原因一在於其正當壯年，才情橫溢；二在於養家糊口，需要靠賣文為生；三遠別家鄉與昔日的生活，隔海而每起鄉愁遙思，陳醞情懷，故產生創作衝動。恰如後來的編輯者所述：「在此期間，他除了撰寫自傳、歷史小說、翻譯外國文學作品而外，更多的精力從事於中國古代社會歷史的研究。」〔註9〕左右開弓，雙管齊下，他的辛苦可想而知。寫自傳，如其自述既是他龐大研究計劃之餘的一種調劑、精神放鬆享受，也是他養家糊口所必需的一項稿費進賬。我們除了驚歎作者的才華與精力、堅韌的意志外，確可以理解他越往後越不能精雕細刻的匆忙。可貴的是，不論藝術追求進退程度，他坦率的本真與實錄不捐的史家精神始終保持如一（如胡適所謂「赤裸裸」「瑣碎生活」）。在《少年時代》（《沫若自傳》第一卷）各篇中，因醞釀成熟，下筆騰挪有致，更顯得從容不迫，藝術

〔註8〕轉見張毓茂：《中國近代革命歷史風雲的畫卷——試論郭沫若的傳記文學》，載《中國當代文學研究資料——郭沫若專集》第1期，四川人民出版社，1984年，第919頁。
〔註9〕肖斌如、邵華：《郭沫若傳略》，載《中國當代文學研究資料——郭沫若專集》第1期，四川人民出版社，1984年，第7頁。

上更見功力、魅力。

　　值得注意的是，歷史上貧窮都青睞天才（杜甫：「文章憎命達」），郭沫若在他困頓的年代，創作出了多部不朽之作，代表了他創作成就的高峰，他一生特別敬佩德國大文學家歌德、海涅、席勒等人，翻譯過他們的文學作品。歌德有詩《諺語》：「當我處境很好的時候，我的詩歌之火相當微弱。但在逃離迫在眉睫的災害時，它卻熊熊燃燒。優美的詩歌就像彩虹，只能描畫在暗淡的背景。詩人的才情喜歡咀嚼憂鬱的心情。」〔註10〕郭沫若的自傳，即為他當時另一種「詩歌」創作，如上述沈從文形容：「力量的強，詞藻的美。」作為郭沫若同鄉的後來者，我們閱讀中所感受的趣味，引發的親切，興許超過別地方的讀者（他多用方言土語傳神寫照、韻味十足）。雖然經過了八十餘年的歲月洗煉，這些名篇佳作仍然是表現近現代四川題材寫實文學的不二之選。有人預感「郭沫若作品傳世的希望最微」，〔註11〕或許這種預言還沒有破產，有待時光繼續檢驗，但就迄今而言，事實已證明郭沫若的自傳如果從近百年文學史中抽去，結構雖不致坍塌，也會成為重大缺陷與一種畸形。筆者少年時代接觸過《沫若自傳》，眼下閱讀，隔著四十年的風雲，仍感覺審美的驚喜。當我們閉上眼睛，那些鄉土氣息濃鬱並時代特色鮮明、思想感情突出、烘托特別細膩的光景、情節仍不由浮現於眼前：峨眉山下、大渡河邊，小小少年，世紀末的情懷，他的敏感，他的勇敢，他的衝動，他的悲傷，他對悲劇的特別體驗與烘托，以及沒有遮攔的才情，無不躍然紙上、化腐朽為神奇。例如那些轎夫、「長年」、家人，在河邊上尋覓與呼叫著「八老師」的聲音，猶然在耳畔；與年輕的五嫂月下相逢踟躕，拘於禮節而不無同情、感傷的扼腕歎息；同學的沉浮「鬧學」；被支配的如「隔著麻布口袋買貓子」的舊式婚姻；以及陪同大嫂乘船往赴成都並在成都就學、見證推翻帝制、走出夔門、困於北京、赴日本的火車上得到一個蘋果捱饑等等情節追述，無不繪聲繪色，精彩紛呈，給人長久的回味。其餘如鄉土風俗、史地人文、行幫匪患等地方現狀知識等，無不具細突出，講解有致，描繪與點綴生動活潑，給人以深刻的警醒。

　　那些膾炙人口的行文我們這裡無煩佔用篇幅加以引用，但誦讀之餘，口

〔註10〕轉見叔本華：《論天才》，載韋啟昌譯《叔本華思想隨筆》，上海人民出版社，2008 年，第 15～16 頁。

〔註11〕夏志清：《中國現代小說史》，復旦大學出版社，2005 年版，第 70 頁。

角留香，從悲劇效果中得到充足的審美快感與享受，卻是不爭的事實。特別是作者生長的環境氛圍，如非具有扛鼎之筆，決不可能那樣駕輕就熟，下筆有神，隨時有李杜蘇黃等前賢文豪詩文的快感、信息。也許作者的生長地「嘉州」並不因郭沫若才具有名氣，但你不得不承認，有了郭沫若，「嘉州」更有名氣，也更加具有文學特別是現代文學的吸引力、張力、能指。「『現代』賦予整個過去以一種世界史（Weltgeschichte）的肌質……」〔註12〕郭沫若正是在「世界史」的觀念中結構他的自傳文學，所以他的作品有著強烈的現代精神氣質。黑格爾在《精神現象學》中曾有如下闡述：

> 我們不難看到，我們這個時代是一個新時期的降生和過渡的時代。人的精神已經跟他舊日的生活與觀念世界決裂，正使舊日的一切葬入於過去而著手進行他的自我改造。現存世界裏充滿了那種粗率和無聊，以及對某種未知的東西的那種模模糊糊的若有所感，都在預示著有什麼別的東西正在到來。可是這種頹廢敗壞……突然為日出所中斷，升起著的太陽猶如閃電般一下照亮了新世界的形相。〔註13〕

移置郭沫若自傳體長卷散文的主題詮釋與閱讀的審美感受，頗為切中。也許這就是郭沫若文學所體現出來的現代性與前沿價值。身處十九、二十世紀交界點，新舊嬗變，笑看風雲卷舒，郭沫若的新文學創作包括他的自傳體散文，意味無窮，新義自在，不因時光消磨而消泯。

如其1947年《少年時代》序文中明確表示：「通過自己看出一個時代。……無意識的時代過去了，讓它也成為覺醒意識的資料吧。覺醒著的人應該睜開眼睛走路，睜開眼睛為比自己年輕的人們領路。」更早寫於1928年的《我的童年》的序中，更像是詩的宣告，列在前邊：

> 我的童年是封建社會向資本主義制度轉換的時代，
> 我現在把它從黑暗的石炭的坑底挖出土來。
> 我不是想學 Augustine 和 Rousseau 要表述甚麼懺悔，
> 我也不是想學 Goethe 和 Tolstoy 要描寫甚麼天才。
> 我寫的只是這樣的社會生出了這樣的一個人，

〔註12〕見于爾根·哈貝馬斯：《現代性的哲學話語》，譯林出版社，2004年版，第7頁。

〔註13〕于爾根·哈貝馬斯：《現代性的哲學話語》，譯林出版社，2004年版，第7頁。

或者也可以說有過這樣的人生在這樣的時代。

這和胡適所倡導撰寫自傳來表現時代、為歷史存底的想法沒有衝突，顯然都是當時那個重在弘揚與崇尚科學、民主價值觀念的時代的同構。如周作人與郁達夫分別為新文學大系 20 年代散文序中相近同的看法，那時候的散文：個性突出，自由抒寫，是王綱解紐、破除正統觀念的產物。當時人到中年的郭沫若，回首他自己的過去，具有科學的頭腦，加之他已接受社會主義思想，主張社會改造，有意識、有理想，於行文中揮灑自如，真如古人所謂「治大國若烹小鮮」，雖為長卷，結構渾成嚴密，一氣呵成，時代精神充沛飽滿張揚，這成為情節貫穿首尾的紅線。與別的作家有所不同，浪漫主義時代與創造社出身所留下的大膽暴露與自我情感世界宣洩的方式，或許比別人的自傳，更帶感情，更誇張、浪漫、坦率，然卻不失詩意，情節往往跌宕起伏，令人驚奇，令人啼笑皆非，給人複合、系統的審美快悅。這是郭沫若自傳散文風格最為明顯的一種特色。

<h2 style="text-align:center">三</h2>

我們要研究這種特色的內在張力與審美構件。進一步清理你會發現，他的寫作藝術往往是通過事件的荒誕性質的暴露與悲劇結局的揭示，以之來達到與發揮思想感染的效力，完成審美喜悅，雖然這種喜悅夾雜著歎息甚至是悲哀的過程。這或許就是西方文學傳誦不絕的古羅馬賀拉斯「憤怒出詩人」以及近代西方美學：「悲哀夾雜著愉快，愉快夾雜著悲哀」的說法。我國古代詩論中亦多有悲喜交加、相互促成的文論，茲不贅述。郭沫若顯然深諳其理路，在藝術上如探驪得物、遊刃有餘，給人看到幻滅的過程與接受其表述方式的滿足感。因他的情節多採自親身經歷或周遭熟悉所聞，所以得來全不費工夫，往往真實、自然、熨帖。也許得來太容易，有時候不免誇張過甚，有過虐過露之嫌，這在沈從文的批評文章中，已有指出。我們的確看到個別行文段落，如《黑貓》，如多篇中涉及與描寫學校師長的章節，即有稍過之嫌。但這種用筆的輕率不等於作風輕薄，如《黑貓》中所揭露出來的舊式婚姻的無主性與悲劇性，本身可稱典型。特別實敘在母愛的責備下：「我是同意了的」，這種不加掩飾的誠懇檢討態度，足可化解行文中嘲謔稍露之弊。而當時教師職守的抱殘守缺、不少愚昧荒唐的教育方式，也切合自傳中筆鋒給予譏刺。而且當時對這種腐迂師教予以嘲諷，也是革命時代風氣，如魯迅、李劼人等人都有寫及。長卷的自傳作品，不免有贅筆、敗筆，可貴的是，更多切

實的內容與精彩、詩意，遠過於不足。

通過對荒誕事物的層層剝示，將悲劇社會人生（乖謬、荒唐、黑暗、愚昧麻木等）予以陳列展覽，用作理喻、解剖，以史為鏡，以史為鑒，以審美認知作為結構經緯。這是郭沫若長卷自傳散文所呈現出來的一個顯著的思想藝術特徵。如《少年時代》中父親出身破落，經營正當生意難以為繼，後靠販鴉片煙發家致富；母親是因苗亂給僕人從死人堆裏帶著逃出來的（關於母親的身世，郭沫若另有散文《芭蕉花》敘寫具細。）；老師不通卻冬烘自愚、剛愎自用；情竇初開產生「捫觸」異性興趣的對象卻是自己的三嫂；「視學」王畏岩先生的小女兒本來是說給郭沫若自己的，卻因一場病錯過而成了他的五嫂；那一場怪病來勢兇猛，家人都為其準備料理後事了，不想一陣亂下猛藥後僥倖生還，留下終身耳疾；學校的鬧學先後被開除出校，絕望中卻又「絕處逢生」，後被成都名校錄取繼而開除；以及在讀期間逛胡同（坐妓懷）、打戲場、同性戀等不經；結婚更是悲喜劇的高潮；轎夫是些搖搖晃晃如行屍走肉般的「煙槍」；從縣府請來的壯丁保安等人竟也是煙中餓鬼；另如炮打鄉場惡人楊朗生家院；「反正前後」成都官場的戲劇性「亂轟轟你方唱罷我登臺」；出夔門赴天津應考的「拓都與麼匿」莫明其妙考題；火車上沒有日本錢只能佯裝不餓，得到日本女郎贈送一隻蘋果等等。舉凡所述人物情節，莫不在一種可悲可啼、可笑可歎、堪稱極不正常的氛圍境域中，登臺演出，如走馬燈過場。作者的一枝筆，駕輕就熟，搖曳多姿，刻畫處往往入木三分，躍然紙上，適當運用配合鄉俚方言，更增強豐富性與表現力。有的情節之間，配以奇論，讓人閱之不免心驚肉跳，有身在陷井之感。如少年的作者偷看《西廂》被大嫂發覺告訴母親從而受到責備，作者對此議論道：

> 但是責備有什麼裨益呢？已經開了閘的水總得要流瀉到它的內外平靜了的一天。這種生理上的變動實在是無可如何的，能夠的時候最好是使它少受刺激性的東西。兒童的讀物當然也是一個很重大的問題上，回想起來，怕我們發蒙當時天天所讀的甚麼「窈窕淑女，君子好逑」的聖經賢傳，對於我的或和我同年代的一般人的性的早熟，怕要負很重大的責任吧？
>
> 淫書倒不必一定限於小說，就是從前發蒙用的《三字經》也可以說是一本淫書。譬如說：
>
> 蔡文姬，能辨琴。謝道韞，能詠吟。

彼女子，且聰敏。爾男子，當自傲。

像這樣好像是含著勉勵的教訓話，其實正是促進兒童早意識到性的差別。又那些天經地義的聖人的典禮，甚麼「男女七歲不同席，」「叔嫂不通問，長幼不比肩」之類，這比紅娘、鶯鶯的「去來，去來」，所含的暗示不還要屬害嗎？近來聽說還有些大人先生們在提倡讀經，愚而可憫的禮教大人們喲，你們為你們自己的兒女打算一下罷！（見《我的童年》第一篇末）

像這樣的奇崛之論，遍布集中，展示著作者得到科學啟蒙與個性解放後的充沛才識、覺悟。因其現代知識（主要取自西方）的體系，愈發突顯出舊傳統不合理事物的荒誕性、頹敗處。讀者或許不完全贊同作者的言論，但不得不佩服他文采的騰挪跳躍與筆走龍蛇。五四時代的自傳體散文都喜歡類似揭示事物荒誕性質的表現手法，如魯迅《朝花夕拾》述為父親抓藥、陳蓮河醫生的「天方夜譚」般的方子；胡適《四十自述》中少年不羈酩酊大醉睡臥於街首泥淖之中；沈從文《從文自傳》在地方武裝目睹過多的砍頭殺人，包括一個女「山大王」的故事；周作人《初戀》遭遇一個天真無邪的少女「阿三」，卻被「宋姨太」詛咒「將來總要流落到拱辰橋去做婊子的」。類似例子舉不勝舉，蓋因當時中國新文化處於反封建的最前沿，文學家擔當著社會變革的使命與自覺意識。沒有誰比郭沫若付出更多的精力來寫他自己的一生，寫他的遭遇經歷，如上所述除了「賣文」的一層因由外，他立志紀錄「革命春秋」，有著充分的歷史觀念、革命精神與激情澎湃的文學創作才情，這無論如何是不容抹殺的。

曾經留學日本的創造社作家，大多有著很好的德文底子，深受德國文學、哲學的薰陶影響（留日學生多如此），郁達夫直接用尼采《悲劇的出生》（又譯《悲劇的誕生》）作為自己的自傳散文題名，郭沫若雖然沒有逕用德文原題，但他受德國文學哲學乃至自然科學的影響，似更在郁達夫之上（郭沫若說過郁達夫英文更好），這從郭自傳中的科學知識與德文詞彙（多醫學、哲學術語）引用注解可見一斑。同樣重要的是，他深諳悲劇藝術，他寫的歷史事件雖然多屬於悲劇，但他能夠通過悲劇的過程來揭示其荒誕可怕，倡導人性的、理性的自由思想與健康的審美精神。即如尼采援引希臘神話與莎士比亞作品說事論藝：

一個人意識到他一度瞥見的真理，他就處處只看見存在的荒謬

可怕，……他厭世了。

　　就在這裡，在意志的這一最大危險之中，藝術作為救苦救難的仙子降臨了。惟她能夠把生存荒謬可怕的厭世思想轉變為使人藉以活下去的表象，這些表象就是崇高和滑稽，前者用藝術來制服可怕，後者用藝術來解脫對於荒謬的厭惡。〔註14〕

郭沫若最早出名是因為創作一首表現厭世思想有自殺念頭的《死的誘惑》（1918 年），這首小詩被日本文壇翻譯作為中國現代詩的一個樣板介紹。就其整個前期創作來說，郭沫若大多是描繪黑暗的際遇與心情，尋求「鳳凰之再生」的輝煌奇蹟。系列自傳散文正是這組弦律中的一種，他之所以勤於表現荒誕的故事，書寫故土衰落的文明，一則事實當時大體如此；二則他的信奉（認同普世真理，二十年代後主要接收馬列思想的社會主義）使然。他文中表現出「崇高與滑稽」，表現出詩意的莊嚴與溫暖，將「可怕」與「厭惡」成功轉換為一種文學加工、過濾後的審美喜悅。篇中凡涉河山壯麗、人文史乘、民風古樸等，均極力渲染，如數家珍，這種激情滲透，一如讀到他浪漫主義作風的詩歌。

　　「每部真正的悲劇都用一種形而上的慰藉來解脫我們：不管現象如何變化，事物基礎之中的生命仍是堅不可摧和充滿歡樂的。」〔註 15〕這就是我們書架上不論時光如何遷徙、流轉始終保持與重視著的多卷本《沫若自傳》的理由。

2012.11.10 再改於紅楓嶺

後注：本文援引的郭沫若原著行文係《沫若文集》第 6 卷，人民文學出版社，1958 年版本，謹以此文獻給書的原主人——我母親張瑞瓊女士在天之靈。

原載《天府新論》2013 年第 5 期。

〔註14〕尼采：《悲劇的誕生》，周國平譯，廣西師範大學出版社，2002 年版，第 55 頁。

〔註15〕尼采：《悲劇的誕生》，周國平譯，廣西師範大學出版社，2002 年版，第 51 頁。

第七章 論郭沫若早期詩歌海洋特色書寫中的文化地景關係

摘要

作為大陸內地四川人的郭沫若,「五四」時代於日本留學期間創作新詩成名,轟動文壇,大量有著海洋風光特色氣息的作品,蘊含著深刻的文化地景觀念,在建構內陸與海洋文化關係的衝突、應和中,表現著強烈的解放精神與創造意識,對世界進步浪潮的投入擁抱。文化地景觀使其海洋詩境雄渾奔放,錯綜複雜,特具張力與雙重話語空間,突破了詩歌因循守舊的傳統版圖,以海洋象徵了健康的力與美以及新世界的希望。

關鍵詞:郭沫若、詩歌、海洋、文化地景、力與美

　　郭沫若於日本留學期間嘗試新文學創作,時值祖國「五四」新文化運動序幕拉開,代表世界先進趨勢的歐洲現代文藝思潮,早已成型發展,席捲世界文壇,影響達百餘年。正如德國哲學家黑格爾早年行文所揭示:「我們不難看到,我們這個時代是一個新時期的降生和過渡的時代。人的精神已經跟他舊日的生活與觀念世界決裂,正使舊日的一切葬入於過去而著手進行他的自我改造。⋯⋯升起的太陽就如閃電般一下子建立起了新世界的形象。」〔註1〕

〔註 1〕黑格爾著,《精神現象學》上,《序言:論科學認識》,商務印書館,2013 年版,第 8 頁。

黑格爾於十八世紀末的描繪，形容中國十九世紀末二十世紀初的文藝思潮端倪，恰到好處。古老的中國傳統文學，正在世界浪潮衝擊下，日漸式微，思新求變風氣以不可遏制的姿態，唱響東方。文學創造社發起主將郭沫若在結社前後所代表的，正是這樣一個叛逆者與革新者的形象。他濃鬱的富有海洋氣息的作品，是傳統文學的一個異數與突破，是新文學大纛高幟的亮相。郭沫若《女神》以史無前例的創新象喻與探索精神，刷新了中國文學審美習尚，女神既是對先秦文學如楚辭篇章中女性瑰偉意象的承接，更是對西方文學中現代精神的橫植。「新精神的開端乃是各種文化形式的一個徹底變革的產物，乃是走完各種錯綜複雜的道路並作出各種艱苦的奮鬥努力而後取得的代價。」〔註2〕通過「維新運動」「洋務運動」「保路運動」「反正前後」（辛亥革命），郭沫若的出現是文學趨勢的造化。正如黑格爾「一個徹底變革的產物」。郭詩《女神》《鳳凰涅槃》《立在地球邊上放號》等大量具有視聽衝擊效果、洋溢海洋生態氣息的作品，如同駛向世界大潮船頭的高歌呼號，在陌生的語文效果中，刺激與擄掠著讀者的心智、審美共鳴。

海洋，當時代表著外部世界，象徵時代潮流。郭沫若至今的文學影響與里程碑，仍以早期創作為重，可稱劃時代貢獻。正如宗白華述：「當時，沫若正在日本留學，他從國外向《學燈》投寄新詩。沫若的詩大膽、奔放，充滿火山爆發式的激情，深深地打動了我。」〔註3〕對郭沫若創作有微辭的人，也不否認郭沫若早期貢獻。如沈從文：「讓我們把郭沫若的名字位置在英雄上，詩人上，煽動者或任何名分上，加以尊敬與同情。」〔註4〕再如夏志清：「《女神》出版以後，立刻引起社會注意的是郭沫若的大膽作風，把早期白話詩不死不活的印象主義（imagism）一掃而光。」〔註5〕以開啟新詩一代浪漫主義雄風評價郭沫若作品，仍舊公道。「創造社初期的主要傾向雖說是浪漫主義，因為各個作家的階層、環境、體格、性質等種種的不相同，各人便有了

〔註2〕黑格爾著，《精神現象學》上，《序言：論科學認識》，商務印書館，2013年版，第8頁。

〔註3〕宗白華，《秋日談往──回憶同郭沫若、田漢青年時期的友誼》，鄒士芳、趙尊黨整理，1980年10月19日《北京日報》。附錄《三葉集》，上海亞東圖書館，1920年，1981年上海書店影印版，附錄第2頁。

〔註4〕沈從文，《論郭沫若》，載《沫沫集》，上海書店，原版1934年，此據19頁，1987年影印版。

〔註5〕夏志清著，《中國現代小說史》，劉紹銘、李歐梵等人譯，復旦大學出版社，2005年，第70頁。

各個人獨自的色彩。只就最初四個代表作家來看，各個的特色便很清楚。郭沫若受德國浪漫派的影響最深，他崇拜自然，尊重自我，提倡反抗，因而也接受了雪萊、恢特曼、太戈爾的影響；而新羅曼派和表現派更助長了他的這種傾向。」〔註6〕本文認為，郭沫若早期詩歌特色表現中，內陸身份與文本建構海洋在場的身份形成鮮明對比，構成尖銳衝突與遙相呼應，相反相成，一種多層次的反內陸封閉狀態的藝術風貌與詩興張力，是其詩歌異軍突起、刷新閱讀體驗紀錄的重要因素。概言之，郭沫若具有鮮明特色的海洋氣息抒情詩，是內陸傳統詩歌的悖論與革新，在文化地景書寫方面，可稱衝出重圍，置身海洋世界，標誌著一種新的向力建構，這無疑是其生命力所在。以下詳論之——

一、內陸人身份與海洋在場的衝突和諧

內陸人的身份是郭沫若喜歡標示的文化符號，海洋氛圍則是他創作的前沿陣地與新名片。他最早創作並被日本詩壇翻譯成日文的新詩是《死的誘惑》以及《抱和兒浴博多灣中》。前首在《女神》集中有尾註：「這是我最早的詩，大概是 1918 年初夏作的。」〔註7〕後首未見收入《女神》，據《三葉集》田漢與郭沫若見面前，已從日文翻譯發表得見，並手抄日文詩贈郭沫若，信中讚賞道：「我雖沒有讀過這首詩的原文，可就這首譯詩已有可傳的價值了。」〔註8〕後田漢訪郭沫若，仍然暢談：「至海岸，壽昌說：——這便是博多灣麼？你抱你和兒海浴的便在這兒麼？」〔註9〕可見詩作於二人見面前後都佔據話語空間，成為談鋒。《鳳凰涅槃》系列作品，發表前後為志趣相投的學人、詩人宗白華、田漢等充分欣賞，亦見影響。《女神》一集涉及大海、海洋的字詞光景書寫可說俯拾皆是，濃墨重彩專題表現的，如《晨安》《筆立山頭展望》《浴海》《立在地球邊上放號》《光海》《太陽禮讚》《沙上的腳印》《新陽關三疊》《輟了課的第一點鐘裏》《霽月》《岸上》《日暮的婚筵》《海舟中望日出》等等。可以這樣說，《女神》幾乎就是海洋的擬人化象徵，是其立在大海邊

〔註6〕鄭伯奇，《中國新文學大系·小說三集·導言》，上海良友圖書公司，1935 年原版，上海文藝出版社，1981 年影印版，第 13 頁。
〔註7〕郭沫若著，《女神》，人民文學出版社，1958 年版，第 129 頁。另《沫若文集》第 1 集，人民文學出版社，1957 年，第 119 頁。
〔註8〕郭沫若、宗白華、田壽昌（田漢）著，《三葉集》，上海亞東圖書館，1920 年，上海書店，1981 年影印版，第 80 頁。
〔註9〕同前，第 123 頁。

上的放號。作者豪情滿懷：「你請替我唱著凱旋歌喇！／我今朝可算是戰勝了海洋！」(《海舟中望日出》)因為逃課去看海、親近海，十分感謝為之開門放行的門衛：「工人！我的恩人！／我在這海岸上跑去跑來，／我真快暢！／工人！我的恩人！／我感謝你得深深，／同那海心一樣！」(《輟了課的第一點鐘裏》)六奮之間，隨地取材，即成歌詠，充分表現了內陸深居者對大海的好奇與憧景，對自由天地的嚮往擁抱。《死的誘惑》只有兩闋，後半闋──

> 窗外的青青海水
>
> 不住聲地也向我叫號。
>
> 她向我叫道：
>
> 沫若喲，你別用心焦！
>
> 你快來入我的懷兒，
>
> 我好替你除卻許多煩惱。

《抱和兒浴博多灣中》共只五行──

> 兒呀！你快看那一海的銀波。
>
> 夕陽光裏的大海都被新磨。
>
> 兒呀！你看那西方的山影罩著紗羅。
>
> 兒呀！我願你的身心象海一樣的光潔山一樣的清疏！

同類題材還有未見收入《女神》的印在《三葉集》書信中的《新月與晴海》，後半闋──

> 兒見晴海，
>
> 兒學海號。
>
> 知我兒心正飄蕩，
>
> 追隨海浪潮。

《光海》書寫海景表現奔放、酣暢的情懷：「海也在笑，／山也在笑／太陽也在笑／地球也在笑／我同阿和，我的嫩苗，／同在笑中笑。」對大海有著異居者、遷居者撞擊般的新奇新鮮，本身即構成一種活力張力。大海固有的驚濤駭浪、陰森恐怖、深不可測、瞬息萬變等，被審美情趣選擇左右，作了有意忽略、避而不談。這正代表浪漫主義以及革新主義者雄健唯美的傾向。

「五四」時代譜寫大海「傳奇」、抒發海洋情懷的當然不只郭沫若一人，例如生長於福建海濱的女作家冰心，還有一些留洋跨海或生活於海疆的詩人作者，間有涉及，卻沒有一個像郭沫若這樣集中地高蹈發揚，極盡描寫，十

分衝動，顯然是有意為海洋世界做聖頌者、鼓吹手。海洋在他筆下超離物質疆域世界，象喻了世界新鮮空氣與潮流。這正是《女神》的魅力之一。

二、遙相呼應，構建雙重共建話語空間

　　儘管極力謳歌大海的雄奇美麗，反覆歌詠，但並不呈現單調，相反文本意蘊豐富、變化有致。秘密在於郭沫若長於開拓話語空間維度，他一方面極力渲染海洋的魅力，一方面不忘本土陸居者的身份，隨時喚回往日的封閉記憶，將自己的傳奇經歷加以渲染，強化衝突效果，讓詩歌內容跌宕起伏，吻合大海的波濤音調。詩歌版圖無限延伸，時空交錯，構成一種淺白形態中交織深刻複雜關係的語文模式。強調內地四川大山一隅出生的詩人，置身遼闊海洋邊上，奔跑於無盡的海岸線與思想疆域，這一脫胎換骨、洗心革面般的嬗變，無疑製造了詩歌的興奮點，陸海交構衝突的情懷，在當時其他詩人筆下甚為罕見，如冰心就完全沒有。而在郭沫若筆下，形成藝術真空與文化地景，主題鮮明，持續發酵，產生影響。如阿英評論得當：「如果稱沫若做一個小說家，總不如稱他為詩人的恰當。像他的《女神》裏那些詩歌，在中國的詩壇上，很難找到和他可以對立的作家，（……）沫若是一個詩人，中國新文壇上最有成績的一個詩人！……《女神》裏不但表現了勇猛的，反抗的，狂暴的精神，同時還有和這種精神對稱的狂暴的技巧。大部分的詩都是狂風暴雨一樣的動人，技巧和精神是一樣的震動的，咆哮的，海洋的，電閃雷霆的，像這樣精神的集子，到現在還找不到第二部，致於語句的自然，當然也是以後的詩歌所趕不上的。〔註10〕這不是過譽之詞。當時詩人描寫海洋多止於靜態印象式的，乃至旅行的浮光掠影的點綴。多閱不免單調。郭沫若擅於製造落差懸殊與驚奇，這是時代使然，也是他的文藝衝動與意識使然。

　　他從中國大陸內地求學到日本海濱、海洋邊上，較長時間居處島國異鄉，海洋環抱，感受新異，而生活的奇遇與現實的處境，島民生活，婚戀，生子，拮据的家庭開支，艱辛的勞作，以及異國的邊緣化感受等，無不衝擊他的感官神經與思想，錯綜複雜，交織澎湃，自有旁人難及的深度。其受歐洲文藝影響，銳意變革，今昔之感包括懺悔的情懷、犧牲的決心等，皆發刃詩文，形成明喻與隱喻、互文等多層話語空間關係。「海也者，能發人進取之

〔註10〕錢杏邨，《詩人郭沫若》，載《中國當代文學研究資料‧郭沫若專集》第 1 隻，四川人民出版社，1984 年版，第 211 頁。

雄心者也。陸居者以懷土之故，而種種之繫累生焉。試一觀海，忽覺超然萬累之表，而行為思想，皆得無限自由。」〔註11〕地理文化的差異，反映到思想中，於其詩歌致因明顯。留日期間郭沫若受到歐美文學、哲學影響，猶以歌德為著，兼之法國盧梭，英國拜倫、雪萊，美國惠特曼等，看齊之心昭著。「陸居者」身份不免「懷土之故」，不能切割的血肉聯繫與文化矛盾糾結，於文本調子中，昂揚中有著壓抑，驚奇中有著苦痛，浪漫激昂情懷間又常不能迴避現實問題，波瀾起伏，見分裂於統一。確有後來批評家所謂不夠和諧完善乃至於矯造之處（如沈從文、夏志清等指），但這在探索創造的初期，付諸自然，正如江河奔騰，泥沙俱下，無礙恢宏氣勢。所以阿英認為這一震動的、「海洋的」「語句的自然」，有章可循。郭沫若的生長經歷，正好做了海洋生活堅實的鋪墊。海洋更多表現了滌蕩塵垢、洗涮舊我的象喻希冀。距離生產美，互文性增加了內容的層次。「『自由』是『精神』的惟一的真理」，……世界歷史無非是『自由』意識的進展」，〔註12〕「東方各國只知道一個人是自由的，希臘和羅馬世界只知道一部分人是自由的，至於我們知道一切人們（人類之為人類）絕對是自由的……」〔註13〕也許郭沫若海洋抒情詩，正是黑格爾最後一句的題釋與圖解。為了表現切近真實，詩中往往把自己的名字（「沫若喲」）、家庭、經歷遭遇、及至隱私，都加以擇寫入詩，大膽吟詠暴露。故他的抒情詩，亦不妨可看作自傳體例作品，是詩歌的「自敘狀」，是《三葉集》、自傳、小說多部曲的伴奏或前奏。甚至連古代的題材寓言，也不排除「先入為主」，「六經注我」，與現實結合，並自我插入，自我寫照，例如：

> 諸君！你們在烏煙瘴氣的黑暗世界當中怕已經坐倦了吧！怕在渴望著光明了吧！作這幕詩劇的詩人做到這兒便停了筆，他真正逃往海外去造新的光明和新的熱力去了。（《女神之再生》）

> 我們飛向西方，／西方同是一座屠場。／我們飛向東方，／東方同是一座囚牢。／我們飛向南方，／南方同是一座墳墓。／我們飛向北方，／北方同是一座地獄。／我們生在這樣個世界當中，／只好學著海洋哀哭。（《鳳凰涅槃》）

〔註11〕梁啟超著，《梁啟超哲學思想論文選》，北京大學出版社，1984 年版，第 76 頁。

〔註12〕黑格爾著，《歷史哲學》，王造時譯，上海世紀出版社集團，2014 年版，第 16、17 頁。

〔註13〕同前，第 17 頁。

　　古今沆瀣一氣，是時間的互文。海邊與內地映襯，是空間的互文。正是多維空間與向心的鮮明主題，看似與海洋無關的古代題材，也因作者身處海域這一文化地景關係，變得關係密切了。在直接的海洋景觀抒情中，不時穿插抒發自己的真實生活經歷、感想、回憶，洩露最真實的心語，如《光海》一首：「十五年前的舊我呀，／也還是這麼年少，／我住在青衣江上的嘉州，／我住在至樂山下的高小。／至樂山下的母校呀！／你懷兒中的沙場，／我的搖籃，／可還是這麼光耀？／唉！我有個心愛的同窗，聽說今年死了！／……」又如：「我本是一滴的清泉呀，／我的故鄉，／本在那峨眉山的山上。／山風吹我，／一種無名的誘力引我，／把我引下山來；／我便流落在大渡河裏，／流落在揚子江裏，／流過巫山，流過武漢，流過江南，／一路滔滔不盡的濁潮／把我沖蕩到海裏來了。」（《黃海中的哀歌》）近同散文化的敘述，駕著詩歌激情浪潮的翅膀，也是一氣呵成，率真自然。寫海時不斷的「插曲」，不僅沒有因陸居描寫而背離主題，反而從旁烘托了大海的在場身份與氣息，突出了昂揚亢奮的情懷，如：「阿和，哪兒是大地？／他指著海中的洲島。／阿和，哪兒是爹爹？／他指著空中的一隻飛鳥。／哦哈，我便是那隻飛鳥！／我要同白雲比飛，／我要同明帆賽跑。／你看我們哪個飛得高？／你看我們哪個跑得好？」「一切的偶像都在我面前毀破！」（《梅花樹下醉歌》）「我又是個偶像崇拜者喲！」（《我是個偶像崇拜者》）「海灣中喧豗著的濤聲／猛烈地在我背後推蕩！」（《岸上》）義無反顧，勇往直前，形成海潮韻律般的慣性力量，拍打著讀者的心扉。這樣的詩歌前所未有。在陸海交構糾纏的記憶衝突、異質文明對照中，表現新生、自由的力量與光明的理念。再如《女神》集外的《月下的故鄉》《夢醒》《峨眉山上的白雪》《巫峽的回憶》等多篇，均有如此「陸居者」的「懷土」之思，以海洋情懷滌蕩，相映生輝，這樣的比興得到作者自己這樣的詮釋：「我月下的故鄉，那浩淼無邊的大海又近在我眼前了！」「我們誰不是幽閉在一個狹隘的境地，……但我只要一出了夔門，我便要乘風破浪！」雖然不免陸居之思，但毅然決然，在詩中多處表白決不走回頭路，不願回到舊我：「我是永遠不願回鄉」（《夢醒》）「但我總覺得不適宜於這樣雄渾的地方。」（《巫峽的回憶》）事實上直到抗戰軍興中間曾回鄉省親，郭沫若有長達二十六年未返故鄉，這不單是天涯路遙、時代原因，也是信念選擇的衝突與犧牲。「在這個超感官世界裏，凡是前一世界裏受輕視的東西便受到尊重，而在前一世界受尊重的東西便遭受輕蔑。按照前一個世界的規律，

懲罰使人恥辱，並且毀滅人，而在與它相反的世界裏，懲罰便轉變成一種寬恕的恩典，這恩典保存了他的性命並給他帶來了光榮。」〔註14〕郭沫若倘不毅然決然走出夔門，奔向世界，興許也不會有後來那麼大的光榮。「前一個是『現象世界』，另一個是『自在世界』，前一世界之存在是為另一世界而存在，反之另一世界卻是自為的世界。」〔註15〕《女神》恰到好處地詮釋了自由的世界，而前後世界的衝突與指喻，是其藝術慣用手法。「地理學與文學都是有關地方與空間的書寫，兩者都是表意作用（signification）過程，也就是在社會媒介中賦予地方意義的過程。」〔註16〕因為郭沫若，不僅故鄉樂山更有名了，日本九州福岡「博多灣」海濱也成為一處有人文紀念意義的勝地。「這種浪漫派的地景觀點，找尋的是自然的莊嚴雄偉，亦即超越渺小人類的『崇高』。這些詩本身就是歷史事件。」〔註17〕郭沫若文學初期海洋地景氣息弦律的詩篇，無疑早已公認是「歷史事件。」

三、海是雄壯、健康、創造的象徵

雖然以「女神」題寓詩集，郭沫若的詩歌視域與原型更多還是以男性創造者、活力崇拜者取喻抒懷，「女神」只是一種歐化的觀念與現代意識，是自由的象徵。他詩中更多的表達是讚美雄壯、解放、果敢的創造力，更吻合男性的擬人化與謳歌。也許海洋在當時象喻雄健更為貼切恰當，更符合陸居者奔向世界擁抱世界的衝動，也更能呼應知識體系中像希臘神話中的勇士以及像「浮士德」那樣的悲劇英雄，像尼采、雪萊、拜倫、惠特曼那樣的剽悍作風。最典型莫過像《立在地球邊上放號》──

> 無數的白雲正在空中怒湧，
>
> 啊啊！好幅壯麗的北冰洋的晴景喲！
>
> 無限的太平洋提起他全身的力量來要把地球推倒。
>
> 啊啊！我眼前來了的滾滾的洪濤喲！
>
> 啊啊！不斷的毀壞，不斷的創造，不斷的努力喲！

〔註14〕黑格爾著，《精神現象學》上，《序言：論科學認識》，商務印書館，2013年版，第121頁。

〔註15〕同前。

〔註16〕Mike Krang 著，《文化地理學》，王志弘、余佳玲、方淑惠譯，臺灣：巨流圖書股份有限公司，2008年版，第45頁。

〔註17〕同前，第61頁。

啊啊！力喲！力喲！

力的繪畫，力的舞蹈，力的音樂，力的詩歌，力的律呂喲！

海洋在遠離大海的陸居者的筆下，往往將其美好一面集中展示與誇飾，表達嚮往之情，這在近現代乃至當代文學中頗為常見。西方文學對海洋背景與場域惡魔式的「基型」（如弗萊論）描寫很少見諸我國文學家筆下，這和「距離產生美」以及我國傳統文學烏托邦（世外桃源）氣息習尚切合，這當另文討論。驚濤駭浪、驚心動魄、無邊的荒涼海洋氣象都被郭沫若當作了生命力的高調猛進加以歌頌。後之批評者有「把這種浪漫主義手法和態度拿來混用，自然可以把當時沒有讀過西洋詩的讀者弄得目迷五色。這種詩看似雄渾，其實骨子裏並沒有真正內在的感情；節奏的刻板，驚歎句的濫用，都顯示缺乏詩才。」〔註18〕公正地說這批評失之武斷，忽略了歷史的向維與時間的檢驗。事實上近百年的今天閱讀《女神》諸篇，仍能感受「五四」激情澎湃的時代氣息撲面而來，海潮指喻外部的開放的世界與新生事物。不可抹殺郭詩已是當時創造不羈的典範之作。

海洋描寫與題材由邊緣化佔據表現中心，文學家將之作為有喜劇氣息、歡樂頌元素的寶藏加以開發利用，這是新文學的一個特點。這也是中國文學由內地文學向世界海洋文學靠近、融入的動態與趨勢。海洋遼闊、新奇、突破與自由的象徵意義以及健康活力崇拜體現，修辭語境都給新文學帶來新鮮血液與嶄新面貌，別開生面。而這恰以郭沫若《女神》等作品為顯例。「早安！所有的事物都愉快而美麗！」（Good morning, Life-and all Things glad and beautiful）〔註19〕，在海洋面前，久羈保守的中國人，迎著歐風美雨，面貌心情都煥然一新。這是浪漫主義的時代。即便有著哀愁、悲傷、挫折，都無損揚帆遠航的動力。郭沫若《死的誘惑》，有投入「青青海水」這樣「涅槃」暢想的唯美感傷情懷，即為一例。死亡在美的映像下，不是可怕而是一種抒情、象徵方式，所以愛與死的題材充斥新文學。「精神的生活不是害怕死亡而幸免於蹂躪的生活，而是敢於承當死亡並在死亡中得以自存的生活。」〔註20〕郭沫若在《三葉集》中表達真誠坦率的心曲，如宗白華追憶：「我們和當時的青

〔註18〕夏志清著，《中國現代小說史》，劉紹銘、李歐梵等人譯，復旦大學出版社，2005 年，第 70 頁。

〔註19〕傅孝先著，《西洋文學散論》，中國友誼出版公司，1985 年版，第 184 頁。

〔註20〕黑格爾著，《精神現象學》上，《序言：論科學認識》，商務印書館，2013 年版，第 24 頁。

年一樣，受到時代潮流的衝擊，感到半封建半殖民的舊中國太令人窒息了，我們苦悶，探索，反抗，在信中談及人生，談事業，談哲學，談詩歌和戲劇，談婚姻和戀愛問題……互相傾訴心中的不平，追求著美好的理想，自我解剖，彼此鼓勵。我們的心象火一樣熱烈，像水晶一樣透明。」〔註21〕這樣取喻的物象、意境都莫過海洋最能擔當與形神皆備。郭沫若自己形容：

> 我想詩人底心境譬如一灣清澈的海水，沒有風的時候，便靜止著如像一張明鏡，宇宙萬匯底印象都涵映著在裏面；一有風的時候，便要翻波湧浪起來，宇宙萬匯底印象都活動著在裏面。〔註22〕

由一個文學的浪漫主義者、革新探索者走上社會革命、共產主義信仰者的道路，坦率、擔當、追求光明美好的勇氣，一開始即從《女神》等作品噴發出來。這種精神也是新文學涉及海洋題材特別專注於雄壯自由元素取材的因由。

將海洋賦予美的自由的象徵意義，無疑也有地理文化的新意，從封閉到開放，實現疆域的無限的突破。「這現象界便是特殊目的的領域，各個人代表他們的個性而活動，使這個性能充分地開展和客觀地實現，藉以求得這些特殊目的的完成，這種『立場』又是快樂和悲哀的立場。這樣的人是快樂的，假如他發現他自己的環境適合他的特殊的性格，意志和幻想，因此便能在這種環境裏自得其樂。」〔註23〕《女神》調子「自得其樂」正在於此。「一個向著全人類吟誦的真正的詩人應該被稱為『和諧』大師。」〔註24〕《鳳凰涅槃》宣示：「我們熱誠，我們摯愛。／我們歡樂，我們和諧。／一切的一，和諧。／一的一切，和諧。／和諧便是你，和諧便是我／和諧便是他，和諧便是火。」一往無前、摧枯拉朽的氣勢，表現著強有力的剛健清新，從形式到內容，都刷新了中國詩歌的傳統版圖與範式。

郭沫若極力渲染海洋光明、雄壯、神奇的力量，且與家鄉四川盆地昔日沉悶陰鬱、狹隘落後乃至頹廢病態現象對比，構成常在的呼應與對抗、衝突

〔註21〕 宗白華，《秋日談往──回憶同郭沫若、田漢青年時期的友誼》，鄒士芳、趙尊黨整理，1980 年 10 月 19 日《北京日報》。附錄《三葉集》，上海亞東圖書館，1920 年，1981 年影印版，附錄第 3 頁。

〔註22〕 《三葉集》，上海亞東圖書館，1920 年，1981 年影印版，第 7 頁。

〔註23〕 黑格爾著，《歷史哲學》，王造時譯，上海世紀出版社集團，2014 年版，第 24 頁。

〔註24〕 見王錦厚，《羅曼‧羅蘭身邊的兩個中國青年》，《郭沫若學刊》，2015 年第 1 期。

關係。海邊生活陽剛、雄健，是男性的、父性的。川中生活更多時候是陰鬱、
低沉、孱弱、女性化（病態）的，愁悶、頹唐、悲調。這在《沫若文集》總
名《少年時代》多部自傳中可見首尾。直到《革命春秋》、「漂流三部曲」等
作品還有繼響與表現。川中生活遠離海洋也即遠離世界先進浪潮，表現為較
為封閉、保守、落後的體量場景，名山大川如高牆鐵牢封鎖。能夠背叛突破
這樣的藩籬，只能以英雄氣勢與革命精神。郭沫若對家鄉生活的描寫，沈從
文有嫌筆墨累贅冗長之弊，這於郭氏確有長大篇幅爭取更多版稅維持生活的
考量，但更重要也更直接的，還是他不肯隱忍、敢於暴露的率真激烈態度作
風使然。這在《三葉集》中已有充分說明，他並非刻意模仿盧梭或誰誰，「我
寫的只是這樣的社會生出了這樣的一個人，或者也可以說有過這樣的人生在
這樣的時代。」〔註25〕要在真實記述生活、歷史，反映變革。《女神》中的自
傳色彩與鮮明對比，思想藝術張力，海洋健康氣息衝擊，與前後兩種地景文
化遭際密切相關，形成陰柔病態與陽剛健康的衝突反差。家鄉青少年時代，
郭氏早慧而較為頑劣、頹唐，如性的覺醒、幻想，狹邪之遊，「倡優之蓄」即
「戲子」「妓女」等接觸，逃學、鬥毆，近乎同性戀、畸戀等。這之間固然有
時代、地方風俗原因，也有反抗體制權威故意為之的誇張成分，但歷史的真
實大體如此，不容粉飾迴避，他在川中兩次遭到開除學籍處分，生活方面的
混亂，人生道路的徬徨，皆反映出一個「封建社會向資本制度轉換的時代。」
〔註26〕壓抑與突破，晦暗與光明，在海洋世界進步文化空氣激蕩中得到淨化
與提升，彷彿溶入所謂「光海」，煥然一新。他譯《浮士德》詩句形容：

> 　　兩個心兒，唉！在我胸中居住在，
> 　　人心相同道心分開；
> 　　人心耽溺在歡樂之中，
> 　　固執著這塵濁的世界；
> 　　道心猛烈地超脫凡塵，
> 　　想飛到個更高的靈之地帶。〔註27〕

　　《女神》《三葉集》等作品抒寫心聲，淋漓盡致。是其生命交響曲中「歡
樂頌」一段，是作為一名丈夫、父親身份乃至新文化弄潮兒、創造者的擔當

〔註25〕郭沫若著，《少年時代‧前言》，《沫若文集》第 6 隻，人民文學出版社，1958
　　　　年版，第 2 頁。
〔註26〕同前引。
〔註27〕《三葉集》，上海亞東圖書館，1920 年，1981 年影印版，第 1 頁。

與勇氣。由陰鬱彷徨走向雄健陽剛的生命歷程，形象而鏗鏘有力地反映到《女神》新制中。「一個灰色的回憶不能抗衡『現在』的生動和自由。」〔註28〕黑格爾曾在《歷史哲學》中詳論東西文化關係，指出溫帶農業河流區域與海洋如地中海區域民族精神的不同，前者靜態更偏向於陰柔守舊，後者動態更偏向於冒險、雄健、創新。美國學者邁克‧克讓（Mike Krang）分析：「家園感覺的創造，是文本中深刻的地理建構。……家被視為依附與安穩的處所，但也是禁閉之地。……移動能力、自由、家園和欲望之間的變動關係，被視為男性氣概之空間經驗的寓言。……英雄不再尋求回歸某個安定的家，事實上，他們拋棄了這種意圖。然而，我們仍能看到男性英雄的明顯區別，逃離了承諾，邁向開闊的道路，避開禁錮他們的女性化的家園。」〔註29〕郭沫若前後生活的「變動關係」，正好反映出這一趨動變化。「歐化」的海洋色彩與地景文化觀念，是郭沫若詩歌顯著的表徵與突破，從而打破「那個永無變動的單一」〔註30〕。

> 啊我年青的女郎！
> 我自從重見天光，
> 我常常思念我的故鄉，
> 我為我心愛的人兒
> 燃到了這般模樣！
>
> ──《爐中煤》
>
> 太陽當頂了！
> 無限的太平洋鼓奏著男性的音調！
>
> ──《浴海》

「男性的音調」象徵了作者的革新與自強。

四、方言土語與歐風美雨、海洋詞彙的交融結合

　　郭沫若書寫帶有海洋氣息特色的詩歌篇章，富有地理文化景觀特色，還表現在將四川方言土語大膽嘗試、自然率真寫入詩行，與歐化的思想文體、

〔註28〕黑格爾著，《歷史哲學》，王造時譯，上海世紀出版社集團，2014 年版，第 6 頁。
〔註29〕Mike Krang 著，《文化地理學》，王志弘、余佳玲、方淑惠譯，巨流圖書股份有限公司，2008 年，第 63、64 頁。
〔註30〕同前，第 107 頁。

多國語言典章結合雜糅、交匯，相映生輝，彼此互文，取得創造的奇趣與陌生化的新異樣式，自由體詩的無拘無束、新穎活潑，與海洋風光意味熔為一爐，堪稱新文學的一次壯觀探險。

> 湧著在，湧著在，湧著在，湧著在呀！
> 萬籟共鳴的 aymphony，
> 自然與人生的婚禮呀！
> 穹穹的海岸好像 Cupid 的弓弩呀！
> 人的生命便是箭，正在海上放射呀！
>
> ——《筆立山頭展望》

> 雪的波濤！
> 一個銀白的宇宙！
> 我全身心好像要化了光明流去，
> Open-secret 喲！
>
> ——《雪朝》

> 太陽喲，你便是顆熱烈的榴彈喲！
> 我要看你「自我」的爆裂，開出血紅的花朵。
>
> ——《新陽關三疊》

> 反抗婆羅門的妙諦，倡導涅槃邪說的釋迦牟尼呀！
> 兼愛無父，禽獸一樣的墨家鉅子呀！
> 反抗法王的天啟，開創邪宗的馬丁路德呀！
> 西北南東去來今，
> 　一切宗教革命的匪徒們呀！
> 　萬歲！萬歲！萬歲！
>
> ——《匪徒頌》

像這樣組合新詞新意的建構嘗試書寫，充溢《女神》。正如「命名了那被叫做『靈魂』的東西的本質。」〔註31〕通過詩歌創作表現人類掙脫枷鎖、自由發展創新，也即「一個還鄉的種類的美」〔註32〕透過四川方言土語的改造呈現，使奔赴海洋的進程意味更加濃厚。縱觀其早期詩文，方言土語在詩人靈魂燃

〔註31〕海德格爾著，《在通向語言的途中》，孫周興譯，商務印書館，2004 年版，第34頁。
〔註32〕同前，參見第75頁。

燒、激興溺飛時，不吝揮灑，有機地、自然地組合到新的樂章中。阿英「語句的自然」評驚，興許也包括語言詞組造句的率真不拘。以下將《女神》有川土方言特色的詩句字詞選取排行（重複段不列，黑體顯示）一部分，可見一斑：

《序詩》:「『女神』喲！」川南地區（郭沫若生長地）如樂山、雅（安）、宜（賓）、瀘（州）等片區入聲音韻方言隸屬中國古音韻承傳區域，慣用驚歎詞「喲」！如「喲喂」「喲嘻」等。這一用法遍見《沫若文集》，如「沫若喲！」、「我是個偶像崇拜者喲！」等。

《女神之再生》:「怕在這宇宙之中，有什麼浩劫要再！」「你們在烏煙瘴氣的黑暗世界當中怕已坐倦了吧！」怕，四川方言常用推測詞，推測判斷事情發生結果，不定有畏懼的本意，有時還指代喜事，如「怕有喜」，「怕有客」「怕要開花」「怕要發財」等。

出同上:「那樣五色的東西此後莫中用了！」莫，川南方言常用古音韻文，莫來，莫去，莫聽等。

《湘累》:「他們隨處都叫我是瘋子」，川方言指稱精神分裂、狂人，常作修辭指代，如酒瘋子、詩瘋子、畫瘋子，等。

出同上:「我想不到才有這樣一位姐子！」川語稱哥子、姐子、老子、娘子、啥子等，子作尾綴詞常見。

《鳳凰涅槃》:「請了！請了！」四川人聚會辭別時慣用禮貌語，此例也見《三葉集》中郭沫若致宗白華書信。

《天狗》「我在我腦筋上飛跑。」四川人常稱思想、頭腦為腦筋，如：動腦筋，腦筋靈活，腦筋不好使，腦筋有問題等。

出同上:飛跑:川語形容極快之意。如飛香，飛辣，飛痛，飛鹹，飛高、飛鬧等，狀極之意。此例亦見於郭詩《新生》:「飛跑，飛跑，飛跑……好，好，好。」

《無煙煤》:「可要幾時才能開放呀？」幾時:有文言色彩，川南口語普遍使用。江西等地亦常用，如「紅軍哥哥幾時回」等，疑為客家話入川，郭沫若父系即廣東遷蜀客家人。

《光海》:「我反把你揎倒」，川人多用動詞「揎」代「推」，如：揎車，揎人，揎一把等。

《新陽關三疊》:「我獨自一人，坐在這海岸邊的石樑上」。四川人習慣將

高坦平實的大石稱「石樑」。

「你看我們哪個飛得高？」四川人口語一般不用「誰」，以「哪個」代替。如有人敲門，問：「哪個？」哪個也不僅獨指某一人，有眾類指稱。如面對一群人問：「哪個願去？」或「哪個來？」不限一人。

《夜》：「硬要生出一些差別起。」硬要，硬是，川語常用，意指固執倔強。起，尾助詞，表示時態，如：拴起，懸起，雄起，倒起等。

《新月與白雲》：「解解我火一樣的焦心？」川人將著急、恐懼、擔憂等情狀，統用「焦心」、「心焦」。《死的誘惑》中：「沫若，你別用心焦。」

《火葬場》：「我這瘟頸子上的頭顱」，川語貶斥常用，如：瘟喪，瘟神等。對無精打采、若喪考妣者，常指「瘟頸子」。

《春蠶》：「終怕是」，常用於川方言。如終怕是好不起來了，終怕要下雨等。

《岸上》：「只驚得草裏的蝦蟆四竄。」四川人將青蛙、癩蛤蟆、跳蟲等統稱「蝦蟆」。

《日暮的婚筵》：「夕陽，籠在薔薇花色的紗羅中。」川語將「籠」名詞動用化，如：籠手籠腳，籠雞鴨，籠起，等。

《海舟中望日出》：「黑洶洶」「白晶晶」，川語常用疊聲連韻形容詞。

《西湖記遊》：「我一心念著我西蜀的娘，／我一心又念著我東國的兒」。「一心念著」，川語慣用，如：為娘一心念你，一心念讀書等。

還有很多介乎於普通話與四川方言土語之間的詞彙句式，較常通用，但用在普通話與川話中各有側重神韻。總之四川方言土語寫入現代詩，在郭沫若《女神》中觸處皆是，信手拈來，加之文集、書信、散文、回憶錄、小說、戲劇等大量著作，堪稱巴蜀詞語大典，川語王國。其大膽掇拾、合理穿插應用、結合，點綴精彩。標誌了強烈的地方性，強化了自我身份意義，表現出濃鬱的生活氣息（四川人特有的詼諧幽默），更加強化了內地與沿海文化的對應、衝突、互文關係。

郭沫若原名郭開貞，筆名取家鄉水系沫水、若水字義嵌合。「郭沫若」三字的川南方音合諧漢代司馬相如《喻巴蜀檄》中「關沫若」一語〔註33〕，

〔註33〕關於郭沫若的筆名來由，見其自述，如《沫若自傳·革命春秋》，新文藝出版社，1956 年版，第 184、185 頁。司馬相如「關沫若」三字被他提到，認為「便是那兩條河並舉的開始了。」但郭沫若三字川南發音諧合「關沫若」，則是本文筆者自己的經驗判斷。特此說明，僅供參考。

這要四川人尤其是川南地區方言念讀才能心領神會。毫無疑問，郭沫若的地理意識與文化景觀表現鮮明突出，川方言土語與海洋書寫中歐風美雨的新名詞概念奇異組合，宛如奇葩怒放，在陌生化的藝術效果中見到驚奇與深刻，是新詩前所未有。凸顯了「自我身份」與「文本身份」的有機結合。「身份是任何自我發送符號意義或解釋符號意義時必須採用的一個『角色』，是與對方、與符號文本相關的一個人際角色或社會角色。……意義的實現，是雙方身份對應（應和或對抗）的結果，沒有身份就沒有意義。」〔註34〕郭沫若的四川人身份，在海洋特色詩歌創作中彰顯突出，正是「應和或對抗」的效果。在海洋接受與體驗生活抒情中，多驚奇，多自我，也更多新世紀的激情，包括錯愕、矛盾、知識、剖白、懺悔意識等，文本內容豐富邃密、奇幻。

> 我想永遠在這健康的道路上，自由自在地走著，走到我死日為止。海涅底詩麗而不雄。惠特曼底詩雄而不麗。兩者我都喜歡。兩者都還不足令我滿足。所以講到無所需要一層，我還辦不到。我狠想多得哥德底「風光明媚的地方」一樣的詩來痛讀，令我口角流沫，聲帶震斷。雄麗的巨製我國古文學中罕見，因為我尤為喜歡的是讚頌自然的詩，能滿足我這個條件的文章，可惜我讀書太少，我還不曾見到。木玄虛底《海賦》，郭景純的《江賦》都是好題目，可惜都不是好文章。……〔註35〕

在歐風美雨世界思潮衝擊中，川語方言的脫口成秀，原生態特色，是以巴蜀地景的雄渾之勢推助大海的波瀾起伏，更加抵達與嚮往「雄麗」的境界。

綜上所述，郭沫若《女神》等作品，洋溢著海洋特色風光氣息，以及世界進步浪潮、聲訊信息，以一個遠離海洋的內陸自我身份標識，在文本中率真、坦蕩、「雄麗」地反映了走向世界、追求真理的革新勇氣。鮮明突出的文化地景書寫，衝突對抗、矛盾情結，加深了思想內涵及藝術張力，是新文學海洋風光題材的罕見力作。

2016.1.26 再改

〔註34〕 趙毅衡《身份與本文身份，自我與符號自我》，《外國文學評論》，2010 年第 2 期。亦見載其著，《符號學──原理與推演》，南京大學出版社，2012 年版。

〔註35〕 郭沫若等著，《三葉集》，上海亞東圖書館，1920 年，1981 年上海書店影印版，第 143、144 頁。

注：本文係四川大學中央高校基本科研業務費研究專項項目 skzx2015-sb50\
　　skqv201514 成果

本文主要參考書目

1. 黑格爾著，《歷史哲學》，王造時譯，上海世紀出版社集團，2014 年版。

2. 黑格爾著，《精神現象學》，北京：商務印書館，2013 年版。

3. Mike Krang 著，《文化地理學》，王志弘、余佳玲、方淑惠譯，臺灣：巨流圖書股份有限公司，2008 年版。

4. 梁啟超著，《梁啟超哲學思想論文選》，北京大學出版社，1984 年版。

5. 黃維樑著，《中國文學縱橫論》，臺灣：東大圖書公司印行，1988 年版。

6. 傅孝先著，《西洋文學散論》，中國友誼出版公司，1985 年版。

7. 郭沫若、宗白華、田壽昌（田漢）著，《三葉集》，上海亞東圖書館，1920年，1981 年上海書店影印版。

8. 郭沫若著，《女神》，人民文學出版社，1958 年，第 129 頁，《沫若文集》第 1 集，人民文學出版社，1957 年版。

9. 郭沫若著，《沫若自傳·革命春秋》，北京：新文藝出版社，1956 年版。

10. 郭沫若著，《沫若自傳·少年時代》，載《沫若文集》第 6 集，北京：人民文學出版社，1958 年版。

11. 郭沫若著，《郭沫若選集·詩歌卷》，四川人民出版社，1978 年版。

12. 海德格爾著，《在通向語言的途中》，孫周興譯，北京：商務印書館，2004年版。

13. 錢杏邨（阿英）著，《詩人郭沫若》，載《中國當代文學研究資料·郭沫若專集》第 1 集，四川人民出版社，1984 年版。

14. 沈從文著，《論郭沫若》，載《沫沫集》，1934 年，上海書店，1987 年影印版。

15. 夏志清著，《中國現代小說史》，劉紹銘、李歐梵等人譯，上海：復旦大學出版社，2005 年版。

16. 鄭伯奇著，《中國新文學大系·小說三集導言》，上海良友圖書公司，1935年原版，上海文藝出版社，1981 年影印版。

17. 宗白華著，《秋日談往——回憶同郭沫若、田漢青年時期的友誼》，鄒士芳、趙尊黨整理，1980 年 10 月 19 日《北京日報》。亦見附錄《三葉集》上海亞東圖書館，1920 年，1981 年影印版，附錄第 2 頁。

18. 王錦厚著，《羅曼·羅蘭身邊的兩個中國青年》，四川樂山：《郭沫若學刊》，2015 年第 1 期。

19. 趙毅衡著，《身份與本文身份，自我與符號自我》，湖北武漢：《外國文學評論》，2010 年第 2 期。

20. 趙毅衡著，《符號學──原理與推演》，南京大學出版社，2012 年版。

21. 拙著，《海洋文學簡史──從內陸心態出發》，四川成都：巴蜀書社，2015年版。

原載《現代中國文化與文學》2017 年第 4 輯。

第八章 「洪水」時代的感情與「薄冰」時代的幽情

摘要

新文學是古代正統文學霸主地位終結的新生事物，是對二千多年封建權威壓制的反抗與剝離，「超脫古範」、「別求新聲於異邦」，融入世界進步大潮。新文學早期可以以創造社的刊物名稱「洪水」來加以形容，浪漫主義思潮一度風行全國，催生了不少新文學名篇佳作，也激發了國人尤其是廣大青年的才情志向。以後文學多種流派風格並行，由於特殊原因，其間也不免有轉向傳統去尋求慰藉與寓居的現象，但這已不盡是復古，也不全是守舊，更多是「借題發揮」、「古為今用」，甚至是帶有現代派色彩的新古典主義。不論何種題材風格，「主體性」與「現代性的反思」都是重要的指標。

關鍵詞：文學、感情、古代、現代性

哈佛大學王德威先生曾在《被壓抑的現代性》一書中提出這樣的命題：「沒有晚清，哪來五四？」他的學術論斷影響廣泛，近年他更將新文學的源頭追溯至晚明時期，從而提出新的見地：

> 晚明文人楊廷筠信奉天主教，接受了西方傳教士艾儒略等對文學的看法後，在他的文集裏思辨什麼是文學。（注：楊廷筠於 1627 年逝世，1635 年，友人將其遺作《代疑續篇》刊刻，在《代疑續篇》

中，楊廷筠將艾儒略中譯的「文藝之學」一詞改為「文學」。）這是
一個模棱兩可的話題。在中國，文學這個詞可以上溯到漢代以前。
但楊廷筠受了西方耶穌會傳教士的影響，認為文學有審美的層面。
因而文章的寫作者認為，這是近現代文學各種開端裏比較早的一
個。

　　臺灣「中研院」的一位學者也提出，在 1932 年、1934 年，周
作人和嵇文甫就分別從右派和左派的立場、人文主義和革命主義的
立場，將中國文學、思想的「現代性」上溯到了晚明。有同事不認
為如此，他們覺得這個太早了，真正談到文學還應該是 19 世紀。我
作為編者就要謹慎，避免作者把話講得太確定了。這大概和我們想
像的文學史的開放性是不符合的。在文字上我做了很多工夫，來修
訂這些話語上的表達方式。

　　另外一篇文章來自普林斯頓大學的一個荷蘭籍教授。他講在明
清之際，崇禎亡國的事情怎麼經過當時的外交和商旅途徑，傳播到
歐洲去，在未來幾年或幾十年裏，成為歐洲戲劇的題材。

　　我們所謂的中國現代文學，也同時是中國的世界文學或世界的
中國文學。中國怎麼進入到世界體系，這是我隱含的一個論證。中
國文學的世界性是這個文學史的主軸之一。〔註1〕

以上談話基於王教授最近領銜推出長編巨製共千餘頁的《新編中國現代
文學史》（英文版）所激起的學界反響，其前言《「世界中」的中國文學》發
表後〔註2〕，陳思和、陳曉明、丁帆、季進等國內現當代文學領域知名學者都
跟進發言，集中討論見於《南方文壇》2017 年第 5 期，有的還是長文，總體
支持這一大型工程竣工，樂觀其成，亦大致贊同王教授前言的基本觀點，並
期待這部長編中文版的早日問世。正如陳曉明教授所闡述：

　　實際上，王德威並非僅僅是武斷地畫下這一時間節點，也不是
從社會歷史的原因為文學的「現代」尋求依據。德威先生提供了中
國現代文學源起的多樣性方案，這些時間節點可以做並存，相互容
納。晚明只是其中一個選項，在他看來，晚明楊廷筠融匯基督教傳

〔註 1〕 見王德威答：《南方週末》記者朱又可問，《南方週末》，2017.8.27，題為《原
　　　　來中國文學是這樣有意思！》。
〔註 2〕 王德威：《「世界中」的中國文學》，載《南方文壇》，2017 年第 5 期。

教士引進的西方古典觀念與儒家傳統詩學相碰撞，形成的「文學」
觀念「已經帶有近世文學定義的色彩」。〔註3〕

《新編中國現代文學史》可能是繼夏志清先生當年《中國現代小說史》
後又一部有震撼力也難免會有激烈爭論的新文學史編。不論如何，論者所強
調的「世界中」，是現代文學學者比較相通的認識，也是筆者等教研工作者一
貫強調與書寫的課題。現當代文學史與傳統古典文學史不同即在於，前者是
融入世界潮流作為世界分支與應合、互文所存在的文學形態，而後者則沉睡
於歷史，基本處於一種線性發展，不斷被重溫與紀念的狀態。

就感情方面而言，士大夫文學基本是秉持「道統」、「中庸」，如孔子所先
倡「中行而與之」，「樂而不淫，怨而不怒，哀而不傷」，「和樂且湛」，感情表
達方面歷來是相當含蓄收斂和有所保留的，更多粉飾以及歌功頌德、不亦樂
乎見載史冊。魯迅曾經批判為「僵屍的樂觀」「汗或血的鮮味」「即使竭力調
和，也只能煮個半熟；夥計們既不會同心，生意也自然不能興旺——店鋪總
要倒閉。」「要想進步，要想太平，總得連根拔去了『二重思想』。因為世界
雖然不小，但徬徨的人種，是終竟尋不出位置的。」歷史上像李白那樣放
肆、杜甫那麼沉鬱、李商隱那麼傷感，及至李卓吾、全聖歎、曹雪芹等人那
麼逆反，少之又少，屬於另類。現代文學破除了禁區，解放了人性，自從門
戶開放以來，浪漫主義以及西方各種文學思潮風湧而入，深刻影響並引領了
文壇，創造社主將、成員的「眼淚」滂沱，可是二千餘年文人壓抑已久的痛
苦發洩，寄於「吶喊」與長歌，「仰天大笑」、「嚎啕痛哭」，都可以在文學中
自由表達。

王德威《現代抒情傳統四論》，引德曼《抒情與現代性》（Lyric and
Modernity）說：

> 抒情詩一方面被認為是歷史彼端，最純真的原初文字表現，一
> 方面也被視為是截斷傳統，重新銘刻時間的首要元素；換句話說，
> 抒情詩一方面體現亙古長在的內爍精神，一方面又再現當下此刻的
> 現實。〔註4〕

現代文學重在共時性、現代性，倡導主體性與當下意義。這其間的「世
界中」論斷，顯而易見。我們曾在本科中文系學生中做過一個調查，不喜歡

〔註3〕陳曉明：《在「世界中」的現代文學史》，載《南方文壇》，2017.9.15，第5期。
〔註4〕見王德威：《現代抒情傳統四論》，臺大出版社中心，2014年，第31頁。

郭沫若《女神》詩集的占被調查者的多數,主要認為不好記誦,感情過於鋪張,語言少有節制等。但極少有同學否認《女神》在現代文學史上的影響以及文本的示範意義。一言以蔽之:那是革命時代的「洪水」開閘,正如當時《創造》《洪水》等刊名。不獨創造社,魯迅參與或指導的《新生》《莽原》《沉鐘》《奔流》等,莫不題義相彰,共指並標舉出變革時代的感情激蕩。浪漫主義與唯美主義、現實主義、現代主義,浪漫主義往往被冠以「感傷的浪漫主義。」感傷與悲劇意識正是新文學得以解放後的顯著特徵,包括「虛無主義」。「領異標新」、「新潮」、「歐化」、「西化」、「新派」、「洋氣」的確形成當時的風尚,也形成文學體式的某種特點、特長。

這是那個時代的審美。漢語往往把源泉湧出形容為「濫觴」,即便泛濫一點兒其實也沒關係的,關鍵如魯迅《吶喊‧自序》所指:「所以我們的第一要著,是在改變他們的精神,而善於改變精神的是,我那時以為當然要推文藝,於是想提倡文藝運動了。在東京的留學生很有學法政理化以至警察工業的,但沒有人治文學和美術;可是在冷淡的空氣中,也幸而尋到幾個同志了,此外又邀集了必須的幾個人,商量之後,第一步當然是出雜誌,名目是取『新的生命』的意思,因為我們那時大抵帶些復古的傾向,所以只謂之《新生》。」在序中首次用到「鐵屋子」形容,「假如一間鐵屋子,是絕無窗戶而萬難破毀的,裏面有許多熟睡的人們,不久都要悶死了,然而是從昏睡入死滅,並不感到就死的悲哀。現在你大嚷起來,驚起了較為清醒的幾個人,使這不幸的少數者來受無可挽救的臨終的苦楚,你倒以為對得起他們麼?/然而幾個人既然起來,你不能說決沒有毀壞這鐵屋的希望。」《我們現在怎樣做父親》進一步闡述:「自己背著因襲的重擔,肩住了黑暗的閘門,放他們到寬闊光明的地方去;此後幸福的度日,合理的做人。」這都說明了新文學的入世、警世甚至是救世的干預意義。

從古典權威制約的桎梏中脫離出來,我們發現一個奇怪現象,不少文人、詩人多少又會有復古的傾向,如上引魯迅文中所講。有些作家中晚期甚至蹈入傳統的古典文學,故作高深,也不大重視自己早年「少作」了,反以古奧雅正為衣缽。魯迅先前好友錢玄同是一例。不止於此,我們熟悉的一些新文學名家,如聞一多、朱自清、蘇雪林、陳夢家、劉大杰、林庚、余冠英、臺靜農等,後來幾乎都以致力古代文學研究為專長。高校多少年厚古薄今,風氣一向使然。再者解放、興奮的青年時代與高潮過去,「太陽之下原無新事」,

似乎古文更適於「躲進小樓成一統」。不可否認，在一些特殊的時期，語言有禁忌，文藝容易得罪，而研究古代文學往往更不觸及時弊，更能「言不及義」。畢竟那些特殊敏感時期放膽創作氛圍條件已不復存在，作家不免都「如履薄冰」「如臨深淵」，「謹小慎微」與「摸著石頭過河」自然成為明哲保身的護身符。即使寫作新文學體裁，也多取古代題材，如郭沫若、曹禺、吳晗等人都寫作歷史劇，即使這樣，像吳晗也正因為歷史劇跌入深谷。郭沫若年過七旬，伏案著述《李白與杜甫》（1971 年出版印刷），亦算是夾縫裏求生存，也算是「洪才河泄」。

許多看似無足輕重的「幽情」，其實仍是創造時期的激情殘留，只不過表現更加曲折幽微，更加成熟內斂罷了。其實選擇古代題材寫作新文學，由來已久，從魯迅的《故事新編》到施蟄存等人的「新感覺派」，以石秀、武松、鳩摩羅什等人為原型，寫作心理小說。還有何其芳、姚雪垠、聶紺弩、蕭軍、端木蕻良以及活躍於寶島臺灣的余光中、洛夫、蔣勳、張大春等名家，選擇古史題材創作，也未必不是新文學的一條道路，也並非復古的目的，恰好印證了新文學的宏大氣象以及包羅萬象的張力。新古典主義令古代題材煥發生機，變異為「六經注我」，真正的「古為今用」。李歐梵教授有論述：

> 無論是前臺或幕後，經典永遠伴隨著我們，就像卡爾維諾的英文譯者馬丁·麥克羅林所說，「經典應該是保持自身的現代性意識，卻時刻不忘傳統經典的作品（如同卡爾維諾的文本那樣）。」〔註5〕

經典與現代性的結合，也成為新文學的一項重要「轉換」和「轉場」。有不少「華麗轉身」的成功的例子。「比較文學」應運而生，中西比較，古今比較，都有許多的話語空間。「在全球化急遽變動的風景裏展現他的理論和實踐之旅，其基調仍不離現代性反思，各類文本與文化脈絡錯綜糾葛，其色塊與光影交相輝映。〔註6〕

新文學的道路並不平坦，無論潮起潮落、風雲跌盪，它的趨勢已不可改變。你可以澎湃洶湧，也可以幽微冷峭，甚至小資小我、古色古香，新文學給各類書寫各種生存方式提供了廣闊的園地與空間。我們重要的是要呵護這來之不易的大好局面，在百年新文學歷程今天，清醒地看到，走向世界並擁

〔註 5〕李歐梵：《李歐梵論中國現代文學》，季進編，2009 年，上海三聯書店，第 96 頁。
〔註 6〕如前，見封底文。

抱世界的新文學是一條必由之路,是順應甚至引領世界新潮的不二選擇。而作為致力研究新文學或還創作新文學的我們,如何更具有主體精神、全球意識與現代性的反思,對新文學作品更有精深入微的領略見解,更多新知創見,這顯然是我們隨時需要思考的問題。

本文原題《四川現代作家研究的新視野‧導論》,原載陳思廣主編《中國現當代文學前沿問題研究》,四川大學出版社,2018 年 6 月出版,第 120～125 頁。此次收入本書作者有較多修改。

第九章　郁達夫曾資助劉大杰去日本留學嗎？

摘要

　　關於現代作家、著名學者劉大杰的生平史料很少，有的辭書過於簡略，而有的則將劉大杰留學日本寫為由郁達夫「慷慨資助」，論文考鏡源流，披檢史料，對「資助」一事予以了推理否定，但對劉、郁二人的師生、朋友關係予以了還原梳理，並涉及到同時代作家郭沫若從中的促進作用。

關鍵詞：劉大杰、郁達夫、郭沫若、資助留學

　　劉大杰先生曾是我現在任教的四川大學中文系的老系主任，我在課堂給學生講析劉先生的散文名作《成都的春天》，順帶介紹劉先生的生平事蹟，一般的現代文學教材或辭典涉及他很是簡略或多付闕如，備課參考的資料十分有限，從網上查閱「百度百科」辭條，有關劉大杰生平與成果編寫則頗為細充，堪稱圖文並茂，填補了這項空白，對此不由對編寫者的辛勤勞動與專業知識表示欽敬。電子技術發達並常可更新，興許這正是紙質工具書所不達的長項吧。

　　百度辭條關於劉大杰前後有如下行文：

　　　　1922年，大杰考入國立武昌師範大學，報考數學系，結果分配在中文系。著名學者黃佩、胡小石主講文學課程對他產生過積極影

響。尤其是主講「文學概論」、「小說創作」的郁達夫教授，給他啟
迪和幫助更大。1925 年冬，武昌師大中文系舊派反對郁達夫，郁憤
而辭職。劉大杰同情郁達夫，一道離校來到上海。在郁的鼓勵和幫
助下，於 1926 年，畢業於武昌師範大學中文系，赴日本留學在東
京一個補習學校學習日語。1927 年考入日本早稻田大學研究科文學
部，專攻歐洲文學。在校 3 年，經常寫點短文寄回國內發表，以稿
費維持生活。

　　天資聰慧的劉大杰以勤奮向上，且酷愛文學引起了郁達夫的注
意。當郁達夫得知這齣身貧窮的湖南籍學生，年幼時有著邊放牛邊
看書的艱難求知經歷時，自然對劉大杰更是關懷有加。甚至，1927
年劉大杰去日本早稻田大學深造的費用，亦由愛才的郁達夫慷慨資
助。之後，師生交往密切，常有在一起飲酒賦詩的佳話。

對以上表述稍感意外，過去對郁達夫也有所研讀，尚不聞郁達夫曾「慷慨資
助」劉大杰去留學日本這一事宜，果真如此，這在當時會是一筆很不小的費
用開資。從郁達夫的好朋友郭沫若的回憶錄裏得知，郭沫若上個世紀初去日
本是由其長兄出資了兩根金條方為成行（見《初出夔門》一章）。二十年代後
期留日費用應該也不會降低。沈從文二十年代中期（1924 年 11 月）曾經向郁
達夫傾訴困難與希望，引出郁達夫《給一位文學青年的公開狀》文，據「公
開狀」記錄並沈從文後來回憶，郁達夫親自到旅舍探望了沈從文這個文學青
年，請他去外邊小飯館吃了一餐，剩下的零錢，似都支持了他，回去於是有
行文記述感想。如果郁達夫曾為劉大杰贊助過一筆不菲的學費，那這在郁達
夫方面，應該是有記錄的一項較大的支出項目，但這並未見載郁氏書錄。查
郁達夫 1925 年日記付闕，1926（11 月 3 日起）、1927（7 月 31 日止）年正好
有《日記九種》留存，分別為「勞生日記」、「病閒日記」、「村居日記」、「窮
冬日記」等，其中支出較細，如匯款回家，贈人款項等，即使十元、五元，
都間有記錄，如：1926 年 11 月 7 日記「昨晚上接到一位同鄉來告貸的苦信，
義不容辭，便親自送了十塊錢去。」1927 年 1 月 30 日記「午後出去訪徐氏兄
妹，給了他們五塊錢度歲。」對告窮而提出要求者，作為文壇名人的郁達夫
時有躲避，如 1927 年 1 月 31 日記：「昨日有人來找我要錢，今天打算跑出去，
避掉他們。」郁達夫一生教、著（賣文）為生，浪跡天涯，落拓不羈（甚至
狎妓、吸鴉片、賭牌這時期亦時見記錄），加之購書成癮，開銷不小，行文頗

愛叫窮。《日記九種》中幽怨牢騷之辭不絕於書，當時他境況並不大好，像這樣的書寫：「天呀天呀，你何以播弄得我如此的厲害，竟把我這貧文士的最寶貴的財產，糟蹋盡了。啊啊！兒子死了，女人病了，薪金被人家搶了，最後連我頂愛的這幾箱書都不能保存，我真不曉得這世界上真的有沒有天帝的，我真不知道做人的餘味，還存在哪裏？我想哭，我想咒詛，我想殺人。」（1926年11月3日）當然貧窮並不等於吝嗇，郁達夫本性善良且富於同情心，對弱者對朋友都不失豪爽慷慨。如郭沫若曾記1921年9月回日本在上海匯山碼頭上船身上盤纏被扒竊一空，當時一籌莫展，「達夫連忙把他的錢包搜了出來，傾了五十塊錢給我。」（見《創造十年》第九節）郁達夫在《給一位文學青年的公開狀》中也曾寫道：「平素不認識的可憐的朋友，或是寫信來，或是親自上我這裡來的，很多很多。我因為想報答兩位也是我素不認識而對於我卻有十二分的同情過的朋友的厚恩起見，總盡我的力量幫助他們。可是我的力量太薄弱了，可憐的朋友太多了，所以結果近來弄得我自家連一條棉褲也沒有。」這也許是郁達夫作為名人和性情中人的真實苦惱。與真的窮人相比，也許郁達夫還算「闊」，時有飲酒抽煙揮霍的餘地，他常態的叫窮興許多少還是有誇張、控訴的成份在裏邊。但無論如何，當時凡上百元對文人郁達夫來說都絕不是小數目，從他當時的生活經濟狀況和日記收支明細看，如果他果真有一筆較大資助給學生劉大杰去留學東洋，至少可以借題發揮寫篇文章出來，或見載於日記，不僅在於述德，也在於反映社會問題，像1924年拿沈從文說事那樣，產生一定的社會反響。但郁達夫讀者印象中並未有此援助青年留學外國的述錄。

　　附在劉大杰《中國文學發展史》（初版重印本，2007年百花文藝出版社）後邊的陳尚君先生撰寫的：《劉大杰先生和他的〈中國文學發展史〉——寫在〈中國文學發展史〉初版重印之際》涉及劉郁關係處的行文值得參考：

> 劉大杰先生是湖南岳陽人，1904年出生。……在困苦中勤奮自學，於十六歲時考入武昌旅鄂中學，三年後考入武昌師範大學，先後受教於黃侃、胡小石、郁達夫等名家。受郁達夫影響，他開始走上文學道路，開始小說、詩歌的創作。郁受排擠離校時，他棄學追隨，來到上海，並於1926年初由郁推薦，赴日本留學。……

文章重在論著評述而不是生平事蹟介紹，行文比較簡略，裏邊也未有提「資助」一事，只是「由郁推薦」這一說法。

　　鑒於紙媒文學史對劉大杰的介紹歷來較少和多有付闕,「百度百科」這一最為普及便捷的查閱方式與呈現,容易被讀者或教學研究者接受、參考、使用。我於是有意去查閱原始資料,想將這個問題搞清楚。即:郁達夫真的資助過劉大杰留日嗎?如果是,則為研郁界一大談資,可謂錦上添花。不是,忠於歷史事實,搞清來龍去脈,也免以訛傳訛,同時亦可為完善辭條建設貢獻一點綿力。其實不論有無經濟資助一事,應該都無損郁、劉二人才名、德名,最多在讀者方面留點小小遺憾而已。

　　最便捷的方法莫過於直接瞭解當事人的說法,惜乎郁劉二位先生都已過世。查見上海生活書店 1934 年(民國二十三年七月)出版發行由鄭振鐸、傅東華編輯的《我與文學》集子中收編劉大杰《追求藝術的苦悶》一文,應是今天我們所見最直接最初始的說法,可信度應無多疑。

　　劉大杰先生於文中首先述及「投考高師」,爾後「記得是進高師的第三年第二學期,郁達夫先生到學校裏來教文學了。」(這裡說明劉大杰當時所在學校還不是前邊所引述的「武昌師範大學」,而是「高師」,即師範專科學校,今所謂大專。)〔註1〕與郁達夫先生關係及留學的緣由,所涉行文照抄如下:

> 　　記得是進高師的第三年第二學期,郁達夫先生到學校裏來教文學了。我那時正從家裏逃婚出來,手中一文錢也沒有,痛苦的寄居在學校裏一間小房裏,心裏充滿著說不出的壓迫的情緒,好像非寫出來不可似的。於是便把逃婚的事體作為骨幹,寫了一篇萬把字長的似是而非的小說,那篇名是《桃林寺》,我送給達夫先生看,他說:「還好的」,他立即拿起筆來寫了一封介紹信,寄到《晨報副刊》了。十天以後,小說果然連續地登了出來,編輯先生寄來十二塊錢,外附一頁信,很客氣地叫我以後常替《晨報副刊》寫文章。

劉大杰受郁達夫影響與支持走上文學創作道路,這是確定無疑的。文中涉及

〔註1〕武昌師大由高師升為大學,郭沫若恰有記錄可參考,見《創造十年》第三節,敘述一九二五年初,郁達夫推薦郭沫若入教武師大被郭婉拒事,按郭的說法,武昌高師轉大學「……一九二四年的八月,是已經升成大學的時代了。」「達夫既在那兒,又有張資平是那兒的理科教授,頗有聲望,而且正領導著一批青年作家。」這個「青年作家」群裏應即有劉大杰,想來郁達夫或向郭沫若提及過。如此說來,就時間而言,劉大杰先生入校時尚是武高師,出校時則已是武師大了。可知稱其考入武師大也對也不對。

上海與留學一節，摘抄如下：

> 民國十四年的秋天，我帶著渺茫的前途，帶著青年的熱情與冒
> 險性，到了陌生的上海。同達夫先生同住在法租界吉祥路的一家小
> 旅館裏，那旅館真小得可憐，又沒有光線，白天也是要開電燈的。
> 一間小房裏，開了兩鋪床，再也容不下身子。因此就常到郭沫若先
> 生家裏去頑。郭先生極力鼓勵我到日本去。他當時叫（原文如此，
> 引者）了我幾句簡單的日語，告訴了我的路線，我從朋友那裡弄了
> 一百二十幾塊錢，便毫無目的毫無把握的跑到日本去了。

可見如果是老師郁達夫資助的學費，劉大杰不可能隱而不揚，卻說成
「從朋友那裡弄了一百二十幾塊錢」，除非是郁達夫叫他保密，否則斷不會如
此。從當時郁達夫的生活境況看，不大可能出一百多元給劉大杰去日本留學。
興許住宿上海小旅館費用與時或的飯錢支持是應有的（惜乎對此劉大杰文中
未予提及），但留學日本的動議來自郭沫若（郭應由郁推薦介紹而認識）的鼓
勵而非郁達夫文中闡述甚明，郁出資事行文中一字未見道及。文章後部分再
次提到郁達夫，是劉大杰留日六年期間，郁達夫在國內《青年界》月刊上為
劉大杰小說《昨日之花》撰寫一篇評論，「內面有一段說」：

> 從《昨日之花》裏面幾篇小說總括地觀察起來，我覺得作者，
> 是一位新時代的作者，是一位新時代的作家，是適合於寫問題小說
> 宣傳小說的。我們中國最近鬧革命文學也總算鬧得起勁了，但真正
> 能完成這宣傳的使命，使什麼人看了也要五體投地的宣傳小說，似
> 乎還沒有造成的樣子。所以我看了劉先生的作品之後，覺得風氣在
> 轉換了，轉向新時代去的作品以後會漸漸產生出來了。而劉先生的
> 尤其適合於寫這一種小說的原因，就是在他的能在小說裏把他所想
> 提出的問題不放鬆而陳述出來的素質上面。我希望劉先生以後能善
> 用其所長，把目前中國的社會問題，鬥爭問題，男女問題，都一一
> 的在小說裏具體地表現出來……

郁達夫期望可說很高，但劉大杰文章之所以題為《追求藝術的苦悶》，是表述
其歸國執教後感覺創作難以有所創新突破從而徘徊於堅持與放棄的矛盾心
態中。從花城、三聯香港分店版《郁達夫文集》查到這篇原文《讀劉大杰著
的〈昨日之花〉》，文章前部分有一段講述與劉大杰關係的文字，於本文似頗
重要：

> 作者劉大杰先生，本年二十七歲，湖南岳州人，是我七年前在武昌大學文學系教書時候的同學。他那時從武昌大學出來之後，曾到日本早稻田大學去專習過文學的。因為有了這一段關係，所以有許多人似乎在批評他的作品，係繼承我的作風的，——這是作者自己對我說近來有人這樣批評他——但我把他的這一冊短篇小說集一讀之後，覺得這話卻是大大的不然。

郁達夫著文是因先讀到他人的評論，「恰巧作者劉大杰先生，也正在我這裡進出的當中，所以就問他要了一冊來讀了一遍。」〔註2〕於是有以上評文言論。

綜上所述，郁達夫對青年劉大杰學習並走上文學道路、從事文學創作的確予以了不遺餘力的熱情支持與提攜、鼓勵，師生結下了深厚的情誼，這從「百度百科」辭條裏引舉的幾首劉大杰生平悼念郁達夫的幾首舊體詩裏也可加以體會，但當年由郁達夫鼓動並出資促成劉大杰去留學日本一節，似不是事實，也不見及當事人自述或暗示，可能性很小。或許這屬於辭條撰寫者的良好願望與主觀臆測，也或許援引於別的什麼人的道聽途說（甚或不排除是劉大杰先生後期的某次自說）〔註3〕，即便如此，也恐係「溢美之辭」。當然這種說法肯定是出於善意並可理解的。只是我們作為教學研究者，需認同歷史真實，不肯妄加揣測或「想當然耳」才好呢。

2012 年 9 月 2 日改定

原載《郭沫若學刊》2012 年第 4 期。

〔註 2〕《郁達夫文集》第六卷，花城出版社，生活·讀書·新知三聯書店香港分店，1983 年版，第 79、80 頁。

〔註 3〕這是筆者的揣想與假設。人無完人，劉大杰先生晚年苦心按儒法鬥爭路線指示修改其名著《中國文學發展史》，據其復旦大學同事許道明先生等人撰文述憶，大杰先生即便非正常年代仍是一名孜孜不倦的學者，只是不免沾染時風，較喜誇飾，好虛譽。終其一生，瑕不掩瑜耳。

卷三：鄉愁・民族・國家

第十章 魯迅文學創作中鄉愁主題的承接與變異

摘要

魯迅是在「五四」現代文論中正式界定與使用「鄉愁」語詞的文學家。他自身的創作也多有涉及鄉愁主題，但他從不肯輕言「鄉愁」，對傳統的文學範式始終保持著警惕與界別，不過從他的舊體詩裏可以看到與傳統的慣性對接，而新文學創作中，則將此鄉愁情結擴大為一種憂憤深廣的鄉土情懷，無疑是對傳統鄉愁主題的變異處置與昇華。

關鍵詞：魯迅、鄉愁、主題、新文學

一、對於主題的界定

筆者曾撰文闡述鄉愁文學的現代性型，以及新文學運動旗手魯迅對鄉愁主題類型文學的基本態度。以下以魯迅作品為例，具體探討鄉愁主題在新文學作品中的延伸、深化與變異。

筆者以為，魯迅並不滿足「只見隱現著鄉愁」的文學作品，言下之意，是要將舊時代文士單純的意向退縮的鄉愁調子劃分開去，將鄉愁這種人之常情在新時代的語境中予以考量、重構，使之有更多的包容性與思想性，以及時代主題的銳意性。他在《新文學大系小說二集導言》中點評了一批新文學

青年作家的鄉土文學作品，褒貶允宜，指示肯切，有著深刻的提示性與認識價值。他甚至不避嫌疑地評論到了自己的作品——

　　　　在這裡發表了創作的短篇小說的，是魯迅從一九一八年五月起《狂人日記》、《孔乙己》、《藥》等，陸續的出現了，算是顯示了「文學革命」的實績，又因那時的認為「表現的深切和格式的特別」，頗激動了一部分青年讀者的心。然而這激動，卻是向來怠慢了紹介歐洲大陸文學的緣故……但後起的《狂人日記》意在暴露家族制度和禮教的弊害，卻比果戈理的憂憤深廣，也不如尼采的超人的渺茫。此後雖然脫離了外國作家的影響，技巧稍為圓熟，刻畫也稍加深切，如《肥皂》、《離婚》等，但一面也減少了熱情，不為讀者們所注意了。〔註1〕

　　這段自評對於我們有如下領會意義：1、坦承了自己中國新文學拓荒者的地位。2、強調了新文學與外國文學的密切關係。3、強調了新文學「表現的深切和格式的特別。」4、指出了「憂憤深廣」的深刻主題和「陰冷」的現代主義調子。在這樣的語境中，滲透於這些主要取自於鄉間人物題材的作品中的鄉愁，其情調顯然與舊時代類型有涇渭之別，「憂憤深廣」四個字，應是這時代鄉愁主題的主要特徵。

　　自然，其內涵與外延，皆已逾越單單懷鄉戀舊、希望回到過去，或逃入一個避風港式的桃花源或烏托邦中去的常態性主題。而將個人的隱憂、情懷與愁緒，繫與時代人物，後所謂「普羅大眾」，「衷悲所以哀其不幸，疾視所以怒其不爭」。這雖是在《摩羅詩力說》中評介拜倫的話，但移植魯迅與其鄉間題材作品，一樣命中。再如魯迅評臺靜農：

　　　　要在他的作品裏吸取「偉大的歡欣」，誠然是不容易的，但他卻貢獻了文藝，而且在爭寫著戀愛的悲歡，都會的明暗的那時候，能將鄉間的死生、泥土的氣息，移在紙上的，也沒有更多，更勤於這作者的了。〔註2〕

　　以此視域考量魯迅作品，一樣有其合理性。這種鄉間的悲歡以及泥土氣息，亦即一種鄉愁的具象的表現與形態構成，其主題視域顯然更加闊大、更

〔註1〕　魯迅，〈中國新文學大系小說二集導言〉〔A〕，《中國新文學大系導論集》〔M〕，上海良友復興圖書公司印行，1940年，第125頁。

〔註2〕　魯迅，〈中國新文學大系小說二集導言〉〔A〕，《中國新文學大系導論集》〔M〕，上海良友復興圖書公司印行，1940年，第141頁。

加深刻。其探索性、變異性標誌了這一主題取向的崇高建構。如在《摩羅詩力說》結尾所激情表白：

> 今索諸中國，為精神界之戰士者安在？有作至誠之聲，致吾人
> 於善美剛健者乎？有作溫煦之聲，援吾人出於荒寒者乎？〔註3〕

　　魯迅的鄉土文學包括他表現鄉愁情結的主題文學，正可以概括為這樣的「至誠之聲」、「溫煦之聲」，這同從前的一味歎息、無奈的悲鳴、灰頹之志大為不同，魯迅的鄉愁情思中，更多的是「援救」的用意，在悲劇文學形態與質地中，展現了「精神界戰士」的奮勇與孤立，不僅予人審美情操上的洗雪滌蕩，更在認知與智慧方面獲得巨大震動與教益。所以魯迅的鄉愁是一個思想家的鄉愁、一個先行者與鬥士的鄉愁。正如他筆下的過客，以至《鑄劍》中的復仇者，有著勇猛精進、毫不妥協、敢於犧牲的徹底革命的大無畏精神。在裏邊我們自然看到西方世界思想鬥士的一些影子（如普羅米修士、伽里略、尼采等人），但更多的鑄成與中堅，是自己國家的歷史進程與時代進步、人民解放需求下的挺身而出、披荊斬棘。

　　這一由鄉土文學中表現出來的「進化」思想與特徵在魯迅身上也不是一蹴而就的。魯迅仍然走過了他躓步艱辛的探索者的心路歷程。

二、創作軌跡

　　魯迅的文學創作也經過了由舊而新、由一己之發抒而情牽大眾的變革。

　　在早期文學創作中，魯迅表現鄉愁主題的作品基本上是承繼著清季以來知識分子尋覓改良、益智興邦、憂國懷鄉、寄意手足的苦吟形態出現的，形式上也仍然是傳統文學的模式。其時傳統文學中循環往復、生生不息的鄉愁特徵在留學生魯迅身上，依然表現得十分明顯。其作於一八九八年的《戛劍生雜記》寫道：

> 行人於斜日將墮之時，暝色逼人，四顧滿目非故鄉之人，細聆
> 滿耳皆異鄉之語，一念及家鄉萬里，老親弱弟必時時相語，謂今當
> 至某處矣，此時真覺柔腸欲斷，涕不可仰，故予有句云：日暮客愁
> 集，煙深人語喧。皆所身歷，非託諸空言也。〔註4〕

　　這一「客愁」表述正是鄉愁的直抒，這番異鄉氛圍十足的動情描寫，是

〔註3〕魯迅,〈中國新文學大系小說二集導言〉〔A〕,《中國新文學大系導論集》〔M〕,
　　　上海良友復興圖書公司印行, 1940 年, 第 125 頁。
〔註4〕《魯迅舊詩箋注》〔M〕, 廣東人民出版社, 1959 年, 第 193 頁。

比較典型的遊子的情懷。放在古代鄉愁文學作品中，可稱得體。

魯迅另有舊體詩《別諸弟》三首也發自真情，堪稱典型的鄉愁文學之作，茲錄於下：

> （一）謀生無奈日奔馳，有弟偏教各別離。最是令人淒絕處，孤檠長夜雨來時。（二）還家未久又離家，日暮新愁分外加。夾道萬株楊柳樹，望中都化斷腸花。（三）從來一別又經年，萬里長風送客船。我有一言應記取，文章得失不由天。

詞句清順意摯，熔裁精當，頗有唐宋絕句風采。像這樣傳統意緒的文本方式鄉愁題寫，魯迅舊作中還有多篇。而今熟悉魯迅作品的讀者，未必知曉與熟悉上引那些行文精緻而調子悒鬱、旅愁無邊的舊體文學作品了。正如新加坡華人文學家鄭子瑜先生所論：

> 這種舊詩人式的離情別緒，自然和他們所處的那個時代息息相通的。隨著時勢的推移，『五四』狂潮從迸發，而高漲，而退落，周家兄弟所走的人生道路與文學方向也日漸分歧；魯迅經過「荷戟獨徬徨」的「上下求索」之後，終於走向革命；而周作人則從「叛徒」變成「隱士」了。這種不同的路向反映到文學作品上面，思想內容固然是各走極端，文學風格也是涇渭分明的。魯迅的雜文固然是充滿戰鬥性，就連偶一為之，用以酬唱或抒情的舊體詩，也都發射著「投槍」與「匕首」的鋒芒；可是周作人的小品文和雜事詩，卻同樣的表現出平和沖淡，甚至陰沉憂鬱的氣氛……莫名的哀愁，異鄉的情調，懷古的幽思，都彙集到他的筆下，發為陰沉慘澹的詩文。〔註5〕

評說兄弟二人，雖然早就有異，但我們從舊體文學上衡量，似乎還看不出有多少區別。這裡顯然仍舊是一個文學由舊而新的探索路徑問題。

三、轉型與變異

魯迅以後投身文學變革，偶時或還有舊體作品，但與前期相比，變化很大，主要是由士子型的文學體例向無產階級大眾文學的質地轉型。所謂舊體文學卻已是舊瓶裝新酒，承載著時代的強音與精神，但其中不無鄉愁意緒的

〔註5〕鄭子瑜，〈論周氏兄弟的雜事詩〉〔A〕，《詩論與詩紀》〔M〕，北京：友誼出版公司，1983年，第78～79頁。

作品或句式：

　　　　靈臺無計逃神矢，風雨如磐暗故園。寄意寒星荃不察，我以我
血薦軒轅。(《自題小像》)

　　　　萬家墨面沒蒿萊，敢有歌吟動地哀。心事浩茫連廣宇。於無聲
處聽驚雷。(《無題》)

　　　　人生得一知己足矣，斯世當以同懷視之。(寫給瞿秋白題款)

　　類似這樣的情調意緒，在他的白話詩、打油詩乃至雜文中不時湧現，表現了他懷舊情文的現代轉型。但魯迅影響最深廣、為人所傳誦的作品，要數他後來的新文學嘗試，尤其是小說散文體裁。在新文學作品裏，他的鄉愁主題如上所述實現了某種特性變異，總體說，從傳統而世界化，由「客子」型而「戰士」型，由簡單清順、悒鬱徘徊而晦澀、憂憤、濃重有力，總體是表現得更加激揚、前沿、深刻、現代，同時更具有時代創造的新意與思想者銳志果決的色彩。

　　《吶喊》、《墳》、《彷徨》、《野草》、《朝花夕拾》等諸文集是這一轉型、變異特徵的代表成果，其中多以家鄉人事、回憶為線索，抒發「風雨如磐暗故園」的深刻「寄意」與憂憤。顯然單用「鄉愁文學」主題概括這裡邊的大部分作品是遠不夠的。但無庸置疑，這裡邊的許多作品都寄寓著魯迅現代性的鄉愁情懷，構成主題的複合意義與系統符號。其關聯性在變異學視角的主題分解中，脈絡分明，成分重要。如海德格爾在《林中路》中所揭示：

　　　　在作品中發揮作用的是真理，而不只是一種真實……這種被嵌
入作品之中的閃耀（Scheinen）就是美。美是作為無蔽的真理的一
種方式。[註6]

　　魯迅的鄉愁是一種真實，但它在新文學創作中已經實現變異與昇華，成為「嵌入作品中的閃耀。」具備著悲劇特質的美，並發揮著真理的作用與能量。

　　在《野草・題辭》裏魯迅宣示：

　　　　過去的生命已經死亡。我對於這死亡有大歡喜，因為我藉此知
道它曾經存活。死亡的生命已經朽腐。我對於這朽腐有大歡喜，因
為我藉此知道它還非空虛……天地有如此靜穆，我不能大笑而且歌
唱。天地即不如此靜穆，我或者也將不能。我以這一叢野草，在明

[註 6] 海德格爾，《林中路》[M]，上海世紀出版集團，2008 年，第 37 頁。

與暗,生與死,過去與未來之際,獻於友與仇,人與獸,愛者與不
愛者之前作證。

「靜穆」在古代也是鄉愁的一個近義詞與語義場。魯迅宣告舊的死亡,
用其一生迎接新的創造與未來。《野草》開創了以後中國現代散文詩體裁的文
學創作,文本信息顯然涉及到國外尼采、波德萊爾、安德列夫等詩體的審美
角度與影響,語詞與句勢顯出相當的陌生化,張力十足,更顯露出冷峻批判
與挑戰的鋒刃,這就傳統方式來說的確是晦澀,但在這晦澀中表現著探索與
決裂的膽識。《野草》抒發了新舊交替時代毅然決然、摧枯拉朽的前行者意識,
以及告別舊我,告別舊時代陰影的意志。這也難怪在《希望》篇結尾特地發
出:「絕望之為虛妄,正與希望相同!」這不啻是悲劇藝術宣言,正是從這種
「絕望」的情懷中,感受到魯迅「世上本沒有路,走的人多了,便成了路」
的人生哲學思想的合理內核與其探索者的堅韌性。鄉愁這一古老情懷,在這
裡無疑得到了極好的昇華與變異,成為一種現代情懷的、隱含真理的「在場」
意識。

從原型學的視角看,魯迅也取用故鄉風物回憶來做文章,如他述及萊蒙
托夫作品「孺子魂夢,不離故園」。(《摩羅詩力說》)魯迅的故園意識與故園
風物場景,是魯迅作品中特徵最具顯、最具前臺示意的符號標識,研究者都
予以高度重視。周作人後期還以筆名(周遐壽)寫了幾本有關魯迅作品故鄉
人物原型的專著,這也說明其家鄉的符號意義。在這些故鄉風物的取捨上,
令魯迅感到一種原型轉換的自由抒發的美的愉悅與力量,他視為「還非空虛」、
「有大歡喜」。在《野草・雪》一篇中抒寫道:「在無邊的曠野上,在凜冽的
天宇下,閃閃地旋轉升騰著的是雨的精魂……」《風箏》篇中說:「現在,故
鄉的春天又在這異地的空中了,既給我久經逝去的兒時的回憶,而一併也帶
著無可把握的悲哀。」

在《朝花夕拾・小引》中更明確抒發:

　　我有一時,曾經屢次憶起兒時在故鄉所吃的蔬果:菱角、羅漢
豆,茭白,香瓜。凡這些,都是極其鮮美可口的:都曾是使思鄉的
蠱惑。後來,我在久別之後嘗到了,也不過如此;惟獨在記憶上,
還有舊來的意味留存。他們也許要哄騙我一生,使我時時反顧。

古斯塔夫・繆勒在評價荷馬史詩時說:

　　荷馬努力使自己的世界具有一種柔和的光澤,因而,他使自己

的事件擺脫了平庸的世界，而進入到一種美麗高貴的「過去」的世界。但他筆下的人所經歷的一切都來自於永恆存在的人的經驗，並會進入任何一個時代的中心。〔註7〕

將此移評魯迅鄉土文學作品，也許不盡合適，但倘若我們將荷馬與魯迅都放置人類歷史長河中予以衡量，星斗滿天，其文學的永恆意義，證明他們同樣的取裁「過去」，標識時代，有著人性與文學審美鏈接的同樣的不朽意義。

魯迅文中所謂的「哄騙」即一種原型意義上的鄉情，這種「反顧」也即追懷、回歸。形成鄉愁的構成原點與向心力。魯迅取材豐富，用筆不羈，他所懷念的人除了他的親人如病中的父親、盼歸的母親、幼小的兄弟之外，另如兒時的玩伴、學友、工友、師長、侄輩乃至保姆。散文名篇《阿長與〈山海經〉》堪為一時之選，作者刻畫入微，情景俱現，在結尾處深情呼喚：「仁厚黑暗的地母啊，願在你懷裏永安她的魂靈！」

魯迅對新文學鄉愁主題作品的貢獻還應特別指出其文本意義，他開創了鄉土小說這一嶄新領域，作品多以第一人稱「我」入題，親與其事，親臨其景，如自敘狀，借鑒西方現代小說手段，剖析人物心理，細緻入微，意味十足。如《在酒樓上》《祝福》《社戲》《故鄉》《傷逝》等多篇，抒寫鄉愁曲折而形象。以《故鄉》結尾一段為例——

老屋離我愈遠了；故鄉的山水也都漸漸遠離了我，但我卻並不感到怎樣的留戀……那西瓜地上的銀項圈的小英雄的影像，我本來十分清楚，現在卻忽地模糊了，又使我非常的悲哀。

母親和宏兒都睡著了。

我躺著，聽船底潺潺的水聲，知道我在走我的路。我想：我竟與閏土隔絕到這地步了，但我們的後輩還是一氣，宏兒不是正在想念水生麼……

我想到希望，忽然害怕起來了。閏土要香爐和燭臺的時候，我還暗地裏笑他，以為他總是崇拜偶像，什麼時候都不忘卻。現在我所謂希望，不也是我自己手製的偶像麼？只是他的願望切近，我的願望茫遠罷了。

〔註7〕古斯塔夫・繆勒，《文學的哲學》〔M〕，廣西師範大學出版社，2001年，第8頁。

我在朦朧中，眼前展開一片海邊碧綠的沙地來，上面深藍的天空中掛著一輪金黃的圓月。我想：希望是本無所謂有，無所謂無的。

這正如地上的路；其實地上本沒有路，走的人多了，也便成了路。

海德格爾讚賞荷爾德林詩句：「依於本源而居者嗎，終難離棄原位。」〔註8〕這指出了天下一切鄉愁主題的哲理性。

高旭東在評及魯迅小說的悲劇美時指出：「在描寫傳統的中國人時，魯迅就將筆觸深入到中國人的靈魂深處，在『幾乎無事的悲劇』中顯露出不可見之淚痕悲色，並沉痛反省造成中國人心靈悲劇的文化歷史原因，使作品顯得『憂憤深廣』。在魯迅小說面前，傳統小說的和諧理想與團圓主義顯得頓然失色。」〔註9〕這大體代表了當代學者對魯迅小說的審美考量與價值認知。現代小說是新文學運動探索的一種新樣式，魯迅的作品無疑奠定了基礎，作出了表率，尤其是悲劇的審美意識，「直面慘淡的人生」，「記得一切深廣和久遠的苦痛，正視一切重疊淤積的凝血。」（《野草》）從而顯示出超凡的戰鬥性與文學的啟蒙意義。

魯迅的鄉土文學為鄉愁主題的現代抒寫與領異標新，走在時代前列，實現全球語境層面的文學對接、對話，帶了好頭，樹立了榜樣。

此文原載《西南民族大學學報》2016年第6期。

〔註8〕海德格爾，《林中路》〔M〕，上海世紀出版集團，2008年，第57頁。

〔註9〕高旭東，《跨文化的文學對話》〔M〕，北京：中華書局，2006年，第94～95頁。

第十一章　對魯迅「無視」朝鮮民族「問題」的「關心」和探究──對韓國學者李泳禧先生觀點的答辯

摘要

對韓國著名漢學家李泳禧先生論文《試論一個問題──對魯迅著作中沒有提及朝鮮（韓國）之意義的考察》進行了辯正，指出魯迅著作中不僅有提及朝鮮處，且與朝鮮進步文化人有過多次密切交往、傾心長談，魯迅並不「無視」朝鮮民族，相反一樣懷著大愛，鼓勵其反抗之音的進步文學。魯迅歷來關於國家民族平等、獨立、自由、進步的立場態度都是毋庸置疑的。

關鍵詞：魯迅、李泳禧、朝鮮、文學

一

2005 年 11 月 19 日，在韓國的外國語大學校園裏召開了一次「二十一世紀魯迅研究研討會」國際學術會議，與會代表來自韓、中、日、澳、美等國家。其時筆者在韓國做訪問學者，有幸受到邀請去參加，途中還不禁心存疑問，想魯迅研究在韓國能有多少人關心呢？未料及至會場，但見濟濟一堂，能容納百來人的電教室差不多已快滿座。不僅有專門的學者，還有來自韓國各個階層行業的聽眾代表，於此方知在韓國魯迅研究不僅不見清冷，反而有

「顯學」之勢。會上先後有幾位發言者都闡述，上個世紀的反獨裁爭民主運動中，他們之所以能衝鋒在前，呼喚革命，不惜代價以致鋃鐺入獄甚至作出犧牲，魯迅改革社會的深刻思想和勇氣無疑是其榜樣與旗幟。說到動情處，有一位藝術家模樣的男士，據說是韓國繪畫界有名的代表，還情不自禁激呼魯迅精神不死，看上去狀極投入。另一位著名的西方哲學譯介者則以魯迅思想為據抨擊韓國現實問題。雖然經過現場傳譯，但仍讓我們中國聽者不大感覺到他們是外國人，似乎是我們同人。這次與會的韓國漢學家、魯迅研究的名宿李泳禧先生，還專門寫就了一份漢文論文，發到與會者手上。老先生提出一個比較尖銳的問題，如其論文題目《試論一個問題──對魯迅著作中沒有朝鮮（韓國）之意義的考察》，論文說：「本文針對魯迅（1881～1936）多年來的許多著作、作品、發言中一點也沒提到與當時的中國一起共患民族悲運（引者：原文如此）的朝鮮民族這一事實，隨意試論了自己平時懷有的一些疑問。」疑問乃至「結論」即：魯迅不關心朝鮮民族，甚至可能同朝鮮現代文學先驅後來走入背叛祖國歧途的李光洙一樣，「認為自己的民族是不可救藥的劣等民族。」〔註1〕李先生提出這樣比較尖銳的論點，旨在引起與會代表並讀者的注意，以求證自己心中的疑問，正如他自己於文中所述：

　　本人作為非專業人員懷著對魯迅生涯與作品的深愛與敬意，如上所述嘗試性地進行了極其茫然的推論。2005 年 7 月在中國瀋陽舉行過一次「中韓魯迅研究對話會」。此時，在某一私人談話中偶然地聽到有人隨便地提到：魯迅的作品中好像沒有涉及到朝鮮和朝鮮民族的內容。關於這個問題，會議期間誰也未曾表示過關心，甚至根本沒有人提及這個問題。我作為那個學會的非專業人員能夠參會感到榮幸，對那個誰都不太關心的問題認真的想了許多，我對這個問題的關心真不亞於對魯迅文學本身的關心。所以，我向諸多關心魯迅文學與生涯的學者提出了這種考察問題（魯迅著中不存在朝鮮的原因）的初步嘗試。本人真心希望今後中國、日本、朝鮮（韓國）三國的魯迅學者能對這個問題進一步更深地探討和研究。〔註2〕

〔註 1〕李泳禧：《試論一個問題──對魯迅著作中沒有提及朝鮮（韓國）之意義的考察》，載 2006 年《當代韓國》春季號並筆者所收藏會議打印稿，網上通過百度搜索亦可調閱該文。

〔註 2〕李泳禧：《試論一個問題──對魯迅著作中沒有提及朝鮮（韓國）之意義的考察》，載 2006 年《當代韓國》春季號並筆者所收藏會議打印稿，網上通過百度搜索亦可調閱內容。

「誰都不太關心」，李先生的寂寞令人感到古代聖賢的寂寞。在會間午餐時，筆者恰巧與先生席案相對，環顧並無人與他討論他在會上所提出的問題，至於自己呢，一則語言不通，二則對老先生提出的問題，也知之甚少，所以席間除了彼此間一點客氣謙讓的語詞外，也多陷於沉默。

但憑一個中國人的情懷，以及對魯迅先生的粗淺瞭解，決不認為魯迅有看不起任何一個國家民族的意思，更不可能有曲解和攻擊友邦人民的心理與言行。李泳禧先生急切希望揭示謎底的心情可以理解，他的噴怨正是來自於對魯迅的「深愛與敬意。」遺憾的是其他學者似乎都對這個問題知之不多，或以為不太重要吧，沒有與老先生形成「應和」。

要解決李先生的疑問，當對他的問題實行研究，即：魯迅文章不涉及朝鮮，連當時震動世界的有關朝鮮人攻擊日本侵佔者的大事（安重根擊斃伊藤博文以及尹奉吉在上海虹口公園擲彈炸死日本將領的壯舉等）都「漠不關心」，懷疑魯迅思想（主要是「懂得憤怒，懂得毅然起來反抗的精神」）的真誠性，「如果真是那樣的話，可以說魯迅的哲學與文明觀是自我矛盾的。」「甚至推測會認為朝鮮民族是徹底的劣等民族。」同賣國落水文人李光洙一樣，贊同「日本人對朝鮮民族的頑固偏見。」「是對現實的錯誤認識。」〔註3〕等等，提出看法。

李先生這篇論文後來全文發表於韓國的中文學術刊物上，也載於互聯網上，成為一篇比較醒目的標題文章，產生了一定的影響。對此，筆者認為有必要對相關論點予以研究、探討與澄清。

二

檢《魯迅全集》，得到發現，魯迅文章並非「從不涉及朝鮮」，李泳禧先生的說法並不確切。他在中國聽到的「好像魯迅沒有涉及到」云云，也僅僅是「好像」，道聽途說，並不可靠。筆者手工翻閱發現，魯迅行文語涉朝鮮共有以下多處，試以論之：

（一）魯迅《燈下漫筆》一文有：「外國人中，不知道而讚頌者，是可恕的；佔了高位，養尊處優，因此受了蠱惑，昧卻靈性而讚歎者，也還可恕。可是還有兩種，其一是以中國人為劣種，只配悉照原來模樣，因而故意稱讚

─────────────

〔註3〕李泳禧：《試論一個問題——對魯迅著作中沒有提及朝鮮（韓國）之意義的考察》，載 2006 年《當代韓國》春季號並筆者所收藏會議打印稿，網上通過百度搜索亦可調閱內容。

中國的舊物。其一是願世間人各不相同以增自己旅行的興趣,到中國看辮子,到日本看木屐,到高麗看笠子,倘若服飾一樣,便索然無味了,因而來反對亞洲的歐化。這些都可憎惡。」〔註4〕以上這段可證明,魯迅並不認為自己的民族是「劣種」(眾所周知他只是攻擊民族性中的劣根性),同時提及「高麗」,與我國相提並論,顯然也並不有歧視朝鮮民族的意思。魯迅猛烈攻擊的,恰是反對亞洲改革進步,一味主張守舊,從而將亞洲當古董把玩,將亞洲人民當順從的奴隸看待。這樣的意思在魯迅行文中頗多,還如:

> 中國的文化,都是侍奉主子的文化,是用很多人的痛苦換來的。無論中國人,外國人,凡是稱讚中國文化的,都只是以主子自居的一部分。

> 以前,外國人所作的書籍,多是嘲罵中國的腐敗;到了現在,不大嘲罵了,或者反而稱讚中國的文化了。常聽到他們說:「我在中國住得很舒服呵!」這就是中國人已經漸漸把自己的幸福送給外國人享受的證據。所以他們愈讚美,我們中國將來的苦痛要愈深的!〔註5〕

顯而易見,字裏行間,魯迅的「激端」恰好緣於對自己民族的熱愛以及喚起療救的心理。推之其他當時的弱小國家民族,情同此理。魯迅的意思再明白不過,所以他在《燈下漫筆》結尾明白倡導:「這人肉的筵席現在還排著,有許多人還想一直排下去,掃蕩這些食人者,掀掉這筵席,毀壞這廚房,則是現在的青年的使命!」〔註6〕

反過來看李泳禧先生的疑問,認為魯迅長期留學日本,受到尼采思想影響,同時持有強烈的民族虛無主義(nihilism)觀點,否定中華民族以至中國文化(李原文:「認為是無能的,反進化的存在」),繼而對於鄰國朝鮮,也持同「日本人對朝鮮民族的頑固偏見。」顯為膚廓、情緒之見,理由是完全站不住腳的。

(二)魯迅《譯者序二》有:「全劇的宗旨,自序已經表明,是在反對戰

〔註4〕 魯迅:《墳‧燈下漫筆》,見《魯迅全集》第1卷,人民文學出版社,1981年,第216頁。

〔註5〕 魯迅:《老調子已經唱完》,見《魯迅全集》第7卷,人民文學出版社,1981年,第312頁。

〔註6〕 魯迅:《燈下漫筆》,見《魯迅全集》第1卷,人民文學出版社,1981年,第217頁。

爭，不必譯者再說了。但我慮到幾位讀者，或以為日本是好戰的國度，那國民才該熟讀這書，中國又何須有此呢？我的私見，卻很不然；中國人誠然自己不善於戰爭，卻並沒有詛咒戰爭；自己誠然不願出戰，卻並未同情於不願出戰的他人；雖然想到自己，卻沒有想到他人的自己。譬如現在論及日本併吞朝鮮的事，每每有『朝鮮本我藩屬』這一類話，只要聽這口氣，也是足夠教人害怕了。」〔註7〕

　　這段文字非常重要，完全可以瓦解李泳禧先生「魯迅著中不存在朝鮮。」以及魯迅或漠視或看不起朝鮮民族的立論。魯迅這篇短文寫於 1919 年 11 月 24 日，是連同前篇《譯者序》說到同一個話題的，即魯迅翻譯日本作家武者小路實篤四幕反戰劇本《一個青年的夢》。魯迅在文中特別提到了朝鮮被日本侵略吞併的事件，據魯迅全集對《譯者序二》的註釋：

　　　　日本吞併朝鮮的事　指一九一〇年八月日本帝國主義強迫朝鮮
　　政府簽訂《日韓合併條約》，使朝鮮淪為它的殖民地。

魯迅的立場態度顯而易見，本身用「併吞」一詞，也是毫無疑問的貶義詞，詞性等同侵略。而魯迅在文中特別指責了那種對他人（民族）的痛苦視而不見，甚至麻木不仁、大國沙文主義的態度，魯迅用「使人害怕」來形容這種冥頑不化、苟且偷生。其中深義，不言而喻。任何一個看得懂魯迅雜文的人，都不難明白其立場態度。不錯，魯迅有不少讚揚日本自明治維新以來積極進取的文化務實革新精神，但對其軍國主義侵略行徑，反對的立場卻是從來不曾含糊的。這是魯迅研究的共識，興許並不需要煩引。我們僅從魯迅對東北流亡青年作家群體的攜持、讚揚、鼓勵，以及響應、倡導並加入「文藝界的抗日民族統一戰線」言行即可見一斑。如其謂：「中國目前的革命的政黨向全國人民所提出的抗日統一戰線政策，我是看見的，我是擁護的，我無條件地加入這戰線，那理由就因為我不但是一個作家，而且是一個中國人……我贊成一切文學家，任何派別的文學家在抗日的口號之下統一起來的主張。」〔註8〕立場再鮮明、堅定不過了。下面還是繼續探討與朝鮮有關的行文吧：

　　（三）魯迅《〈狹的籠〉譯者附記》裏有：「日英是同盟國，兄弟似的情分，既然被逐於英，自然也一定被逐於日的；但這一回卻添上了辱罵與毆打。

〔註7〕魯迅：《譯者序二》，見《魯迅全集》第 10 卷，人民文學出版社，1981 年，第
　　　　195 頁。
〔註8〕魯迅：《且介亭雜文末編・答徐懋庸並關於抗日統一戰線問題》（一九三六年八
　　　　月三～六日），見《魯迅全集》第 6 卷，人民文學出版社，1982 年，第 529 頁。

也如一切被打的人們，往往遺下對象與鮮血一樣，埃羅先珂也遺下東西來，這就是他的創作集，一是《天明前的歌》，二是《最後之歎息》……通觀全體，他於政治經濟是沒有興趣的，也並不藏著什麼危險思想的氣味；他只有著一個幼稚的，然而是優美的純潔的心，人間的疆界也不能限制他的夢幻，所以對於日本常常發出身受一般的非常感憤的言辭來。他這俄國式的大曠野的精神，在日本是不合式的，當然要得到打罵的回贈……」。〔註9〕

以上一段，是魯迅翻譯俄國具有革命思想的盲詩人華希理‧愛羅先珂作品寫下的「附記」，魯迅同情愛羅先珂的遭遇，文中雖然沒有直接提到朝鮮的字樣，但上文第一句據魯迅全集注釋：

日英是同盟國　一九〇二年日、英帝國主義為侵略中國及與沙皇俄國爭奪在中國東北和朝鮮的利益，締結了反俄的軍事同盟。

〔註10〕

此間魯迅對我國並朝鮮兩國利益的立場態度，也算間接說出來，其義不辯自明吧。直接說到朝鮮，還有：

（四）《〈苦悶的象徵〉引言》有：「大約因為重病之故吧，曾經割去一足，然而尚能遊歷美國，赴朝鮮；平居則專心學問，所著作很不少。」〔註11〕

這是魯迅紀念《苦悶的象徵》作者廚川白村之文，也是直接記述到朝鮮語詞一例，再如：

（五）《而已集‧談所謂「大內檔案」》：「朝鮮的賀正表，我記得也發見過一張。」這是魯迅回憶在教育部整理卷綜時提到的。

以上材料至少說明魯迅並不「忽略」朝鮮，並非如李泳禧先生所說「一點也沒有」、「完全沒有涉及到」。

除此之外，魯迅也許還有涉及朝鮮的言詞。全集龐雜，且有遺漏，就以上粗略檢閱，筆者感覺亦可持之與李泳禧先生商榷。當然，對於李先生關於魯迅為什麼對當時身邊發生的「有關朝鮮民族的大事」（安重根擊斃伊藤博文以及尹奉吉在上海虹口公園擲彈炸死日本將領的壯舉等）未有見載，這不能答覆，想來一定是有客觀原因和情況的複雜性吧。比如當時消息並不像今日這麼快捷靈通，或魯迅對事件內幕並未立即充分瞭解。今日回顧歷史，當然

〔註 9〕　魯迅：《譯文序跋集》，見《魯迅全集》第 10 卷，人民文學出版社，1981 年，第 199 頁。
〔註10〕　同上，第 200 頁。
〔註11〕　同上，第 231 頁。

是一清二楚，設身處地於當時當地，則迷霧重重，危機四伏，魯迅本身處於避居和防範中，肩扛多種壓力甚至是威嚇、被通緝，要他如新聞人一樣，對外界事體立刻做出反應，這也不太現實。況且未見載於文字，不等於他沒有表明過立場態度。隨著近年魯迅資料的整理公布，學者研究的深入進行，我們發現魯迅與朝鮮國家民族關係的材料與梳理，絡繹問世，昭然若揭，這都不難回答李泳禧先生提出的問題。

三

崔雄權《接受與批評──魯迅與現代朝鮮文學》〔註12〕，筱然《魯迅與朝鮮文學》〔註13〕，康基柱《魯迅先生與朝鮮愛國青年》〔註14〕等一些近年所發表的學術論文，都向我們披露了這樣的歷史事體，即魯迅生前與朝鮮（包括韓國）文化友人有過較長時間的親密接觸，充分瞭解並支持朝鮮民族的新文藝運動並抗日愛國行為。在魯迅日記書信體中有著記錄，雖然多字詞寥寥，僅為記事，未及詳宣，但魯迅於匆忙的寫作日程中，鄭重其事，備付文案，也足見魯迅絲毫並不輕視朝鮮民族與朝鮮友人。

康基柱的論文中援引了一封魯迅於 1933 年 5 月 19 日寫給《東亞日報》（今屬韓國）記者申彥俊的一封信頗可引人注意：

> 彥俊先生：
>
> 　　來信奉到，仆於星期一（二十二日）午後二時，當在內山書店相候，乞惠臨。至於文章，則因素未悉朝鮮文壇情形，一面又多所顧忌，恐未能著筆，但此事可於後日面談耳。專此布覆，敬頌
> 　　時綏
> 　　魯迅啟上
>
> 　　　　　　　　　　　　　　　　　　　　　　　　五月十九日〔註15〕

〔註12〕《延邊大學學報》，1993 年第 1 期。

〔註13〕筱然「新浪博客」http://blog.sina.com.cn/s/blog_5a6f5a580100mi3w.html 此文原文出處無注釋。

〔註14〕此文見載新浪網，未注明論文原出處，有作者係中央民族大學副教授一行注釋，特此謹識。

〔註15〕這封信原題《魯迅給申彥俊的一封信》，據論文作者注釋曾見載《新文學史料》，1934 年 9 月（引者：1934 疑係 1984 或 1994 年誤），李政文。另查此信已見載，《魯迅全集》第 18 卷（附集），人民文學出版社，2005 年修訂版，新增加的 20 封佚信中。

魯迅與朝鮮人申彥俊在內山書店進行了長時間（一說五、六個小時）的深入
交談，申彥俊回國後記寫長文《中國大文豪魯迅訪問記》，刊於《新東亞》1934
年 4 月號。申彥俊於文中詳述了魯迅的談話，原文發表了魯迅給他的一封書
信，另一封則摘句如「雖避居度日，卻隨時都有遭橫禍的危險。」魯迅其時
是在被國民黨政府（浙江省黨部許紹棣等人）通緝中。學者現存論文雖多從
朝鮮文化人對魯迅的譯介與接受魯迅影響的角度撰文，但我們從中仍不難看
到，魯迅對朝鮮民族的同情以及對朝鮮文人特別是愛國青年的無私幫助，以
及熱誠態度、鼓勵與支持。

綜合學者康基柱、楊昭全、崔雄權、筱然、姜貞愛（韓）等近年梳理研
究，魯迅與朝鮮文化人交往的事蹟茲擇述如下，以從旁瞭解歷史，充實本文
的主題內容與論證：

（一）魯迅與柳樹人

最早把魯迅作品翻譯成朝鮮語介紹到朝鮮（今韓國）的朝鮮人叫柳基石，
他翻譯的是魯迅《狂人日記》，登載於漢城 1926 年出版的《東光》雜誌。柳
基石就讀中國期間因崇拜魯迅（魯迅原名周樹人）因而改名柳樹人。柳樹人
1905 年生於朝鮮，1911 年來華，早年就讀延吉道立第二中學，1924 年畢業於
南京華中公學，後入北京朝陽大學讀經濟學，這期間加入了朝鮮知名人士安
昌浩組織的民族主義革命團體。當時有許多朝鮮文化青年流居中國與日本，
通過中文與日文認識到中國新文學特別是魯迅的作品，一致感覺魯迅筆下的
狂人不僅寫出了中國的狂人，也同樣寫出了朝鮮的狂人。柳樹人於 1925 年春，
在時有恆的陪同下，到魯迅寓所拜訪魯迅，他向魯迅表示了自己用朝鮮文翻
譯《狂人日記》的想法，得到魯迅的鼓勵。為了準確、詳盡傳達文意，翻譯
期間多次走訪魯迅，朝文譯稿竣工拜訪那一次，愛羅先珂與周作人也在場。
魯迅對柳樹人的翻譯持毫無保留的支持態度，多次對他說：「我不懂朝鮮文，
有哪些不清楚的可以問」。1929 年，柳樹人在南京任《東南日報》總編，為翻
譯《阿 Q 正傳》又去上海拜訪過魯迅。關於這些拜訪，魯迅日記中有關於柳
樹人的記載，文雖簡略，慎重其事。

（二）魯迅與李又觀

李又觀，原名李丁奎，1919 年朝鮮「三一」運動後，畢業於日本慶應大
學，後於 1921 年來華，參加朝鮮民族主義反日團體。他通過俄國盲詩人愛羅

先珂認識魯迅，得以交接暢談。魯迅 1923 年 3 月 18 日的日記曾記有：「……下午李又觀君來。」據考李又觀是魯迅日記中最早出現的朝鮮進步文化人士。李又觀於抗戰勝利後回韓長期任教於成均館大學。

（三）魯迅與金九經

金九經原是漢城帝國大學的一名青年教師，因不滿日本殖民主義侵略統治，於 1924 年來華居北京，一段時期曾寄宿「未名社」。1925 年至 1928 年期間他在北京大學當講師，講授日文和朝鮮文，是魯迅任教北大期間的同事，據考也是魯迅日記中記錄最多的朝鮮友人。魯迅多次去未名社交流，與金九經多有過見面交談。據李霽野後來回憶，魯迅於 1929 年 5 月由上海回京省親期間，不到十天的時間裏，四次文友會晤，朝鮮友人金九經都在座，一次金九經拿出扇面請魯迅題辭，魯迅想想還題寫了自己的詩句贈送他。魯迅在與金九經談話中，特別詳細瞭解朝鮮的情況，關心與分析朝鮮的形勢。魯迅省親結束啟程回上海，金九經同李霽野、臺靜農等一眾還前往車站送行，當時金九經贈送給魯迅一本日文月刊《改造》。這些在魯迅日記中多有簡明扼要的記錄。

（四）魯迅與李陸史

李陸史，原名李活，是一位朝鮮詩人、散文家，1905 年生於朝鮮南部，二十年代末來中國，畢業於北京大學社會科。回國後曾在《中外時報》、《人文社》等新聞言論機構任職。他是 1933 年 6 月在上海萬國殯儀館認識魯迅的，回去後撰文，於 1936 年 10 月發表於《朝鮮日報》上的長文《論魯迅》，感情充沛，景仰魯迅之情，溢於言表。他寫見到魯迅的情景：「……過了三天，我同 R 氏乘汽車前往萬國殯儀館。我們剛剛結束燒香致哀，看見宋慶齡女士在兩位年輕女子的陪同下，來到了殯儀館。在宋女士一行中，我發現一位裏穿淡灰色長袍，外著黑馬褂的中年人，扶著用鮮花裝飾的靈柩失聲痛哭，我認出他就是魯迅。在傍的 R 氏也說是魯迅。大約過了十分鐘後，R 氏把我介紹給了魯迅。R 氏向魯迅介紹了我是朝鮮青年，很久以前就想拜見先生。當時，我在一位外國老前輩面前，以謹慎的態度和尊敬的心情，等候指教了。魯迅先生緊緊握了我的手。從此，我們就成了十分熟悉而親近的朋友了……」李陸史後流亡到中國加入朝鮮民族主義革命團體進行反日鬥爭，不幸被日本憲兵逮捕，1944 年壯烈犧牲於北京監獄裏。李陸史生前還翻譯過魯迅的文學作品。

（五）魯迅與申彥俊

申彥俊是朝鮮（今韓國）《東亞日報》特派駐華記者，特稿作家，與中國許多進步文化人士有過交往。他是二十世紀三十年代與魯迅走得最近的朝鮮進步文化人士，也是對魯迅記錄報導最為詳細的記者。他不僅與魯迅有過當面長談，相互約寫稿件（魯迅當時正籌辦一份《中國文壇》），且有書信交往、文字記錄（見上文引用），這些無疑都是研究魯迅與朝鮮文事的寶貴的第一手資料。

與魯迅有過聯繫的應該還遠不止上邊所述幾位朝鮮友人，據考索，在二、三十年代朝鮮留華學生、文化青年「高麗來華留學生聯誼會」成員多達數百名，其中將魯迅作品翻譯成韓文（朝鮮文）介紹到朝鮮國內的還有丁來東、梁白華、崔章學、尹永春、李允章、李慶蓀等朝鮮青年〔註16〕。

以上魯迅與朝鮮友人交往事件頗為具細，李泳禧先生的疑問與判斷應該得到回答了。

至於魯迅為什麼沒有專文寫到朝鮮，或著作中涉及朝鮮行文不太多，即如魯迅自己所言：「因素未悉朝鮮文壇情形」，他也沒有去過朝鮮國土，「我不懂朝鮮文」，所以魯迅談論朝鮮不多，正如他專門談論越南或緬甸等另外的鄰邦國家不多一樣，這並不等於忽略甚或小視朝鮮或其他鄰邦國家的存在。眾所周知，魯迅早年翻譯域外小說集，專門採擇一些當時尚處於弱小地位的、並不大知名的國家民族的文學。魯迅在《革命時代的文學》一講中曾有批評：「有些民族因為叫苦無用，連苦也不叫了，他們便成為沉默的民族，漸漸更加衰頹下去，埃及，阿拉伯，波斯，印度就都沒有什麼聲音了！至於富有反抗性，蘊有力量的民族，因為叫苦沒用，他便覺悟起來，由哀音變為怒吼。怒吼的文學一出現，反抗就快到了。」〔註17〕這裡也可反證，朝鮮民族並不在魯迅所批評的「沉默的民族」行列內，即便如埃及、印度等被點名的國家民族，魯迅也並不帶有輕視的意思，只是素有的「哀其不幸，怒其不爭」的態度表露罷了。喚起與同情「反抗」、「復仇」，「蘊有力量的民族」，這才是魯迅所謂「醒過來的人的真聲音」。

從申彥俊當年訪問魯迅的長文中更可看出，魯迅對朝鮮民族的態度，關

〔註16〕詳見崔雄權：《接受與批評──魯迅與現代朝鮮文學》，《延邊大學學報》，1993年第1期。

〔註17〕魯迅：《革命時代的文學》，《魯迅全集》第3卷，人民文學出版社，1982年，第419頁。

切、平等視之，這都是毋庸置疑的。〔註 18〕至於魯迅會不會等同朝鮮國的李光洙，即從民族虛無主義者變質為墮落文人，甚至賣國投敵，眾所周知，這擱到與魯迅當時反目成仇的胞弟周作人頭上或較允當，作為「硬骨頭」、「真的猛士」「我以我血祭軒轅」的民族精神的代表魯迅先生，則恰是李先生擔心的相反可能。

後綴

這篇論文寫就不久，不意於 2010 年歲末得到一封來自韓國的著名漢學學者朴宰雨先生發出的電子訃告，全文如下：

各位中國前輩、學者、朋友：

各位好！

有噩耗──

12 月 5 號早上，有韓國魯迅之稱的，活著的批判良心李泳禧先生永別世界！由於肝硬化去世。1929 年出生，2010 年去世，享年 81 歲。

李泳禧先生是 1980 年代韓國學生民主化運動的思想領袖，導師。我們 70 年代～80 年代讀大學的人，都受到他的影響。12 月 8 號早上 7 點在首爾辦葬禮，運驅到民主化聖地光州，永眠於光州五一八民主化墓地聖域裏。有關他的思想與活動，可以參考以前《南方週末》的採訪（附件）。

2010.12.05

韓國朴宰雨敬弔

愕然，遺憾。這篇遲到的論文，不能被李泳禧先生見到，更不能與之深入討論了。但作為一個學術話題，想應得到兩國學者的正視。

2011 年 10 月 10 日改於四川大學霜天花園工作室
此文原載《中國現代文學與韓國》2014 年第 2 卷。

〔註 18〕申彥俊訪問魯迅的這篇文章《中國的大文豪魯迅訪問記》，原刊《新東亞》雜誌，1934 年 4 月號，譯文已見載《魯迅研究月刊》，1998 年第 9 期。

第十二章　論梁啟超文學觀念中的杜甫情結

摘要

梁啟超是中國近現代轉折時期被譽為百科全書式的人物，他的文學思想與「新文體」倡導實踐雖不等同「五四」新文學主張，但堪稱前矛與同路人。梁啟超很少推重古代文學家，獨對「寫實派」杜甫十分推崇，從前期的情不自禁、每每涉及到後期的著力宣傳，並冠以「情聖」指稱，可見梁啟超文學思想方面較為清晰的發展路線與道義堅守。論文依據史料，比較系統地梳理了這方面的內容。

關鍵詞：梁啟超、文學、杜甫、「情聖」

梁啟超先生是中國近現代轉折時期被公認為百科全書式的人物，他雖然沒有直接投身於後來的「五四」新文化運動，但堪稱前矛與同路人，他對西化的新文學樂觀其成，並不反對新文學革命，他執教清華大學國學研究院前後，與新文學運動的中堅如胡適、徐志摩、趙元任等新派人物多有交際應酬，徐志摩與陸小曼結婚儀式，他出席講話；他的兒媳林徽音，也是新文學運動中出名的女詩人。梁啟超早年的「詩界革命」「新小說」「新文體」「新文藝」「新學界」「泰西鴻哲」「文藝復興」等倡導述及，包括對西哲培根、笛卡爾、莎士比亞、彌爾頓、拜倫等歐洲近代進步哲學、文學家的極力推崇、評介，與「五四」新文學運動主張雖不完全等同，卻頗有前後呼應與自然契合之勢。

尤其是「筆鋒常帶感情」的寫作實踐、範式，啟迪後人，造成很大的聲勢影響，至今仍起作用。本文就梁啟超文學觀念中的杜甫紀念情結作一梳理考鏡，以觀文學變革時代，優秀經典文藝作品的不朽價值與生機煥發。

一、《飲冰室詩話》涉及杜甫

　　《飲冰室詩話》是梁啟超在詩論領域方面一部里程碑式的作品。寫成於戊戌變法失敗後他流亡日本期間，集中反映了他對中國文藝建設、變革的理論觀點。如舒蕪校點本所述：「飲冰室詩話的基本精神，完全是服務於當時實踐上的需要，而且傾向性非常鮮明，只談當時人，只談改良派中的人，同別的詩話泛論古今者完全不同。」〔註1〕這確是《飲冰室詩話》一書的鮮明風貌與特點，與稍後出現的王國維的《人間詞話》一樣是時代精神產物，有里程碑意義，特別代表了對西方文學、哲學的重視與借鑒，但二書頗有不同，王國維主要援例與討論經典文學主要是唐宋詩詞作品，如李煜、晏殊詞等。而梁啟超則力推當世新作，所謂「近世詩人能鎔鑄新理想以入舊風格者」〔註2〕。他的「近世」主要指傾向政治維新的改良派，但尺度頗寬，出人意表，甚至包括太平天國將領石達開〔註3〕的作品，他也述及。在詩話中，他開篇即旗幟鮮明地表述：「我生愛朋友，又愛文學，每於師友之詩文辭，芳馨悱惻，輒諷誦之，以印於腦。自忖於古人之詩，能成誦者寥寥，而近人詩則數倍之，殆所謂豐於昵者耶。」〔註4〕又道：「中國結習，薄今愛古，無論學問文章事業，皆以古人為不可幾及。餘生平最惡聞此言。竊謂自今以往，其進步之遠軼前代，固不待蓍龜，即並世人物亦何遽讓於古所云哉？」〔註5〕旗幟鮮明，倡導新源，挑戰古代以及古代經典文學是不可逾越的既有觀念。「並世人物」黃遵憲、譚嗣同、康有為等當時人的詩作，是梁啟超力薦與激贊的中堅，在他眼中，這些名家特別親切，並不遜讓古代經典名家，且「進步之遠軼前代」，「能鎔鑄新理想以入舊風格」，進步意義特別重大。對這些作品他多能出口成誦、信手援引，遠過於對古人作品的親近。雖然這裡邊有著師友親炙、交際的道

〔註1〕 梁啟超著：《飲冰室詩話》，舒蕪校點本，人民文學出版社，1982年，第144頁。

〔註2〕 梁啟超著：《飲冰室詩話》，舒蕪校點本，人民文學出版社，1982年，第2頁。

〔註3〕 梁啟超著：《飲冰室詩話》，舒蕪校點本，人民文學出版社，1982年，第18、19頁。

〔註4〕 梁啟超著：《飲冰室詩話》，舒蕪校點本，人民文學出版社，1982年，第1頁。

〔註5〕 梁啟超著：《飲冰室詩話》，舒蕪校點本，人民文學出版社，1982年，第4頁。

義感情方面原因，但革新的理想觀念、激越的情懷、感同身受的知音等因素，更是他選擇與標榜的根本所在。我們現隔著一百多年的時光，回顧梁啟超推舉的近代詩家作品，客觀講能傳世的膾炙人口的佳作並不見得多，但梁氏大力推舉、倡導的意義，不言而喻。他思想解放、特具遠見卓識的胸襟勇氣，給人留下深刻印象與思考。梁氏力薦他當時的力作，在歐洲文學價值觀影響與支配下，似乎有意淡化古代傳統經典文學，就是對杜甫，他當初也存有不滿。如他說——

> 希臘詩人荷馬，古代第一文豪也。其詩篇為今日考據希臘史者，獨一無二之秘本，每篇率萬數千言。近世詩家，如莎士比亞、彌兒敦、田尼遜，其詩動亦數萬言。偉哉！勿論文藻，即其氣魄固已奪人矣。中國事事落他人後，惟文學似差可頡頏西域，然長篇之詩，最傳誦者，惟杜之《北征》，韓之《南山》，宋人至稱為日月爭光，然其精深盤鬱、雄偉博麗之氣，尚未足也。古詩《孔雀東南飛》一篇，千七百餘字，號稱古今第一長篇詩，詩雖奇絕，亦只兒女子語，於世運無影響也。〔註6〕

他認為包括杜詩《北征》在內不夠「雄偉博麗」，更「於世運無影響」，可見梁啟超當時特別看重時代精神與現實意義，以及對社會政治人心的正面影響。這種觀念滲透並貫穿於他當時的文論，可以信手拈來，即見其「重西輕中」、「厚今薄古」的前沿化意識，如：

> 詩之境界，被數千年鸚鵡名士（自注：余嘗戲名詞章家為鸚鵡名士，自覺過於尖刻。）佔盡矣！雖有佳章佳句，一讀之，似在某集中曾相見者，是最可恨也。故今日不作詩則已，若作詩，必為詩界之哥侖布、瑪賽郎然後可。欲為詩界之哥侖布、瑪賽郎，不可不備三長：第一要新意境，第二要新語句，而又須以古人之風格入之，然後成其為詩。不然，如移木星金星之動物以實美洲，瑰偉則瑰偉矣，其如不類何？若三者皆備，則可以為二十世紀支那之詩王矣。……今欲易之，不可不求之於歐洲。歐洲之意境語句，甚繁富而瑋異，得之可以陵轢千古，涵蓋一切，今尚未有其人也。
>
> ——《夏威夷遊記》〔註7〕

〔註6〕梁啟超著：《飲冰室詩話》，舒蕪校點本，人民文學出版社，1982年，第4頁。
〔註7〕《梁啟超詩文選注》，王蘧常選注，人民文學出版社，1987年，第58頁。

> 詩界革命，必取泰西文豪之意境之風格，鎔鑄之以入我詩，然
> 後可為此道開一新天地。謂取索士比亞、彌爾頓、擺倫諸傑構，以
> 曲本體裁譯之，非難也。
>
> ——《新中國未來記》〔註8〕

> 讀泰西文明史，無論何代，無論何國，無不食文學家之賜；其
> 國民於諸文豪，亦頂禮而尸祝之。若中國之詞章家，則於國民豈有
> 絲毫之影響耶？
>
> ——《飲冰室詩話》〔註9〕

在他這樣的理論譜系與改革觀念中，中國古代的經典文學顯然是有些扞格不入了！即便傑出如杜甫，似也可以忽略不計。畢竟梁啟超是登「泰西」而小天下了。但值得我們注意的是，他雖然力倡學習「泰西」，但並未放棄「又須以古人之風格入之」這一理念，這就為古代優秀文學保留了一席之地，為李杜等人的復出預留了話語空間。這與後來「五四」新文化運動一開始的主張全盤西化、一概抹殺古典文學的主張顯然有所不同，他仍主張保持本體，銜接傳統，對自己的激烈主張保持幾分冷靜與客觀。可以說這是他思想觀念中的矛盾，也可以說是他漸漸清晰起來的中西結合意識與嘗試。具有現實主義作風的唐代詩人杜甫，得此在梁氏銳意標新領異的《飲冰室詩話》中，數度出現，自然而然地被他多次提到，映像在他對當時人作品的鑒賞與比較中，作為一種歷史參照價值與表義符號，多見援引，且能應合，有古今打通之妙。雖然他認為就磅礴大氣結構篇幅方面來講，與歐洲文藝傑作相比即便有「與日月爭光」的杜甫《北征》也有遺憾，不夠完美，但比較而言，這並不減削他對杜甫作品整體上的好感，且從他對杜甫的逐漸頻繁提及與日益推崇看來，認知水平與重視程度顯然與日俱增。

其實不論中西古今，名家名作都有某些缺陷，存有一定遺憾，梁啟超時重西學，杜甫為其少有的比較滿意的古代文學家之一（另一位比較滿意的是屈原），這表現在他各階段文論與講述中，頗可相互參照、融會貫通。「我們今天遇到很多問題，梁啟超等人都經歷過，他們處理一些問題的方式對我們有價值。比如說他青年和中年的時候傾向西方的價值觀，到晚年更傾向中國

〔註8〕《梁啟超詩文選注》，王蘧常選注，人民文學出版社，1987年，第58頁。

〔註9〕梁啟超著：《飲冰室詩話》，舒蕪校點本，人民文學出版社，1982年，第59頁。

的價值。過去我們以此批評梁啟超，說他多變，但是今天我們以同情和理解看梁啟超這樣的變化，你可以發現當下中國很多學者經歷類似的階段，80 年代大家認為向西方學習是最主要的，今天很多提倡儒家的人，當年他們是向西方學習，後來他們轉向東方，這樣的轉變是怎麼回事？這個轉變的邏輯是什麼？當中隱含什麼樣的經驗和教訓？這些可以給我們一個很好的借鑒。」〔註 10〕梁啟超的「多變」，並不是人格上的問題，恰好體現了他不斷學習、自審並自我糾正的努力。從不同的角度會有不同的觀點與解讀，梁啟超的確經歷了政治制度理念立場的蛻變轉折，前後有矛盾衝突，但他的文學觀念前後較為一致，學習西方，注重現實人間，探索創新，不妨「以古人之風格入之」，這一選擇認知始終未渝，能夠形成一條清晰的發展路線。表現在對杜甫的接受與評論方面即是如此，其間有矛盾，但更見其鮮明突出、自然融合的認識。《飲冰室詩話》宣稱只評「近世詩人」，「最惡聞」「薄今愛古」，「同別的詩話泛論古今者完全不同……這樣強烈地肯定當代，這樣堅定地信仰未來，這樣勇敢地向過去挑戰，是同當時詩壇上居統治地位的各種各樣的擬古派尖銳對立的。」〔註 11〕即便如此，杜甫並沒被他輕視與遺忘，每能復活，煥發生機，這裡不避煩瑣，即將其中行文摘錄如下，以窺其用心與端倪——

　　第十一則評吳君《北山樓集》，「宋平子跋之云：『五言古體，多似陶韋。五言律體，多似少陵。七言律體，直逼江西諸祖。』蓋道實也。」

　　第十三則評丁叔雅詩：「絕似劍南學杜諸作也。」

　　第二十六則評康有為詩：「南海先生不以詩名，然其詩固有非尋常作家所能及者，蓋發於真性情，故詩外常有人也。先生最嗜杜詩，能誦全杜集，一字不遺，故其詩雖非刻意有所學，然一見殆與杜集亂楮葉。」

　　第五十三則開頭自抒感懷：「歲暮懷人，萬感交集。自念我入世以來，不過十二三年，而生平所最敬愛之親友，淪亡大半，讀杜少陵『死別已吞聲，生別常惻惻』，『魂來楓林青，魂返關塞黑』之句，不自知其涕之淋浪也。」

　　第五十四則評黃遵憲《出軍歌》四章前感：「吾中國向無軍歌，其有一二，若杜工部之前後《出塞》，蓋不多見，然於發揚蹈厲之氣尤缺。此非徒祖國文學之缺點，抑亦國運升沉所關也。」

〔註 10〕見 2012 年 9 月 15 日《新京報》，張弘《錢理群等人解讀梁啟超：我們應當理解他的「多變」》。

〔註 11〕梁啟超著：《飲冰室詩話》，舒蕪校點本，人民文學出版社，1982 年，第 144 頁。

第七十九則:「公度之詩,詩史也。」

第八十則:評楚青詩《秋感四首》,引激賞句:「亂世杜陵哀蜀道,暮年庾信泣江關。古今一樣傷心事,檢點青衫涕淚潸。」

第九十則評黃遵憲詩云,「頃復錄其詩史兩章」。

第九十三則評李亦園云:「其風格在少陵、玉谿之間,真詩人之詩也;特此二章已須人作鄭箋耳。」

第一二九則評無名氏詩云:「吾尤愛其第三章,天性之言,純肖少陵也。」

第一四一則評挽黃公度詩云:「情文沉鬱,風格遒絕。」

第一四二則評齲高詩云:「其風格直逼杜集也。」

加上前邊引述《北征》的第八則,《飲冰室詩話》算來明確提到或顯然涉及到杜甫的至少有十三則,尚不包括詩話中隱喻或化用、暗示的行文。可見梁啟超雖力除厚古薄今之積習,亦有意別開生面、不落俗套,重視當時先進的詩歌品評,但內心對杜甫作品的推崇親近顯然一以貫之,頗能迸發新意,與「今人」相提並論,是自然而然的躍出與迸現。也說明杜甫在他心目中不可旁繞的意義。

二、冠以「情聖」二字

杜甫詩歷史上多有「詩聖」、「詩史」之讚譽,梁啟超對此不僅是認同,而且冠以「情聖」二字,加以形容,在文論中逐步深入、遞相闡發,熱烈讚譽,這與他「筆鋒常帶感情」的文風有關係,並相契合,他對杜甫人間關愛的精神與現實情懷,包括其亂世飄零、身不由己的真實寫照慨歎等,都高度地加以肯定,希望這一創作風格發揚光大。這與「五四」時期反對載道的文學、粉飾的文學,從而倡導人的文學、平民的文學等思潮是互動與響應的。這無疑是中國文學走向世界、深入民間、關心社會現實變革的趨勢導向,從中表現出梁啟超文學認知由初期比較單一激進的「世用」「時事」維新理念,發展為有文學移情審美薰陶兼融並致的人間理想情懷、觀念。雖然在《飲冰室詩話》中,梁氏已多次表述杜甫「真性情」,但明確以「情聖」加以形容與譽揚,是在後期文論中,這體現他受到新時代文運與風氣的影響。探索情聖這一「封號」首見於梁啟超 1922 年 3 月 25 日編就於清華學校的長篇講演稿《中國韻文裏頭所表現的情感》〔註 12〕。這時期梁氏的講義文章,都

〔註12〕梁啟超著:《飲冰室合集》第 4 集,中華書局,1989 年,第 70 頁。

以白話語體出之，頗能深入淺出、親切見風趣，與當時業已成熟並成為風氣
的白話新體散文，初無礙滯，顯然已經融入其中，能夠渾然一體，代表時代
特色。雖然其主觀上不一定認同他自己是「五四」新文化陣營中的一員，事
實上已有惺惺相惜之功。「情聖」一說始見於《中國韻文裏頭所表現的情感》
行文：

> 中古以降的詩，用這種表情法用得最好的，我可以舉出一個人
> 當代表。什麼人？杜工部。後人上杜工部的徽號叫做「詩聖」，別
> 的聖不聖，我不敢說，最少「情聖」兩個字，他是當得起。他有他
> 自己獨到的一種表情法。前頭的人沒有這種境界，後頭的人逃不出
> 這種境界。他集中的情詩太多了，我只隨意舉出人人共讀的幾首為
> 例。〔註13〕

他列舉《新安吏》《垂老別》《哀江頭》《哀王孫》《憶昔》《夢李白》《自京赴
奉先詠懷》《述懷》《同谷七歌中三首》《百憂集行》等名篇，兼及他人作品，
包括有名的《月夜》、《春望》等。文中他特別說明，由於手邊無書，杜甫等
人詩歌全憑記憶寫出（從《飲冰室詩話》到《情聖杜甫》皆如此），說是「我
只隨意舉出人人共讀的幾首為例」〔註14〕，但舉述之間，頗見選擇，有成竹
在胸之嫻熟，顯然醞釀已久。他對杜集的熟悉程度興許並不亞於他的前老師
康有為（能默誦杜集）。他評論杜詩說：「後人都恭維他的詩是詩史，但我們
要知道他的詩史，每一句每一字都有個『杜甫』在裏頭。」〔註15〕「讀這些
詩，他那濃摯的愛情，隔著一千多年，還把我們包圍不放哩。」〔註16〕「高
岑王李那些大家，都不能和他相提並論，後來這種表情法，雖然好的作品不
少，都是受他的影響。」〔註17〕真是到了言必稱杜甫、除卻杜詩不是詩這樣
的地步。「都不能和他相提並論」，一語中的。

　　值得注意的是，梁啟超口裏的「情詩」「愛情」不獨形容異性、夫妻間愛
情，而是一種廣義的指稱，包容人間真愛、關愛、友愛、手足之愛，凡大愛，
都用「愛情」、「情詩」、「表情」之詞法結構概括之。實際體現了中國語文中
「仁者愛人」「情動於中而形於言」等提法的初義與表現手法。又加上了時代

〔註13〕梁啟超著：《飲冰室合集》第4集，中華書局，1989年，第87頁。
〔註14〕梁啟超著：《飲冰室合集》第4集，中華書局，1989年，第87頁。
〔註15〕梁啟超著：《飲冰室合集》第4集，中華書局，1989年，第89頁。
〔註16〕梁啟超著：《飲冰室合集》第4集，中華書局，1989年，第90頁。
〔註17〕梁啟超著：《飲冰室合集》第4集，中華書局，1989年，第92頁。

語詞特徵,如「人性」、「人情」、「人道」、「人文」等,都能頗相照應,新意迭出。他肯定地說,就用情寫詩的感人程度與成功不朽的價值方面,杜甫無人超越。這一認識與判斷,貫穿於文論。同年 5 月所作《情聖杜甫》(五月二十一日為詩學研究會講演)的講演稿,更加強化了這一認知,且加以特別題寫。如結尾有:「我希望這位情聖的精神,和我們的語言文字同其壽命。尤盼望這種精神有一部分注入現代青年文學家的腦裏頭。」〔註 18〕更加鮮明地表達了他新舊文學優勢互補結合的希望。梁啟超雖由保皇黨(君主立憲)出道,但其「少年中國」「新一國之民」「新文藝」「世界曙光」等文藝認知,推動其進步,能融入共和,邁入新世紀,他後來雖以壯年之身從政治舞臺前臺隱退,專攻於學術著述,但並不保守偏狹頹廢,始終追求真理的精神與堅守,於杜甫研究上邊,可見一斑。

強調感情的作用,將「情感」視為「最神聖」,他說:

> 天下最神聖的莫過於情感。用理解來引導人,頂多能叫人知道那件事應該做,那件事怎樣做法,卻是被引導的人到底去做不去做,沒有什麼關係。有時所知的越發多,所做的倒越發少。用情感來激發人,好像磁力吸鐵一般,有多大分量的磁,便引多大份量的鐵,絲毫容不得躲閃。所以情感這樣東西,可以說是一種催眠術,是人類一切動作的原動力。
>
> 情感的性質是本能的,但他的力量,能引人到超本能的境界。情感的性質是現在的。但他的力量,能引人到超現在的境界。我們想入到生命之奧,把我的思想行為和我的生命迸合為一,把我的生命和宇宙和眾生迸合為一,除卻通過情感這一個關門,別無他路。
>
> 所以情感是宇宙間一種大秘密。〔註 19〕

這種強調與論述,充滿時代元素以及知識水平,雖然在他當時有刻意淡化與規避政治紛爭的傾向,但從長遠利益與永久意義把握,無疑道出了人間的真諦。他顯然受到近代歐洲哲學更多影響,從笛卡爾、培根、盧梭、康德、柏格森等一路下來,啟蒙的意義與自由精神意志不言而喻,亦可見其擺脫或說放棄了早期君權思想的束縛與主張。他花了不少精力時間來研究、傳介歐洲哲學,為蔣百川《歐洲文藝復興史》一書作序下筆無休,長過原文,只好另

〔註 18〕梁啟超著:《飲冰室合集》第 5 集,中華書局,1989 年,第 50 頁。
〔註 19〕梁啟超著:《飲冰室合集》第 4 集,中華書局,1989 年,第 71 頁。

行印刷。故而在講解杜甫上邊，思想語境、心情、看法，都有鮮明的「世界潮」影響與烙印。與前期《飲冰室詩話》相比，對文藝的改善、教育與審美關懷作用提得更高，更加注重，如其表述：

> 情感的作用固然是神聖，但他的本質不能說他都是善的都是美的，他也有很惡的方面，他也有很醜的方面，他是盲目的，到處亂迸，好起來好得可愛，壞起來也壞得可怕。所以古來大宗教家大教育家，都最注意情感的陶養。老實說，是把情感教育放在第一位，情感教育的目的，不外將情感善的美的方面儘量發揮，把那惡的醜的方面漸漸壓伏淘汰下去。這種工夫做得一分，便是人類一分的進步。

> 情感教育最大的利器，就是藝術。音樂美術文學這三件法寶，把「情感秘密」的鑰匙都掌住了，藝術的權威，是把那霎時間便過去的情感，捉住他令他隨時可以再現，是把藝術家自己「個性」的情感，打進別人們的「情閾」裏頭，在若干期間內佔領了「他心」的位置，因為他有恁麼大的權威，所以藝術家的責任很重。為功為罪，間不容髮。藝術家認清楚自己的地位，就該知道，最要緊的工夫，是要修養自己的情感，極力往高潔純摯的方面，向上提挈，向裏體驗，自己腔子裏那一團優美的情感養足了，再用美妙的技術把他表現出來。這才不辱沒了藝術的價值。〔註20〕

《情聖杜甫》繼續闡釋類似情感藝術，認為唯有情感是「不受進化法則支配的」，古今可以通融穿越；其次非得以本國民族語言文字工具純熟地加以表現才好，否則「縱然有很豐富高妙的思想，也不能成為藝術的表現。」〔註21〕在此前提下，杜甫詩作顯然成為梁啟超演講舉例的不勘之例、不二之選——

> 因為他的情感的內容，是極豐富的，極真實的，極深刻的，他表情的方法又極熟練，能鞭闢到最深處，能將他全部完全反映不走樣子。能像電氣一般一振一盪的打倒別人的心弦上。中國文學界寫情聖手，沒有人比得上他。所以我叫他做情聖。〔註22〕

〔註20〕梁啟超著：《飲冰室合集》第4集，中華書局，1989年，第71、72頁。
〔註21〕梁啟超著：《飲冰室合集》第5集，中華書局，1989年，第37頁。
〔註22〕梁啟超著：《飲冰室合集》第5集，中華書局，1989年，第38頁。

我們可將前後相近時期著作文論的王國維、魯迅與梁啟超加以比較，可以看出，三人都受到歐洲近代哲學、文學思想影響，從而反觀故有文明，王國維側重叔本華、尼采的悲觀（悲劇）哲學，比較認同李煜那樣的「血淚」「懺悔型」作家；魯迅力主反抗，肯定「摩羅」詩派，同情魏晉風度；梁啟超則著重情感活力（顯然受柏格森生命活力哲學影響），提出杜甫加以聲張。三人的側重與褒貶不盡相同，探索追求與世界大潮呼應的用心則不約而同。最終取法不一，道路有別，但貢獻求真，精神於今瀏亮同輝。

三、李杜並稱，更愛杜甫

梁啟超早年著文即追求「自解放，務為平易暢達」、「縱筆所至不檢束」「筆鋒常帶感情」「別有一番魔力」等效果，近乎檄文體例的「新文體」、新文藝、新認知，涉及文史哲乃至社會政治、邊疆地理各個領域，可稱縱橫捭闔，氣象萬千，影響深遠，稱為那一時代的「百科全書」，並不過譽。遁身於學術領域後，思辨縝密，仍不掩激情，每有登高一呼的勇氣，冠稱杜甫「情聖」，即其一例。總體說來與前期比較更加沉穩一些，專注一些，但絕非改弦易幟、否定前是。有人論其「後來漸漸趨於保守，失去了往日的生龍活虎、沖決常規、長江大河挾泥沙俱下的氣勢。回國以後，更走向復古道路，晚年雖然也曾贊助文學革命運動，但意氣卻迥非疇昔了。這是和他政治思想上，逐漸失去革命朝氣，逐漸走上反動道路，是分不開的。」〔註 23〕這顯然是由於歷史侷限的違心之論。梁啟超有過徬徨甚至失誤，但絕無反動，作為文學領域的先行者、探索者，其堅持改革探索的精神與博大情懷，殊無改變。如其自述：

> 吾儕處漫漫長夜中垂二千年，今之人皇皇然追求曙光饑渴等於百里者，不知凡幾也。不求而得，未之前聞；求而不得，亦未之前聞。歐洲之文藝復興，則追求之念最熱烈之時代也。追求相續，如波斯蕩，光華爛漫，迄今日而未有止。吾國人誠欲求之。則彼之前躅，在在可師已。〔註24〕

發揚蹈厲，擇善而從。在古典文學中，對唐代李杜並稱，看到他們各自的好處，由於更加重視現實民生的原因，他更加親近杜甫。如早年《秋蟪吟館詩

〔註23〕《梁啟超詩文選注・前言》，王蘧常選注，人民文學出版社，1987 年，第 54 頁。

〔註24〕梁啟超著：《飲冰室合集》第 5 集，中華書局，1989 年，第 44 頁。

鈔序》裏即指出：

> 詩果有盡乎？人類之識想若有限域，則其所發宜有限域，世法之對境若一成不變，則其所受宜一成不變，而不然者。則文章千古其運無涯，謂一切悉已函孕於古人，譬言今之新藝術新器可以無作，寧有是處？大抵文學之事，必經國家百數十年之平和發育，然後所積受者厚，而大家乃能出乎其間。而所謂大家者，必其天才之絕特，其性情之篤摯，其學力之深博，斯無論已。又必其身世所遭值有以異於群眾，甚且為人生所莫能堪之境，其振奇磊落之氣，百無所寄泄，而一以迸集於此一途。其身所經歷，心所接構，復有無量之異象以為之資，以此為詩，而詩乃千古矣。唐之李杜，宋之蘇黃，歐西之莎士比亞、戞狄爾，皆其人也。……然以李杜萬丈光焰，韓公猶有群兒多毀之歎，豈文章真價必易世而始章也？〔註25〕

李杜蘇黃，可與西賢相提並論，正確看待。他對李白的欣賞表述與批評，由來已久，並無偏見。試摘數條於下：

談到文學的「化學（合）作用」：

> 唐朝的文學，用溫柔敦厚的底子，加入許多慷慨悲歌的新成分，不知不覺便產生出一種異彩來。盛唐各大家，為什麼能在文學史上占很重的位置呢？他們的價值，在能洗卻南朝的鉛華靡曼，參以伉爽真率，卻又不是北朝粗獷一路。拿歐洲來比方，好像古代希臘羅馬文明，攙入些森林裏頭日耳曼蠻人色彩，便開闢一個新天地，試舉幾位代表作家的作品。〔註26〕

於是列舉了李白《行路難》、杜甫《前出塞》、高適《燕歌行》，都給予很高評價，印證「民族化合」（即吸收、採納、融合意）的文學觀念。專論李白如：

> 浪漫派的文學，總是想像力愈豐富愈奇詭便愈見精彩，這一點，盛唐大家李太白，確有他的特長。

列舉李白詩《公無渡河》、《蜀道難》、詞《桂殿秋》，加以說明：

> 太白集中像這類的很多，都可以證明他想像力之偉大。能構造出別人所構不出的境界。……這類詩詞，從唯美的見地看去，很有價值，他們並無何種寄託，只是要表那一片空靈純潔的美感。太白

〔註25〕梁啟超著：《飲冰室合集》第 4 集，中華書局，1989 年，第 76、77 頁。
〔註26〕梁啟超著：《飲冰室合集》第 5 集，中華書局，1989 年，第 107、108 頁。

> 介甫一流人，胸次高曠，所以能有這類作品，像杜工部雖然是情聖，
>
> 他卻不會作此等語。〔註27〕

論及各有千秋，客觀中允。對李白的感受相對來說比較平面，所涉及的地方少於老杜，這是出於他對「寫實派」的選擇，體現了自入世以來特別關注社會現實的作風。對杜甫不吝讚揚之辭，用了「最好」、「最精彩」、「最深刻」、「最動人」、「很好」的種種評價乃至「情聖」的冠稱，愛賞之情，溢於言表，呼之欲出。反之對李白的不滿與遺憾也不加掩飾，如談及漢樂府時說：

> 大略可以看得出當時平民文學的特彩，是極真率而又極深刻，
>
> 後來許多專門作家都趕不上。李太白刻意學這一體，但神味差得遠
>
> 了。〔註28〕

對李白以後的豪放誇張派，他也說：「這一派詞，我本來不大喜歡，因為他有爛名士愛說大話的習氣。」〔註29〕

　　也許這就是梁啟超認為杜甫「同時高岑王李那些大家都不能和他相提並論」的理由吧，這一重視真誠品格與人間大愛情懷的立場從《飲冰室詩話》到《情聖杜甫》，路線清晰明白，感發認知是逐日遞增深入的。這也是梁啟超率真之處，是他「筆鋒常帶感情」的本色表現以及文學審美認知的與時俱進及道義堅守。

原載《成都大學學報》2015 年第 4 期。

〔註27〕梁啟超著：《飲冰室合集》第 5 集，中華書局，1989 年，第 132 頁。

〔註28〕梁啟超著：《飲冰室合集》第 5 集，中華書局，1989 年，第 85 頁。

〔註29〕梁啟超著：《飲冰室合集》第 5 集，中華書局，1989 年，第 109 頁。

第十三章　梁啟超筆下的岳飛風骨

　　在我國晚清、近代歷史上，梁啟超早年屬於「康梁」一黨，是要求維新、變法、君主立憲、實現開明的賢君政治的保皇派，與毅然決然提出「驅除韃虜，恢復中華」口號即帶有鮮明的民族主義色彩的革命黨人孫文、黃興等是有軒輊之別的。傳說梁啟超青年時代因辯論挨過他人兩個耳光，一個是章太炎學派人打的，一個即孫中山革命黨一派人打的。梁啟超一生前後期政治態度有所變化，即前期保皇，後期則反對封建帝制復辟（支持並聯合學生蔡鍔討袁即一例），總體來說，梁啟超的政治思想是主張西方資產階級式的開明與改良，他雖然嫉惡如仇、激情澎湃，但並不主張武裝動亂與暴力革命，他生命最後十年退縮學術，也即這種政治選擇的被動結果。故此梁啟超的文章中少有提及歷史上的民族英雄，在民族意識方面，他率先提出「中華民族」這個具有包容與團結意義的口號，歷來不主張「反清復明」與「扶漢排滿」，清末海內外的革命黨人後期也實際採納了各族人民聯合反對清王朝封建專制的策略，志在開創民國，實現共和，由激烈的反滿主張改為反清、反對專制。這一進程間梁啟超的影響（他避難海外所撰大量行文風靡神州）無疑是潛移默化、不可忽略的。

　　梁啟超因為早年追隨老師康有為，將光緒皇帝視為一代明主，故而在種族、民族思想方面並不激烈，比較兼容與因循。即使後期（民國時代），也並未改弦易轍、否定早年的選擇。但人都是矛盾的綜合體，梁啟超畢竟比康有為年輕十一歲，加之他為人敢於擔當，胸懷「以天下為己任」，自號「任公」，寫文章如其自述：「縱筆所至不檢束」、「筆鋒常帶感情」，其慷慨悲歌的作風，有時候也頗接近於革命黨人。他的名作《少年中國說》如一篇愛國宣言，似與封建老朽帝國勢不兩立。他在文末令人罕見地加了一個「作者附

識」──

> 「三十功名塵與土，八千里路雲和月。莫等閒白了少年頭，空
> 悲切。」此岳武穆《滿江紅》詞句也，作者自六歲時即口受記憶，
> 至今喜誦之不衰。自今以往，棄哀時客之名，更自名日少年中國之
> 少年。

真是擲地有聲！這是梁啟超二十八歲（1900 年）所寫作，我們可以體會，他
是如何的忍了又忍，終於把心中拱護的岳飛這一民族英雄抬了出來！誰不知
道岳飛是南宋時代抗金的民族英雄，而當時統治者滿清貴族即金人之後。革
命黨人大書特書岳武穆「還我河山」，康梁一黨，並不主張革命，不主張推翻
清王朝（只與慈禧舊勢力勢不兩立）而改朝換代。但梁啟超為激情驅使，筆
下居然將岳武穆表白出來，唯一的原因，就是岳飛《滿江紅》詞對他的影響
實在太深刻，如其自述，自小「口受記憶」、「喜誦不衰」，使其當時不吐不快，
而罔顧其他，無所顧忌了！雖然梁啟超追隨康有為老師，政治主張有侷限性，
但他的熱血澎湃、「少年」英氣膽氣，一如他寫到公車上書六君子祭文等檄文
一樣，近乎於舉起了聲討封建黑暗專制的大旗，自己也能慷慨赴死、獻身中
華一樣！

另一部他於流亡日本時寫下的名著《飲冰室詩話》，亦提到岳飛《滿江
紅》詞──見詩話第一一九則：

> 樂學漸有發達之機，可謂我國教育界前途一慶幸。苟有此學專
> 門，則吾國古詩今詩，可以入譜者正自不少；如岳鄂王《滿江紅》
> 之類，最可譜也。

喜愛之情，溢於言表。

《飲冰室詩話》中更有一則（第二十五則）令人大跌眼鏡，他居然寫到
太平天國英雄石達開的詩歌，稱其「太平翼王石達開，其用兵之才，盡人知
之，而不知其嫻於文學也。」於是轉錄石達開詩作五首，尤其對其中第三首
激賛有加，稱為：「不愧作者之林，且仁人之言藹如也。」這一首的內容我們
轉錄如下：

> 揚鞭慷慨蒞中原，不為仇讎不為恩。只覺蒼天方憒憒，莫憑赤
> 手拯元元。三年攬轡悲羸馬，萬眾梯山似病猿。我志未酬人亦苦，
> 東南到處有啼痕。

在文尾，梁啟超更抖出石破天驚的評論，說道：

又聞石有所作檄文，全篇駢驪，中四語云：「忍令上國衣冠，

淪於夷狄；相率中原豪傑，還我河山！」

熱烈讚道：「雖陳琳、駱賓王，亦無此佳語，豈得徒以武夫目之耶？」

稱其佳語！無人不知，「還我河山」，係岳飛親筆，同其《滿江紅》詞作、手書諸葛亮前後《出師表》一樣有名，在清末時激起多少人的民族英雄正氣與反抗精神，梁啟超居然在他的《飲冰室詩話》前部分中，寫出這樣的行文來，可稱出人意表！這只能說明，梁啟超內心深處的民族解放與愛國主義情懷，實質上與孫文、黃興等眾多革命黨人，並無對立二致。這也許是他以後出任民國北洋政府要職的基因吧，也是他後來與老師康有為產生政治分歧、割席分裂的前因吧。

《飲冰室詩話》拋棄傳統詩話的舊路，幾乎全部是高度地讚揚當時人（石達開相去也只幾十年）的創作，所錄幾乎全為「詩界革命」的闖將與顯例（黃遵憲、譚嗣同等）。那些不惜蹈海赴死、殺身成仁以喚醒民智的民族英雄，在梁啟超心中其實正有著至高無上的地位與深刻無可替代的影響作用！

梁啟超自己形容不特別愛好與擅長詩詞歌賦，其實他的詩詞也是別具一格，可稱迴腸盪氣，有時代風範。他亦有《滿江紅》詞作一首，岳武穆《滿江紅》影子鮮明可見：

如此江山，送多少英雄去了。又爾我蹣塵獨漉，睨天長嘯。炯炯一空餘子目，便便不合時宜肚。向人間一笑醉相逢，兩年少。使不盡，灌夫酒。屠不了，要（漸）離狗。有酒邊狂哭，花前狂笑。

劍外惟餘肝膽在，鏡中應詫頭顱好。問匏黃閣外一畦蔬，能同否？

詞中雖有歷經驚濤駭浪之後的失意成分，有些牢愁，但岳飛與辛棄疾、陸游詞作的風骨影響，顯而易見！岳飛《滿江紅》詞中的關鍵詞如：「塵與土」「仰天長嘯」「少年」以及百折不撓、誓逐強寇的意志，其中都有直接或間接的體現、化用。英雄豪氣與時光憂煎情懷，是《滿江紅》詞作近千年來以一貫之的風格，梁啟超一如既往。

岳飛，毫無疑問，正是梁啟超愛國主義情懷以至下筆「壯懷激烈」、「筆鋒常帶感情」的原動力之一。

2013.11.24 改於成都航空港霜天老屋

原載《岳飛文藝研究》專輯，四川大學出版社，2014 年 3 月出版。

第十四章　古今並重的李杜友情
——著重現代研究成果

摘要

　　歷史上李白杜甫向來被後人並稱「李杜」，兩人親密無間、經久難忘的友情傳為文苑佳話。即便在反對古典文學桎梏為號召的五四新文學運動中，現代學者仍然被李杜友情感動與鼓舞，寫下許多帶有謳歌、讚美性質的研究、梳理李杜的文章，形成跨時代的重要文獻與成果，呈現出從來沒有過的鮮明思想與時代特色、傳記體系。李杜友情最強有力的證明是李杜自己的詩歌記錄，這經得住「新批評」式的反覆細讀與挖掘，具有豐富的所指與能指。另外大量歷史文檔資料信息互文參證，構織成一張關係緊密的信息網。李杜友情是傑出文學家相重相親的典範例證，古今研究成果可以互文並重。

關鍵詞：李白、杜甫、友情、古今研究

　　中國文學史上兩位最傑出的詩人李白與杜甫生同時代，相識、相處、相知與相互紀念，留下不朽的詩歌記錄，這在中國文學史上一直傳為佳話。即便以打倒古典文學權威統治、破除僵死桎梏為號召的「五四」新文學運動開展，不少新文學作家、學者，仍舊被唐代李白與杜甫的結識友誼詩篇深深感動和熱情鼓舞，視那一段友情為千古文人相親相重的光輝範例。從梁啟超、胡適、鄭振鐸、聞一多、朱自清、李長之、郭沫若、朱東潤、馮至、林庚、

顧隨到程千帆、安旗、劉開揚、金啟華、傅璇琮、陳貽焮、葉嘉瑩、莫礪鋒
等等，中間還有多少研究、考證與書寫李杜友情的現代學者，難以枚舉，說
數以千計，興許並不誇張。歷來並稱「李杜」，不僅對其文學成就一視同仁、
并相敬重，也是對二人珍貴友情的特別紀念。清張岱有《夜航船》一書述一
和尚坐船因敬畏對面讀書人一直縮縮雙腿，當聽到對方信口開河說李杜是同
一個人的名字時，就毫不猶豫地將腳伸直出去了。這雖然是個笑話，卻也表
現了往昔民間對李杜的尊崇與家喻戶曉的知名度。

　　近年也有極個別學者出於學術「創新」的用心置疑李杜「公案」，如立論
說「李杜二人交往並非『相知甚深』，也並非『互不待見』，而是失落的知識
分子偶遇到一起，同借一壺濁酒澆卻心頭的塊壘而提筆作詩，此乃當時士子
風尚，非獨李杜二人專己之意。」〔註 1〕懷疑李杜之間並無深厚友誼，推論
杜甫懷念李白的詩寫得多無非是「憐其才」，而「醉眠秋共被」之類也無非是
限於當時住宿條件不好偶然拼床而已，總之說李杜實乃偶然萍水相逢，無非
借酒澆愁、不出泛泛之交云。學術無禁區，置疑已有的定論，挑戰學術權威
的勇氣固然可嘉，但置疑的論據與理由稀薄缺失，顯得主觀片面甚至武斷，
不免就會蹈入空洞無力之論，甚至落入「妄議」的言詮。換句話說，要挑戰
李杜難能可貴的友情一說，首先還不是挑戰以前的學術權威、研究名家的定
論，首先應是挑戰李杜自己的詩篇──這才是第一手的證據，即所謂「李杜
文章在，光焰萬丈長」。（韓愈句）即便用現代「新批評」的方法，拋開成見
他說，細讀文本，詩作據實存在，毋容抹殺，且「所指」、「能指」因細讀
會迭發新意、清晰再現，置疑者先要跨越這道天塹，談何容易，又豈能視而
不見！

　　留傳下來的杜甫寫及李白的詩將近二十首，直接題贈與點名道姓述及的
即達十五首，未及提名但內容相關涉的還有多首。李白寫贈杜甫的詩，現存
四首。二人詩作具體篇目，學界眾所周知。如果說二人係泛泛之交的關係，
偶而相遇相處，不過是借酒澆愁的「過眼煙雲」式人物，那麼我們要問：豈
有長期以來杜甫對李白的又是「思」、又是「憶」、又是「夢」？「寂寞書齋
裏，終朝獨爾思。」「故人入我夢，明我長相憶。」「三夜頻夢君，情親見君
意。」……

　　沒有血緣親情的外人，若無深厚的友誼以及曾經朝夕相處的難忘記憶，

〔註 1〕霞紹暉：《李白杜甫交誼考論》，《杜甫研究學刊》，2013 年第 3 期，第 101 頁。

豈能如此「情親」地懷念？豈能如此一往情深？這差不多是杜甫自己站出來在反覆說明事實了，可我們還有個別學者要置疑、反對、「另闢蹊徑」。「事實勝於雄辯」。正如梁啟超先生當年所感發：「這些詩不是尋常應酬話，他實在拿鄭（按指鄭虔）、李等人當一個朋友。對於他們的境遇，所感痛苦和自己親受一樣，所以做出來的詩句句都帶血帶淚。」〔註2〕任公說得有理。想想，誰會連續做十多二十首詩「帶血帶淚」、指名道姓、淋漓盡致地去抒發懷念一個路人（或偶而同住過旅舍的人）呢？這是不辯自明的事體。何況杜甫生前多有描述彼此友情的細節，如：「余亦東蒙客，憐君如弟兄。醉眠秋共被，攜手日同行。」（《與李十二白同尋范十隱居》）「三夜頻夢君，情親見君意。告歸常局促，苦道來不易。」（《夢李白二首其二》）「乞歸優詔許，遇我宿心親。……醉舞梁園夜，行歌泗水春。」（《答李十二白二十韻》）等等，歷歷描繪如同畫出，這還不是知心朋友的鐵證嗎？

　　李杜先後幾度同聚同遊（一年多內，至少三次）、并相期約，這都見於詩中表述，豈是「偶而相逢」呢？李杜當年的詩篇都未必齊全地流傳下來，有專家認為杜甫詩數量「估計將近三千首，現在留存的有一千四百多首。」〔註3〕我們可以想像，杜甫懷李白寫李白興許還有散失的詩章，即便如此，以現存詩數述及，亦可稱證據飽滿結實充分、資料翔實。李白呢，他「敏捷詩千首」，身世坎坷，性情不拘，曾經歷下獄與流放，散失作品應該會更多。即便這樣，還有四首詩留存下來，傳誦千年未泯，可以推敲考證，豈容輕易將之抹殺？李詩中如：「相失各萬里，茫然空爾思。」（《秋日魯郡堯祠亭上宴別杜補闕范侍御》）〔註4〕「思君若汶水，浩蕩寄南征！」（《沙丘城下寄杜甫》）如果不是真朋友、好朋友，不是相互欣賞、情趣相投、希望再次相會、相處相聚的，能夠說出「思君若汶水」這樣自然貼切、形象生動、深情的形容表述嗎？

　　置疑與否定李杜友情先要跨越李杜自己詩篇的這個事實「天塹」，倘若對之視而不見，強作曲解、主觀臆斷，不啻如古人比喻的刻舟求劍、緣木求魚，甚至掩耳盜鈴，並也偏離社會科學研究的道路與方法。李白詩後半時期固然沒見到再寫到杜甫的詩了，但沒見著不等於他沒寫，即便沒寫，「茫然空

〔註2〕梁啟超：《飲冰室合集‧情聖杜甫》第5集，中華書局，2011年版，第42頁。

〔註3〕劉開揚：《杜甫》，上海古籍出版社，1978年，第95頁。

〔註4〕專家多認為「杜補闕」後二字係杜甫名字傳抄間的衍訛之文，詳見郭沫若：《李白與杜甫》，人民文學出版社，1971年，第101、102頁。

爾思」，不是李白對朋友的一種深深思念、憶述的方式嗎？不一定寫出來才是「思」。就現有篇目來說，也足證兩個好朋友之間經久的友誼與非同尋常的心心相印了。

　　五四新文學曾以推翻傳統的貴族式僵死的古典文學桎梏為號召，一度甚至偏激地輕視古代文學家，但李杜的才情與友情，「光焰萬丈長」，研究竟迄未中斷，甚至引領與發展到一個新的高度——即以現代社會科學的研究形態方法，大書特書，呈現出從未有過的鮮明時代特色與成就體系的傳記文學、考論風貌。使李杜的友情，不僅更加清晰如畫、曲折入微，更加感人，富有歷史寓意，凡名家研究至此，無不「筆下常帶感情」，力求重現那一段不朽的傳奇——

　　如聞一多立傳時不禁激動抒發：「寫到這裡，我們該當品三通畫角，發三通擂鼓，然後提起筆來蘸飽了金墨，大書而特書。」〔註5〕聞一多將李、杜相會與孔、老相會相提並論、一視同仁，可見其重視的程度。置疑李杜友誼論者偏對此不以為然，還有些諸笑的意思在裏邊。那麼我們要問：作為一個文學工作者或者熱愛文學的人，李杜相會難道不是中國文學史上一件值得十分紀念的盛事嗎？不是後世應該師表的高風亮節與坦蕩襟懷嗎？聞一多的激動代表了人類對天才精英善類人物並相倚重、心靈交匯的喝采與敬重：「如今李白與杜甫——詩中的兩曜，劈面走來了，我們看去，不比那天空的異瑞一樣的神奇、一樣的有重大的意義嗎？」〔註6〕葉嘉瑩教授論及此時也頗有動容道：「李白、杜甫兩個人到各地飲酒作詩，登山臨水，共同度過了一段千載之下猶使人豔羨不已的相知相得的日子。」〔註7〕這些出諸現代、今人的心靈感受與研究結論是有強大依據支撐，有說服力的，並非是空穴來風、一廂情願。反之否定者倒顯得像是在望空打拳、自命勝出。中國現代文學與學術研究在走向世界大潮的進程中，重視人文精神與平等、自由主張，因此在書寫文人友情方面，表現出比古人更多的遠見卓識與深刻完整理解，更具一種介入與分享的激情，這恰好表明了李杜的友情在現代人的進程中，同樣具有日新月異、星斗其空的不朽的人文價值與啟迪意義。五四新文學的作家、學者從李杜才華與友情中汲取了充分的養料與激情，對於發揚優良傳統、結盟文學社

〔註5〕聞一多：《唐詩雜論・杜甫》，中華書局，2003年，第150頁。

〔註6〕聞一多：《唐詩雜論・杜甫》，中華書局，2003年，第150頁。

〔註7〕葉嘉瑩：《葉嘉瑩說杜詩》，中華書局，2012年，第37頁。

團、同事創作、建構新型的同志、同行關係，亦饒有裨益，從而推動新文學建設，開拓文學遺產研究的新局面、新天地。這些，可說都是許多現、當代學人從事李杜研究的用意寄心、根本所在吧。

對於李杜二人間曾有嘲謔（揶論）一說的成見，可以商量。退一步說，即便有，我們認為也是朋友間的善意詼諧，從中滲透著關愛之情。杜甫：「痛飲狂歌空度日，飛揚跋扈為誰雄？」其實並非指謫李白，實則記述李杜二人相約重逢後再次興會聚遊時，彼此間的共同寫照，前句「相顧」一語，即已說明問題。對此郭沫若有過論證：「『空度日』、『為誰雄？』都是憤世嫉俗之詞，在慨歎英雄無用武之地。這裡指的不僅是李白一個人，也包含了杜甫自己。」〔註8〕已有學者指出，郭沫若寫下的這些見識，實際上也寄寓了他自己寫作當時（文革中）的風險處境與受人排斥的心態。李白年長杜甫十一歲，對杜甫或有過一點兒詼諧調侃逗弄的意思，也合乎李白灑脫不羈、為人奔放的性情，這不僅不足為據置疑李杜的友好，反而能說明二人的親密無間、無話不談，並不見外。宋人舊有的有關李杜或許「互不待見」之測論，本不足採信。一則唐宋朝代間情況不同；二則人與人並不同。李杜的偉大，即在於胸懷寬廣、心底無私、惺惺相惜、相互欣賞、昇華在詩意相輝映的純粹美學生活中。如《新唐書‧本傳》所謂：「渾涵汪茫，千匯萬狀。」不可用俗世凡意去加以猜測、衡量、看待。宋代文人吏治，「偃武修文」，文官地位提高，黨爭派別矛盾激烈，利害關係更加明顯，以宋度唐，本有侷限；以小溪量大海，相去豈不以里計？

李杜幾番同遊，相期相約，相親相重，學界歷來對此只有時間上、界定上的分歧，而沒有事實認可上的分歧。這一段歷史鑄成，已成文學界同人共同呵護的心靈豐碑、精神家園。除去李杜自述彼此相印證外，還有同遊者的記錄，可為鐵證。這無疑形成一條證據鏈條，堅實無懈。我們說，這首先是同為盛唐著名詩人的高適的證明。正如研究者所論：「李白與杜甫、高適同遊梁宋，在盛唐詩壇上，乃至在中國文學史上，都是一件非常重大的事。」〔註9〕

眾所周知杜甫與高適是一生莫逆之交，即便後來政治見解或許小有分

〔註8〕郭沫若：《李白與杜甫》，人民文學出版社，1971年，第99、100頁。

〔註9〕王伯奇：《李白與杜甫、高適遊梁宋時間新考》，載《中國李白研究》，黃山書
　　　社，2002年，第558頁。

歧，卻並不影響二人間的經久友誼與思念。聽到高適去世，杜甫有《聞高常侍亡》一詩痛哭之，其中：「致君丹檻折，哭友白雲長。獨步詩名在，只令故舊傷。」傷痛之情，溢於言表！過了六、七年，從篋中檢出高適的贈詩，杜甫又寫詩追悼。《追酬故高蜀州人日見寄》題下更有「並序」一章，是少見的杜甫的一篇「散文小品」（杜甫詩序行文存約八篇），其友情深重，最能體現杜甫為人重情重義的性格，可與哀念李白詩、序相對讀：

> 開文書帙中，檢所遺忘，因得故高常侍適往居在成都時高任蜀
> 州刺史人日相憶見寄詩。淚灑行間，讀終篇末！自蒙詩，已十餘年；
> 莫記存歿，又六、七年矣。老病懷舊，生意可知。今海內忘形故人，
> 獨漢中王與昭州敬使君超先在。愛而不見，情見乎辭。大曆五年正
> 月二十一日，卻追酬高公此作，因寄王及敬弟。〔註10〕

「追酬」即對亡故的朋友寫詩回答其生前投贈，可見生者的深長思念。「忘形故人」，指親密無間的老友，其時李白也亡故，故杜甫敘存世知己已極為寥落。「愛而不見」，這種愛，寧非偉大的友愛、知音間的深情？昔人有雲杜甫不擅長散文，其實不然，這一篇小品文字，就特別自然生動、明白如話，可稱字字珠璣，「淚灑行間」，令人信服。

與「高李輩」的同遊情景，是杜甫詩中寫得最詳細、最生動（今如成都浣花溪公園吹臺相會三人雕塑，即據杜詩而作。），給後人留下了無限想像的空間。膾炙人口的詩有二首：

《昔遊》

> 昔者與高、李（適、白），晚登單父臺。寒蕪際碣石，萬里風
> 雲來。桑柘葉如雨，飛藋去徘徊。清霜大澤凍，禽獸有餘哀。

《遣懷》

> 憶與高李（適、白）輩，論交入酒壚。兩公壯藻思，得我色敷
> 腴。氣酣登吹臺，懷古視平蕪。芒碭雲一去，雁鶩空相呼。

其曠古知音、高山流水之韻味，呼之欲出。高、李年齡同齡或很相近，朱東潤先生《杜甫敘論》稱「這兩位詩人都比杜甫年長一些，李白長十一歲，當時已是全國聞名的詩人。高適長三歲，……」〔註11〕這是一派的觀點；多數學者考證則傾向於高李應係同歲或年齡極相近。高適年譜確定其生於唐武后

〔註10〕 《杜甫選集》，上海古籍出版社，1983年，第365頁。
〔註11〕 朱東潤：《杜甫敘論》，人民文學出版社，1981年，第18頁。

長安元年辛丑（701 年）〔註12〕。按杜甫稱謂的排序，我們相信高適比李白或許還稍年長一點兒。高適前期（五十歲前）懷才不遇、落拓坎坷，《唐才子傳》稱其：「年五十始學為詩，即工，以氣質自高，多胸臆間語，每一篇已，好事者輒傳播吟玩。嘗過汴州，與李白、杜甫會，酒酣登吹臺，慷慨悲歌，臨風懷古，人莫測也，中間倡和頗多。」〔註13〕年五十始學詩或許不可信，從杜甫的敘述看來，「兩公壯藻思」，李、高二人的文采都是飛揚的，性情也是耿直豪爽的。「壯藻思」應還有世人或同好認可的一層意思在裏邊，並非單是杜甫一人的看法表白。高適本身詩歌質量也能說明問題。三人「忘形」的聚會真實可信。杜甫年輕十一、二歲，在旁邊為兩個老大哥的高談闊論、激揚文字點頭喝采，這是合乎情理的，也是「細論文」的佐證。「嗚呼壯士多慷慨，合沓高名動寥廓。」（杜甫《追酬故高蜀州人日見寄》）誰說不也寄寓著當年吹臺等地三人興會、「合沓」的具體回憶呢？高適年譜作者述：「高適交遊甚廣，朋友中有著名詩人、文士有儲光羲、綦毋潛、賀蘭進明、王維、薛據、李頎、李邕、顏真卿、張旭、李白、杜甫、沈千運、岑參、王之渙、獨孤及、賈至等，有彼此酬贈之詩文可證。而與杜甫尤為莫逆之交，屢有酬唱。」〔註14〕這其中的多數文學家，與李杜先後有過從。所以說，這些友誼，形成一個友情鏈結，彼此援引與參照、互文，實為盛唐文學「文人相重」的優良風氣的驕傲與見證！杜甫一生致懷李白、高適、嚴武的詩歌最多，如果說對後二者有些時期尚有所訴求、期待、應酬的話，對李白，真是「我獨憐其才」！但「憐才」絕非不暸解對方為人，更不可能是不及其人其事的膚淺關係，像個別置疑的學者所講僅僅是談詩歌就事論事云云。

　　高適記述李白的詩確實不多見，這應該和他「年五十始學詩」（至少五十歲前寫詩不多）相關。但其詩集中的一首《宋中別周梁李三子》，歷來被學者所重視，認為其中「李侯懷英雄，骯髒乃天資。方寸且無間，衣冠當在斯。俱為千里遊，勿念兩鄉辭。且見壯心在，莫嗟攜手遲。」〔註15〕寫作時間、背景、活動範圍皆能與杜甫「李侯有佳句，往往似陰鏗」中的稱謂相呼應諧調（或係當時朋友對李白親切習慣的尊敬稱謂）。「方寸且無間，衣冠當在斯」，說明剛辭京漂遊的李白當時與高適輩文人的相契相重。有些學者據此推測杜

〔註12〕孫欽善：《高適集校注》，上海古籍出版社，1984 年，第 359 頁。
〔註13〕孫欽善：《高適集校注》，上海古籍出版社，1984 年，第 354 頁。
〔註14〕孫欽善：《高適集校注》，上海古籍出版社，1984 年，第 358 頁。
〔註15〕孫欽善：《高適集校注》，上海古籍出版社，1984 年，第 120 頁。

甫係由高適介紹認識，更多的學者，書寫為高適或由杜甫而結識李白。這個要搞清楚來龍去脈可能有難度了，但三人以及當時結遊的朋友們肝膽相照、同氣相求、詩文互映，果然為「你中有我，我中有你。」聞一多《少陵先生年譜會箋》論述高適當時詩頗相吻合：「適集中多宋中詩，所言時序，多與公詩合，其間必有是時所作者。」〔註16〕可見當時與杜甫關係緊密，與李白即不可能生疏。

李、杜、高等人當時意氣相投、惺惺相惜、相互欣賞，皆係性情中人，但他們亦未必料到名傳千古，包括我們後人會窮研不捨，故當時寫詩記文，隨寫隨散（尤其李白），也未必要標題清詳明確，「野無遺賢」，以作後世的參考援引。即便如此，留下來的詩明明白白地存在，很多詩雖未指名，但可推想其人其事，並非「踏雪鴻蹤不留指爪」，相反還有白紙黑字可以坐實。李白晚年有《送張秀才謁高中丞並序》一首，可以肯定李高二人的老朋友關係——

> 余時繫潯陽獄中，正讀《留侯傳》。秀才張孟熊，蘊滅胡之策，將之廣陵謁高中丞。余喜子房之風，感激於斯人，因作是詩以送之。

> 秦帝淪玉鏡，留侯降氛氳。感激黃石老，經過倉海君。壯士揮金槌，報仇六國聞。智勇冠終古，蕭、陳難與群。兩龍爭鬥時，天地動風雲。酒酣舞長劍，倉卒解漢紛。宇宙初倒懸，鴻溝勢將分。英謀信奇絕，夫子揚清芬。胡月入紫微，三光亂天文。高公鎮淮海，談笑卻妖氛。採爾幕中畫，戡難光殊勳。我無燕霜感，玉石俱燒焚。但灑一行淚，臨歧竟何云。〔註17〕

李白蒙難繫獄之際，有求助於高適之意，這是不言而喻的。但倘如二人關係不到位，沒有舊交的基礎，不是知己，李白詞意之間，不會有那麼多隱喻，那麼多傾訴。字裏行間，尤其是後部分內容，分明在喚起當年結伴同遊宋梁、登單父臺、吹臺：「清霜大澤凍，禽獸有餘哀」「芒碭雲一去，雁鶩空相呼」類似的深刻回憶。這裡邊興許還寓意著當年朋友間的推心置腹、承諾與默契，信息量是很大的。有人認為高適集中不見答贈詩，即未理睬李白，這樣的結論太過武斷。高適未必沒有設法疏救李白，疏救也未必見於記錄，即便記錄

〔註16〕聞一多：《唐詩雜論·杜甫》，中華書局，2003年，第55頁。
〔註17〕《李太白全集》中，中華書局，1977年，第842、843頁。

下來也未必一定保存傳世。退一萬步說，即便高適明哲保身未予理睬李白，也不等於從前的交誼為零。詩在字在，這個友情鏈是沒有問題的。筆者倒願意相信，正是因為高適的參與疏救，李白得以出獄東還。而將帥郭子儀搭救故事等只能視同傳奇小說的附會，學者未可輕信。

　　在李杜高三人先後結伴同遊過訪的隊伍中，有些傳名於後世，而有的姓名（或代指）則已淹滅不聞，我們不知其人其事。後世注解，往往以「其人不詳」對付。但我們從三人贈答記述的詩歌中，體味得出，當時有些人是很有名氣、很有影響與才華的。能夠存名後世、留芳千古，總總原因畢竟少之又少。李、杜、高算是這些隊伍中出類拔萃者與幸運者。另如有相關贈答、記述詩文存世，可視為李杜友情鏈結之一環的，高適之外，還例如賈至、任華、獨孤及、魏顥（萬）等。王之渙、孟浩然、王維、李邕、賀知章、儲光羲、顏真卿、岑參、李頎等名家，雖未見詩文直接具體記述，但彼此關係，互通款曲，互為引申，友好相與，這都是或有見記於詩題，或有見記於史料的。從杜甫的《飲中八仙歌》等作品就看得出來，他與詩中描寫者關係是相當熟稔的。另如嚴武，杜甫與之唱酬贈答或內容相關涉的存詩竟達三十多首，嚴武是杜的深交膩友，是高的熟人、同僚，從嚴武給杜甫詩裏的相知度（對杜甫過去歷史如釋、道方面信仰）來推測，應該與李白也有過結識，至少知曉李杜往年過從關係，如訪名山名寺之類。

　　有些失名的文士，現在名字似已微不足道，但當時卻很得杜甫等人看重。例如「衛八處士」，杜詩名作集必選這一首《贈衛八處士》，千百年來，這首詩歌溫暖了無數有著患難見真情感受的文人、讀者的心。這個「衛八」，絕非一般農夫鄉黨，稱其「處士」，「鶴注：『處士，隱者之號。以有處士星，故名。』」〔註18〕是否是唐時有名的隱士「衛大經」的族子並不重要，想來衛八應該也是當年「壯遊」詩人群中的一員。杜甫「二十載」只是舉其成數（古人向有慣例），不一定死推年代。從「重上君子堂」等友情彌篤、感人至深的詞意來看，當年彼此過往、有深厚的友誼是毫無問題的。

　　高適寫「衛八」詩有二首，不常見，特抄於下邊：

《酬衛八雪中見寄》

　　　　季冬憶淇上，落日歸山樊。舊宅帶流水，平田臨古村。雪中望來信，醉裏開衡門。果得希代寶，緘之那可論！

〔註18〕《杜少陵集詳注》，文學古籍刊行社，1955年，第134頁。

《同衛八題陸少府書齋》

知君薄州縣，好靜無冬春。散帙至棲鳥，明燈留故人。深房臘

酒熟，高院梅花新。若是周旋地，當令風義親。〔註19〕

從「處士」的特徵與為人「風義親」的描述來看，這個「衛八」與杜甫寫到的「衛八」應為同一人。倘非同一人，又姓衛、又排行第八、又同被稱呼「處士」、性秉淳厚友善，這樣的重例與巧合很難成立。據此我們可知杜甫高適皆友好「衛八」。這在當時互相近同（包括生活區域）的文人朋友圈內，可能性是很大的。

李白集存詩歌未見「衛八」書寫，但有一首《金鄉送韋八之西京》值得我們留意：

客自長安來，還（一作送）歸長安去。狂風吹我心，西掛咸陽

樹。此情不可道，此別何時遇？望望不見君，連山起煙霧。

這個也注身世「不詳」的「韋八」與許正是繁體「衛八」的抄誤或脫略，與許恰為一人。如是，可知李杜高的確都有共同的好友。

總之，從已有的明確無誤的記載（特別是李、杜二人的詩篇）上看，李杜友情深厚親密可以確信無疑。加之其友情鏈結，由有名的、無名的、有詩的、無詩的文案資料信息（包括此文沒有涉及的稍後的集序、新舊唐書文苑傳等史料）交織佐證互文，可稱堅不可摧，不容抹殺。李杜友誼，如日月在天，這是那一時代文學的光榮，是中國古典文學的光榮。

新文學革命以來，推翻了僵死的封建八股氣息文學，倡導與建立「人的文學」、現代的文學、世界的文學，李白、杜甫為代表的唐代文學優良傳統與精華得到弘揚與尊敬、汲取，李杜考論成果空前豐碩，從全新的價值觀與方法論著手，凸現、彰顯了李杜的天才與友情，以及他們那不為塵俗蒙蔽、不向權貴低頭的高貴品質與清新無比的才華，摒棄了古代研究中難免的酸腐之論、褊狹妄測之辭，將李杜的文本研究提升到一個科學的平臺，同時大大豐富了詮釋的文本，產生出許多文情並茂、時代風雲際會的精彩傳記、評論（如先後湧現出的聞一多、馮至、朱東潤、郭沫若、李長之、安旗、陳貽焮等所撰名著），將歷史往事藝術復活，神奇再現，對李杜及其詩歌的深入人心、永垂不朽，添加了更多的動力、文采與話語空間（即便是可以爭論的），功不可沒。這也是古今打通研究、融會貫通、遙想呼應的最好實例之一，是李杜研

〔註19〕孫欽善：《高適集校注》，上海古籍出版社，1984年，第59、60頁。

究的歷史高峰與時代精品，其成績同樣具有重要性、現代性與研究價值，對此我們亦同樣不可忽略與低估，值得認真總結、借鑒，並將之深入開展，發揚光大。

2013.12.7 改於四川大學新校區鄰近霜天老屋

原載《杜甫研究學刊》2014 年第 1 期。

第十五章　論何其芳文學創作與欣賞中的杜詩影響及定位

提要

　　何其芳文學創作與欣賞活動中唐詩始終佔有舉足輕重與不可或缺的影響地位，他秉持「李杜操持事略齊」的觀念，對李白杜甫一視同仁、并相敬重，但在文學風格與個性上，他顯然更靠近與汲取杜詩，以致影響很大的名著《詩歌欣賞》中唐詩一節首先賞析杜甫，書信中也有「杜李」稱呼，晚年的舊體詩更多杜詩的影子。在揚李抑杜的學術風波和不正常的政治強勢語境與迎合習尚中，他苦苦思索，觀點看似有所轉變，但內心糾結與矛盾，反覆審思與自辯，更直接批評了不正之風，反映了他率真正直的為人作風與真實的文學審美情懷。

關鍵詞：何其方、文學創作、杜詩影響

　　何其芳先生是新文學創作隊伍中比較典型的受到中國古典文學與西方現代文學（尤其是象徵主義、現實主義文學）雙重薰陶影響的傑出的文學家，他詩文兼及，創作理論並行，前後期文學創作風格變化巨大，是一位帶有濃鬱時代精神與特色的個性彰顯的作家。有成功，有失敗，有歡悅，有悲傷，有困惑與糾結，更有堅貞不屈的追尋。像同時代的傑出作家一樣，他的背影至今留在人們關切新文學的視野中。在中國古典文學接收中，何其芳深愛唐

詩，以其晚年自述形容為：「憶昔危樓夜讀書，唐詩一卷瓦燈孤。」(《憶昔》)
早年有述如：「我讀著晚唐五代時期的那些精緻的冶豔的詩詞……我喜歡讀一
些唐人的絕句。」(《夢中道路》)等，後半生因在文學研究所任職，何其芳對
文學研究更傾注了更多的注意與心血（特別是對《紅樓夢》的研究招致政治
打擊與迫害）。他於 1961 底寫成《詩歌欣賞》一卷，陸續刊載發表，1962 年
4 月由人民文學出版社正式出版，1978 年 5 月第 5 次印刷，手邊沒有現成的
統計數目可查（在當時年代印數應該相當大），這本文學欣賞小冊子（扉頁題
作「獻給愛好詩歌並希望提高鑒賞力的同志們」）曾廣為傳佈，深入人心，在
當時文學工作者以及廣大文學愛好者中間產生了深刻影響（筆者大學時代與
同學們對此書即如獲至寶、誦詠有加）。在這本可視為他文學詩歌體例欣賞代
表作的《詩歌欣賞》中，只選擇了五位唐詩作者入題，其欣賞順序是這樣的：
杜甫、李白、白居易、李賀、李商隱。賞析行文精到，文風親切活潑，表現
了厚積薄發的學養。有趣的是，何其芳對中國唐代詩人中的兩座高峰——李
白杜甫，有一個由自然的喜好（天性似更傾向杜甫）到有意地比較論定、重
新認識乃至於權威意志下不無糾葛的審美情結。這其間的微妙態度與轉化，
既反映了時代、政治的影響，同時也體現了何其芳性格與文學欣賞趣味的真
實性。今天我們研究這一現象，不僅是對當年「抑李揚杜」或「揚李抑杜」
那場文學紛爭的檢討，而且對何其芳先生文學創作與審美研究道路的認識，
也不無裨益與參照。本文以下分幾個層面來探討何其芳文學創作與欣賞中對
唐詩李杜詩歌的吸收與其傾向性。

一、創作風格顯然更傾向於杜詩

何其芳早年的詩歌與散文創作（《預言》《畫夢錄》《還鄉雜記》等），都
有意無意地融入了中國古典詩歌尤其是唐詩的抒情性與意境滋味，著重剪裁
與錘鍊，「內容大抵是從幼稚的傷感、寂寞的歡欣和邈遠的幻想到深沉的寂寞
和鬱結的苦悶。」〔註1〕雖然寫作當時作者還十分年輕，但寧靜好思與少年老
成的特點以及比較憂鬱的性格，用作者自己的話說是：「漸漸地感到了老年的
沉重。」(《遲暮的花》)「從此始感到成人的寂寞。」(《夢中的道路》題語)「表
達我的鬱結與頹喪。……墜入了文字的魔障。我喜歡那種錘鍊，那種色彩的

〔註1〕 方敬：《緬懷其人，珍視其詩文》，載《何其芳選集》第一卷，四川人民出版
社，1979 年版，第 15 頁。

配合，那種鏡花水月。……我從陳舊的詩文裏選擇著一些可以重新燃燒的字。使用著一些可以引起新的聯想的典故。」（《夢中的道路》）「於是歎息著世界上為什麼充滿了不幸和痛苦。於是我的心胸裏彷彿充滿了對於人類的熱愛。」（《街》）有研究者曾列出一個圖表，揭示「季候病」中的「深秋」和「逆旅」是何其芳早年創作的首要意象系列。〔註2〕顯然，這類特點與訴求與有著「沉鬱頓挫」、「羈旅哀愁」即苦吟加抒情作風的杜詩更為接近與吻合。而杜詩著眼現實人生的精神與作風，對後來投奔延安走上革命道路、創作題材與風格轉向的何其芳來說，仍然持之有效。眾所周知何其芳晚年對自己早年的創作有所反思與檢討，說自己「苦求精緻近頹廢，綺麗從來不足珍」（《憶昔》）。1940 年代答記者問中，深刻地總結了自己文學選擇的道路，把早年的創作視為：「可憐的小書」、「一個寂寞的孩子為他自己製造的一些玩具。」「在這樣的時候我還在那裡『留連光景惜朱顏，』實在太落後了。」（《寫詩的經過》）等等，今天看來，何其芳文學道路的轉向與選擇都是自然的、真實的，他前後期雖然因政治、時代背景以及世界觀的影響看上去判若二人，但其精神實質是相通的（尤其是苦悶的、內照的情愫是遙相呼應的），審美判斷是有機聯繫的。著重現實的抒情的特徵與敏感的心靈訴求始終表現在何其芳的文學創作中，展示出誠與善、真與美的意向建構特色。其早年的代表作也並不因作者自己後來人為因素地小看、謙抑而有所遜色或貶值，相反文學自身的持久生命力說明了文本當時構造的合法，其獨創性、堅固性、豐富與合理性仍然隨著時光的流逝而凸顯，成為「五四」新文學流域中一座值得紀念的經典碑塔。

　　要選取何其芳早年創作以證明他明顯受杜詩影響這比較難，因為何其芳的行文相當自然與圓融，不著痕跡，無論是古典文學還是外國文學，都在他詩文裏若隱若現，有機地化為自身的營養。他很少公開地引用和摭拾成例，像當時另外一些作家那樣旁徵博引中西合璧。他是一位抒情作家，他的行文是從心靈到筆頭自然流淌出來的，就整個氛圍與特徵來說，更接近於杜詩的那種看似尋常不尋常的精神氣質與哀愁中對美的精細發現。如其對鄉愁的抒寫：

　　　　我懷想著故鄉的雷聲和雨聲。那隆隆的有力的搏擊，從山谷返

〔註 2〕駱寒超：《論何其芳早期詩作的抒情個性》，載《何其芳佚詩三十首》，重慶出版社，1985 年版，第 66 頁。

響到山谷，彷彿春之芽就從凍土裏震動，驚醒，而怒苗出來，細草樣柔的雨聲又以溫存之手撫摩它，使它簇生油綠的枝葉而開出紅色的花。這些懷想如鄉愁一樣縈繞得使我憂鬱了。(《雨前》)

杜詩特別是四川時期所作有大量類似的抒寫，隨手擷拾二三例如：

> 東閣官梅動詩興，還如何遜在揚州。此時對雪遙相憶，送客逢春可自由。幸不折來傷歲暮，若為看去亂鄉愁。江邊一樹垂垂發，朝夕催人自白頭。
>
> ——《和裴迪登蜀州東亭送客逢早梅相憶見寄》

> 莽莽天涯雨，江邊獨立時。不愁巴道路，恐失漢旌旗。
>
> ——《對雨》

> 叢菊兩開他日淚，孤舟一系故園心。
> 請看石上藤蘿月，已映洲前蘆荻花。
>
> ——《秋興八首》之一、之二句

何其芳的名篇又如：

> 馬蹄聲，孤獨又憂鬱地自遠至近，灑落在沉默的街上如白色的小花朵。我立住，一乘古舊的黑色馬車，空無乘人，紆徐地從我身側走過。疑惑是載著黃昏，沿途散下它陰暗的影子，遂又自近至遠地消失了。

> 街上愈荒涼。暮色下垂而合閉，柔和地，如從銀灰的鴿翅間墜落一些慵倦於我心上。我傲然，聳聳肩，腳下發出淒異的長歎。

> 一列整飭的宮牆漫長地立著。不少次，我以目光叩問它，它以叩問回答我：

> ——黃昏的獵人，你尋找著什麼？

> ——《黃昏》

這與頗多「獨語與冥想」的杜詩不是有驚人的暗合麼？如富於象徵意味與心語氣質的《秋興》八首，上引之外還如：「夔府孤城落日斜，每依北斗望京華。聽猿實下三聲淚，奉使虛隨八月槎。」「蓬萊宮闕對南山，承露金莖霄漢間。」「關塞極天唯鳥道，江湖滿地一漁翁」等，如說何其芳抒情多描繪愛情，老杜當然不是，但未必沒有，如《秋興八首》末首就有：「佳人拾翠春相問，仙侶同舟晚更移。彩筆昔曾幹氣象，白頭吟望苦低垂。」畫夢般的迤邐回憶加蒼涼處境，何其芳類似描寫可稱繁多，隨手擷拾：「你青春的聲音使我悲哀。

我妒忌它如歡樂的流水聲……我害著更溫柔的懷念病，自從你遺下你明珠似的聲音，觸驚到我憂鬱的思想。」(《古意》)《預言》集中多有類似：

> 霜隼在無雲的秋空掠過。
>
> 獵騎馳騁在荒郊。
>
> 夕陽從古代的城闕落下。
>
> 風與月色撫摩著搖落的樹。
>
> 或者凝著忍耐的駝鈴聲
>
> 留滯在長長的乏水草的道路上，
>
> 一粒大的白色的殞星
>
> 如一滴冷淚流向遼遠的夜。

——《愛情》

這不就是老杜站在成都浣花溪畔草堂邊、幕府中或三峽白帝城下，念舊懷鄉心向自由的寂寞的寫照麼？將青春的鄉愁與人生遲暮的鄉愁對比當然不盡相同，但那種獨立蒼茫、自哀自憐的心聲，遐爾多思的抒情氣質，敏捷比興的感受，實在使古今二人氣息相通，可援為知音。何其芳對杜詩（以及杜詩以後的中晚唐詩）的汲收借鑒，顯而易見。瓦雷里在《詩與抽象思維》裏說：「那些不同於普通話語的話語，即詩句，它們以奇怪的方式排列起來，除了符合它們將為自己製造的需要之外不符合任何需要，它們永遠只談論不在場的事物，或者內心深刻感受到的事物，它們是奇怪的話語，似乎不是由說出它們的人，而是由另一個人寫成的，似乎不是對聆聽它們的人，而是對另一個人說的。」〔註3〕何其芳與杜詩的互文性，在其早期的詩文裏反映得隱蔽而切實。晚年特別是病中的何其芳「經磨歷劫」，寫作轉為更加簡略的舊體詩，杜律的影響幾乎無處不在他詩中，一氣呵成的《憶昔》十四首直接採用杜詩《憶昔》原題，顯然這和他上了年齡以及更加體會老杜的心聲、處境有著密切的關係。限於篇幅，僅摘其舊體詩句數例以見其巧妙化用：

《憶昔》詩中：「海上桃花紅似錦，燕都積雪白於銀。」(杜詩：「不分桃花紅似錦，生憎柳絮白於綿。」《送路十六侍御入朝》)「我歎因循多舛誤，君言改正即無愆。」(「因循」一詞雖已不見今存杜詩，但這種意指世途飄零、坎坷不遇的宿命卻是杜詩反覆自傷與吟訴的一個重點(從《奉贈韋左丞丈二

〔註 3〕轉引自江弱水：《古典詩的現代性》，生活・讀書・新知三聯書店，2010 年版，第 128 頁。

十二韻》到《登高》《秋興八首》《詠懷古蹟》等等）。後世沿襲與仿傚者無數。例如白居易：「少時多嘻誚，晚歲多因循」《不致仕》。「因循擲白日，積漸凋朱顏」《和櫛沐寄道友》。「因循過日月，真是俗人心」《自歎》。李商隱：「中路因循我所長，古來才命兩相妨」《有感》。王安石：「萬事因循今白髮，一年容易即黃花」《愁臺》。黃庭堅：「因循不到此江頭，匹馬黃埃三十秋」《秀江亭》。柳永：「嗟因循，久作天涯客」《浪淘沙》）等。何其芳舊體詩另如：「牛毛細字老年寫，蝸角虛名賢者羞。」「豈有文章驚海內，愧無才思並江淹。」「梁燕不來畫寂寂，梧桐初茂月纖纖。」「花若多情應有淚，臣之少壯不如人。」（《偶成四首》）「峨眉皓齒楚宮腰，花易飄零葉易凋。」「學書學劍兩無成，能敵萬人更意傾。」「而今風尚是多能，雲愛翻騰人奮興。」（《雜詩八首》）等等，不用詳細對比，直接從中就不難看出杜詩的章法典句、魂魄與影子。當然何其芳舊體詩包括他的新文學作品也有唐詩別家的影響，如李白，他「苦求精緻近頹廢，綺麗從來不足珍」後一句即化用李白《古風》：「自從建安來，綺麗不足珍。」李白的想落天外與豪放慷慨對何其芳行文也具有相當的影響，另如白居易、李商隱、杜牧及唐宋學杜諸家等，但這些都不如學杜詩那麼直接、會心與頻密。如上所述，這興許是性情更為接近、文學的審美趣味更為趨同的緣故吧。

下邊我們就直接來聆聽與看待何其芳心目中的杜甫吧！

二、對李杜前後的認識以及不無糾結的變化

在《詩歌欣賞》中，何其芳只選擇了五位唐詩作者入卷，他欣賞的順序卻是這樣的：杜甫、李白、白居易、李賀、李商隱。這樣排列不等於說他把杜甫看得絕對第一，但性情所至，開宗明義，他一口氣分析了杜甫三首詩（《夢李白》二首與《贈衛八處士》），歎賞其人間真情厚意：「雖然寫的是比較平常的生活，但作者從其中感到了親切的動人的東西，並且優美地圓滿地表現了出來，它就同樣能夠深深地打進人的心裏了。」稱讚「偉大的詩人」，「一個偉大的作家。」平實、深情、優美、圓滿，這在思想藝術上的鮮明特色，興許正是何其芳推崇與學習杜甫的關鍵。雖然他對李白也用「偉大的詩人」，重點賞析了《蜀道難》，讚歎其「豪放、雄壯和有濃厚的浪漫主義色彩」，但筆鋒一轉，緊接欣賞的李白三首小詩，卻是「寫得平易親切、卻又很有特色的」，可見他審美方面更著重於現實的態度。直到 1977 年 6 月 7 日給王季

思（王起）信中仍說：「杜李向有爭論。我過去持『李杜操持事略齊』說。最近再三考慮毛主席更愛好李白詩的原因，略有改變，就是從整個詩歌的精神狀態來說，還是李白的精神（對封建秩序的態度）略高一籌。」〔註4〕他說「杜李」，說「再三考慮」，可見審美傾向上還是有糾結的。他就王季思的論文還寫道：「只是抑李揚杜處似應斟酌。毛主席不止一次說過，他更愛讀李白詩。而且聽說還說過：李白是千古詩人之冠。」〔註5〕在當時的政治語境中，他這樣表態顯而易見是剖露了自己真實的心聲，同時也反映出了勸告「同道」的某種糾結與微妙處。毛澤東的個人愛好其實早在何其芳寫作《詩歌欣賞》時就有所知曉了，只是當時的政治與文化、文藝氛圍還相對寬鬆，他不無顧慮，但仍禁不住自己的喜好與「放筆」，在欣賞完李賀、李商隱後的一段行文，表露了他這方面的考慮：「聽說毛澤東同誌喜歡三李的詩，就是李白、李賀和李商隱的詩。從他的詩詞也可以看出他吸收了這三位詩人的某些特點和優點。這是值得我們深思的。我想毛澤東同誌絕不會不能看到李賀和李商隱的作品的弱點，不看到他們的某些不好的藝術傾向，然而他仍然喜歡他們的詩，這就說明他們到底還是寫了一些難得的好詩，到底還是有他們藝術上的特別吸引人之處。對於愛好詩歌而又還不熟悉我國古典詩歌的人，白居易的詩是比較容易理解的，李白和杜甫的詩或許也不難接受，要欣賞李賀和李商隱的詩卻可能阻礙較多。但為了使我們的眼界擴大一些，為了使我們的藝術愛好廣泛一些，我們應該能夠欣賞各種各樣的好詩，包括比較難於欣賞的好詩。」〔註6〕這很微妙，可說既是他欣賞順序排列的一種保護色，也是他自己審美觀念的一種辯說。

作為長期擔任國家文學研究所所長的何其芳，他的「深思」是真實的，也是漸進與糾結著的。最終他試圖說服自己，他說：「還是李白的精神（對封建秩序的態度）略高一籌」。1976年作《雜詩八首》寫於9月20日的《屈子》詠道：「屈子文章懸日月，謫仙歌詠俯瀛州，生前放逐難銷恨，身後喧爭猶未休。」自注：「指對李白評價問題之爭論。自元積尊杜貶李以後，對李白之評價迄無定論。今日看來，李杜雖各有獨創之處，就整個作品精神而論，李白畢竟更高一籌，他更藐視封建統治、封建秩序，與人民有更多有形無形聯繫，

〔註4〕《何其芳選集》第三卷，四川人民出版社，1979年版，第49、50頁。
〔註5〕《何其芳選集》第三卷，四川人民出版社，1979年版，第101頁。
〔註6〕何其芳：《詩歌欣賞》，人民文學出版社，1978年版，第70頁。

這種精神更接近人民，或可定矣。」〔註7〕「或可定矣」，他就是這樣苦苦找說辭來說服自己。寫於1977年的《蜀中紀遊》中《萬縣太白岩》二首其一有：「如闚謫仙讀書處，草堂那可比雄奇？」其二云：「李杜操持事略同，天然畢竟勝人工。」很微妙，他把他過去欣賞與認同的：「李杜操持事略齊」（筆者對此句進行了爬梳查閱，發現此句源出李商隱詩《漫成五章》其二）〔註8〕改了一個字：「同」，「事略同」，齊即一樣，齊名意；同，「略同」，則差不多或相似之意。何其芳先生一生追求進步，在革命生涯中，培養了自己的觀念，但在特殊年代，他也難免屈從大局，懷疑自己。他文革下放改造中甚至寫出這樣的反映真實心聲的「歌訣」：「主席指示，養豬重要，品種要好；圈乾食飽。……」還特別加注：「毛主席關於養豬的指示不少，首先要認真學習，反覆學習，這是政治掛帥，思想領先。」〔註9〕這並不可笑，放在當時的語境中，他是非常認真的（毛澤東在延安就曾經評價他「認真」）。養豬況且如此，關於李杜的認識（涉及意識形態上層建築），豈能不予重視呢？但何其芳並不像另外的文學名家特意寫一本緊跟時代的《李白與杜甫》，他仍有保留，《詩歌欣賞》中排列順序他獨行其是，「天然畢竟勝人工」的強作解人詩句下，緊接而來的則是：「岧嶢殿閣白雲下，盤礴鯨魚碧海中。涕淚瘡痍真長者，秕糠軒冕是英雄。人民哺乳孿生子，後代終應共敬崇。」詩中著重歌誦了杜甫，仍然持「李杜操持事略齊」的初衷，可見內心深處根本沒有揚李抑杜的意思。愛好與情趣，往往是人天性的流露，並不因一時一地的強勢話語左右或隨大流而有所改變。何其芳《蜀中紀遊》第一首詠「諸葛祠」，第二首詠「成都杜甫草堂」，第三首詠他家鄉「萬縣太白岩」。杜甫仍在李白前頭。詠杜詩云：「文驚海內千秋事，家住成都萬里橋。山水無靈添嘯詠，瘡痍滿目入歌謠。當年草屋愁風雨，今日花溪不寂寥。三月海棠如待我，枝頭紅豔鬥春嬌。」親切自然，言為心聲，引為杜甫千古知音，云何不可！這同寫李白的一首內容較為空洞抽象，只是主觀上給戴頂高帽子相比，判若二致。

其《憶昔》第二首寫道：「曾依太白岩邊住，又入岑公洞裏遊。萬里寒江灘石吼，幾杯旨酒麴池浮。」第二句自注：「杜甫晚年由成都至夔州，中經渝

〔註7〕《何其芳選集》第一卷，四川人民出版社，1979年版，第190頁。
〔註8〕李商隱：《漫成五章》其二：「李杜操持事略齊，三才萬象共端倪。集仙殿與金鑾殿，可是蒼蠅惑曙雞？」劉學鍇、余恕誠：《李商隱詩歌集解》，中華書局，1988年版，第913頁。
〔註9〕《何其芳選集》第三卷，四川人民出版社，1979年版，第117頁。

州、忠州、雲安（今四川雲陽縣），當亦經萬縣。唯集中無專詠萬縣景物詩，或未停留也。又，在雲安作《長江二首》有句云：『眾水會涪萬。』《杜鵑》云『涪萬無杜鵑。』萬縣有杜鵑，杜甫或未聞其啼聲耳。」〔註 10〕作為家鄉萬縣人的何其芳，一往情深，話如湧泉，感覺他真的恨不得起杜公於九泉之下而商略之。

三、對刻意揚李抑杜的論著的基本態度

　　何其芳被誣陷、受迫害甚至被剝奪了基本生活工資的年代，也是自上而下出於某種政治考量的揚李抑杜大行其道的年代。對此，何其芳不論身處何等的逆境險況，他都是有自己清醒認識與不偏不倚的文學審美真實態度的。除了上節所引的詩歌、言說外，他於 1972 年 8 月 30 日寫給外甥女小早的家書中一段行文相當中肯與頗具膽識，代表了他認真、清醒的工作作風與高度的責任感：

　　　　對於李、杜，向來有三派意見：揚杜抑李，揚李抑杜，李杜不宜分優劣。我是贊成後一派的。講杜甫的壞話可以講一大篇，要講李白的壞話又何嘗不可講得同樣多或更多？你說的那本近著顯然有偏袒，對兩個人的寫法就顯然不同，關於杜甫的那些章節，何嘗不可以基本上適用於李白？李白的世界觀和人生觀難道就超過了封建地主階級的思想體系？不可看了別人的意見就太容易受影響，要經過自己的考查和思索。至於個人閱讀的偏好卻是可以容許，應該容許的。你可以愛讀李白一些，他可以愛讀杜甫一些，但要作歷史的評價，文學藝術的評價，卻應力求科學。〔註11〕

　　這些言論出自 1972 年，雖是家書，但當時因家書獲罪者也不在少數。何其芳先生為人正直坦率的作風與寬容的心胸以及文學持平之論，於此可以盡觀。

　　對於同是川籍文學家的郭沫若先生，何其芳一向是尊重、稱道的，他的《詩歌欣賞》緊接唐詩欣賞後的第九節即為郭沫若一人開的專節。他熱情洋溢地賞析了郭沫若早年的詩歌代表作，傾注了關愛之情。即便這樣，他也不掩飾郭氏創作中的缺點，他說：

〔註10〕《何其芳選集》第一卷，四川人民出版社，1979 年版，第 176 頁。
〔註11〕《何其芳選集》第三卷，四川人民出版社，1979 年版，第 118 頁。

　　但由於作者曾有些過於強調自然流露，這也的確使他的某些詩有加工不夠的缺點。至於作者還說過「我高興做個『標語人』，『口號人』，而不必一定要做『詩人』(《我的作詩的經過》)，那更或許不過是有所為而發的偏激之論。詩究竟還是不能走標語口號化的道路的。」〔註12〕

　　這個「偏激之論」或許用於郭沫若寫於文革中的《李白與杜甫》，亦為允當。何其芳明確不同意郭沫若有關李、杜的觀點，但他尊重郭老，據現有資料看，他沒有公開的或更多的指責之論，興許他能理解郭老的處境。1972年1月24日寫給賀敬之的信中說：「《李白與杜甫》已替你買到一本，託小多帶回。此書聽說郭老還要大改，重版。」點到為止，不無言外之意、弦外之音。

　　對郭老客氣，對另外一些當時別有用心動輒「無限上綱」、歪曲事實的「學者」，何其芳則不掩其厭惡、鄙夷之情，直言無忌。他有幸活到了「四人幫」倒臺後，雖然當時「兩個凡是」當頭，文化形勢仍然嚴峻，他自身處境狀況也並無更多改變，他卻快人快語，不計後果，不掩飾自己的真知灼見。在《紅樓夢》申辯問題上如此（1972 年他曾有萬言長文書信致人民文學出版社駁某學者挾權威之勢對他的惡意攻訐，1976 年年底有長詩《我控訴》投向《人民日報》），在李杜問題上亦向來如此，如骨鯁在喉不吐不快，他給王季思（王起）信中說：

　　　　「四人幫」在臺上時，把李白說成法家詩人之說我也聽說過。我當時就覺得是荒唐的，可笑的。從戰國時候諸子百家來說，與其說李白近法家，不如說更近道家和縱橫家。我覺得文學家畢竟和思想家不同，不能用過去的某一個哲學派別、思想家流派來概括。何況真正的大思想家，有獨創性的大思想家，也不是適宜用過去的封建社會的某種學術派別來劃分的。〔註13〕

　　他贊同王起觀點「批李白為法家詩人的謬說」，他宣告自己「李杜操持事略齊」的一貫學術立場，他寫詩表達：「應有高才兩兼美，胸吞山態水容妍。」(《西湖》)「人民哺育孿生子，後代終應共敬崇。」(《萬縣太白岩》)對李杜一視同仁、并相敬重，看待如日月同輝。這在「按既定方針辦」、倒春寒時來

────────────

〔註12〕何其芳：《詩歌欣賞》，人民文學出版社，1978 年版，第 80～81 頁。
〔註13〕《何其芳選集》第三卷，四川人民出版社，1979 年版，第 48 頁。

的當時，出於他文化名人以及文學研究所領導、刊物主編的身份，不能說不冒風險，不會再遭到攻擊，而他堪為有志有立場之鬥士。正如他的朋友沙汀先生所論：「誠懇直率，平易近人，這是人們對其芳同志的共同看法。……在是非面前，或者聽到什麼人胡說八道，他會立刻激動起來，直言無隱。……不管生活多麼艱苦，鬥爭多麼尖銳複雜，也不管是戰爭年代抑或和平時期，一直積極工作，數十年如一日，這在中國知識界是有代表性的，值得研究。」〔註14〕對唐詩李、杜的觀點，正是何其芳為人與個性表現的一端，反映了鮮明的時代特色與執著於真理的審美追求。

何其芳先生在文革中受到政治迫害，道路艱辛坎坷，痛病交侵，生命終止於65歲。他是公認的「我國著名的詩人、散文家和文藝理論家、文學工作領導者。」他早期的詩文對後來臺港與海外華文鄉愁文學（如臺灣詩人瘂弦、鄭愁予等）影響甚著。在唐詩李、杜的見解上，他從來沒有公開表白過自己更喜歡杜甫，而是雙持敬重。只是因為他早年的抑鬱青春書寫、不滿現實的憤懣與人間關懷之情，使他的欣賞與創作自然而然地更傾向於現實主義的杜詩，向其汲取更多營養，但他倡導自由的欣賞與借鑒，也不反對別人的喜好甚至是偏好。對於學術立場的抑此揚彼或出於政治用心的歪曲，他都有著清醒的認識、判別和思索。這些思索受外在的影響也許於他不無糾結、矛盾，但正如布封名言：「風格即人」，何其芳忠於心靈感受與不偏不倚、不忮不求的風骨，表現了主體性，讓人想到文藝學的一句名言：「才氣天資乃是一種託付。」〔註15〕這種託付是真實的、自然的、執著的，閃耀著感情與理性的光輝，亦如劉勰《文心雕龍》所謂：「援古以證今……文章由學，能在天資」《事類》。「寫天地之輝光，曉生民之耳目矣」《原道》。移植何其芳親近杜詩，有戚戚焉。

2012 年 5 月 12 日改畢於成都航空港霜天老屋

本文係四川大學中央高校基本科研業務費研究專項（哲學社會科學）項目——學科前沿與交叉創新研究一般項目資助，批准號：SKX 201019。

原載《文學評論》2011 年第 8 期。

〔註14〕沙汀：《何其芳選集‧題記》第一卷，四川人民出版社，1979 年版，第 5～7 頁。
〔註15〕瓦‧葉‧哈利澤夫：《文學學導論》，北京大學出版社，2006 年版，第 71 頁。